MINNA LINDGREN
Sherry für drei alte Damen

Buch

Siiri, Irma und Anna-Liisa freuen sich, nach erlebnisreichen Monaten in einer Alten-Wohngemeinschaft wieder in ihre Seniorenresidenz »Abendhain« ziehen zu können. Doch die ähnelt inzwischen mehr einem Versuchslabor denn einem Altersheim. »Computerbasierte Altenpflege« ist der neueste Schrei – und die drei uralten Freundinnen, denen in diesem Pilotprojekt die Rolle der Versuchskaninchen zukommt, könnten tatsächlich den lieben langen Tag nur noch schreien. Wo ohne EDV und Computer nichts mehr geht, braucht es eine gehörige Portion Humor und viel gesunden Menschenverstand, um nicht vorzeitig entnervt den Geist aufzugeben.

Weitere Informationen zu Minna Lindgren
sowie zu lieferbaren Titeln der Autorin
finden Sie am Ende des Buches.

Minna Lindgren

Sherry für drei alte Damen
oder
Wer macht das Licht aus?

Drei alte Ladies ermitteln
in Helsinki

Roman

Aus dem Finnischen
von Niina und Jan Costin Wagner

GOLDMANN

Die finnische Originalausgabe erschien 2015 unter dem Titel
»Ehtoolehdon tuho« bei Teos Publishers, Helsinki.

Sollte diese Publikation Links auf Webseiten Dritter enthalten,
so übernehmen wir für deren Inhalte keine Haftung,
da wir uns diese nicht zu eigen machen,
sondern lediglich auf deren Stand zum Zeitpunkt
der Erstveröffentlichung verweisen.

Verlagsgruppe Random House FSC® N001967

1. Auflage
Taschenbuchausgabe November 2018
by Wilhelm Goldmann Verlag, München,
in der Verlagsgruppe Random House GmbH,
Neumarkter Str. 28, 81673 München
Copyright © der deutschsprachigen Ausgabe 2017 by
Verlag Kiepenheuer & Witsch GmbH & Co KG
Umschlaggestaltung: UNO Werbeagentur, München,
nach einem Entwurf von Sabine Kwauka
Umschlagmotiv: Sabine Kwauka unter Verwendung von
shutterstock-Motiven
mb · Herstellung: kw
Satz: KompetenzCenter, Mönchengladbach
Druck und Bindung: GGP Media GmbH, Pößneck
Printed in Germany
ISBN: 978-3-442-48562-8
www.goldmann-verlag.de

Besuchen Sie den Goldmann Verlag im Netz

1

Als Siiri Kettunen erwachte, fand sie sich in einem Albtraum wieder.

Sie stand auf, mit steifen Beinen, und schlüpfte in ihre Morgenpantoffeln. Ihr war durchaus bewusst, dass sie wach und am Leben war, daran bestand kein Zweifel. Auch nicht, als die Wand ihres Schlafzimmers mit ihr zu sprechen begann.

»Guten Morgen, Siiri! Der Pflegedienst ist heute nicht besetzt. Solltest du Informationen über deine Nacht benötigen, wähle bitte die Eins.«

Siiri trat näher und versuchte, die Eins leicht anzutippen. Die Wand blinkte rot auf, wie die Sirene eines Krankenwagens. Die Eins tanzte auf und ab, eine Ziffer mit dem Gesicht eines lachenden Trolls. Siiri hatte sich bereits angewöhnt, ihre neue multimediale und immer bestens informierte Schlafzimmerwand mit dem riesigen Touch-Display *Smartwand* zu nennen.

Siiris Hände zitterten, es wollte ihr einfach nicht gelingen, die Eins so zu berühren, dass irgendetwas passierte. Nach einer Weile versuchte sie es mit beiden Händen, mit aller Konzentration, und tatsächlich, ihr Zeigefinger kollidierte endlich mit der tanzenden Zahl. Sie verbeugte sich intuitiv dankbar, sie fühlte sich für Momente auf merkwürdige Weise auserwählt.

»Statistische Daten der Nacht – Schlaf: 8 Stunden, 25 Minuten, davon 7 Stunden, 5 Minuten Ruheschlaf; Effizienz: 88 Prozent; Schnarchen: 27 Minuten, Kategorie: gelegentlich; Registrierte Bewegungen: 229, Dauer: 1.060 Sekunden; Störungen: 0. Puls: 52; Stressreaktionen: 25.«

Nein, Siiri konnte nicht behaupten, dass sie die Mitteilungen verstand. War es beunruhigend, dass sie sich in den 8 Stunden und 25 Minuten der Nacht 229-mal bewegt oder geregt hatte? War das zu wenig oder zu viel? Die Angaben über das Schnarchen waren in jedem Fall erheiternd. Sie hatte sich ja immer über das Schnarchen ihres Mannes beklagt, und jetzt erwies sie sich als keinen Deut besser.

Ihr Mann hatte allerdings immer geschnarcht, nicht nur gelegentlich. Er war auch immer sehr schnell eingeschlafen, der Gute, sein Schnarchen hatte sofort eingesetzt und zuverlässig bis zum Morgengrauen angedauert. Dennoch war das eine schöne Erinnerung. Siiri hatte 57 Jahre lang an der Seite ihres lieben Mannes gelegen, und es waren glückliche Jahre gewesen, trotz des Schnarchens.

»Falls du weitere Informationen über dich benötigst, wähle die Eins!«

Die Smartwand riss sie aus ihren bittersüßen Erinnerungen. Sie hatte offensichtlich etwas Wichtiges mitzuteilen, denn sie blinkte ganz hektisch. Auf dem breiten Display lief zügig irgendeine Comicfigur auf und ab, vielleicht ein kleiner Bär. Oder war das eher ein Fisch? Jetzt sprang er lustig herum, und Siiri konzentrierte sich wieder darauf, die Eins anzutippen. Sie wollte jetzt wirklich wissen, was noch alles über sie zu berichten war.

»Du wirst heute siebenundneunzig Jahre alt. Der Weckdienst gratuliert.«

Als ob sie das nicht bereits gewusst hätte. Siebenundneunzig, das war fast hundert. Sie hatte mit Irma bereits fest vereinbart, dass sie beide keinesfalls hundert Jahre alt werden würden. Das würde nämlich nur Ärger mit sich bringen.

Eine Dame, die im Haus A von *Abendhain* gewohnt hatte, hatte einmal eine Einladung ins Gesundheitszentrum, zur frühkindlichen Vorsorgeuntersuchung, erhalten, aus Anlass ihres einhundertfünften Geburtstages. Das Computersystem der Gesundheitsbehörde hatte angenommen, sie sei gerade erst fünf geworden. Siiri hatte ihr geraten hinzugehen, diese Tests waren recht unterhaltsam. Sie hätte sicher ein Dreieck zeichnen und auf einer geraden Linie laufen müssen. Was nicht ganz einfach war für eine 105-Jährige. Aber die Dame war nicht hingegangen, nein, sie hatte eine Riesensache daraus gemacht und diverse Beschwerden geschrieben, bis sie schließlich gestorben war, noch bevor die Beschwerden hatten bearbeitet werden können.

»Herzlichen Dank«, sagte Siiri.

Auf dem Display prangte ein Foto feuerroter Rosen, vermutlich zur Feier ihres Geburtstages. Siiri strich mit ihrem Zeigefinger über die Blumen, gespannt, was passieren würde. Sie hatte noch immer nicht begriffen, wie dieses Ding eigentlich funktionierte. In *Abendhain* hatte die Hochtechnologie Einzug erhalten. Überall standen Bildschirme, Automaten und Displays bereit, die gestreichelt werden wollten. Künstliche Intelligenz allerorten. Siiris kleine Zweizimmerwohnung war aufwendig mit Sensoren, Detektoren, Chips, Sendern und Kameras ausgestattet worden.

Das Ganze diente angeblich der Sicherheit. Wer aus dem Bett fiel und nicht zügig genug wieder auf die Beine kam, hatte umgehend Sanitäter und Krankenwagen am Hals. Die Finnen waren nämlich mehrheitlich der Meinung, dass es nicht angemessen war, auf dem Boden neben dem eigenen Bett zu sterben, dann doch lieber im Krankenhaus. Über diese Fragen hatte kürzlich sogar angeregt das Parlament debattiert. Siiri sah sich die Live-Übertragungen der Nachrichtensender gerne mit Anna-Liisa und Irma an.

Das Leben in *Abendhain* war in jedem Fall lustiger und unterhaltsamer geworden, man musste vorbereitet sein auf die Überraschungen, die die technischen Gerätschaften bereithielten. Der Gang zum Kühlschrank war zum Beispiel immer ein Abenteuer. Siiri wusste nie genau, was die liebe Frau Kühlschrank dieses Mal zu erzählen haben würde.

»Entfernen. Umgehend. Abgelaufen. Milch. Ein halber Liter. Haltbarkeitsdatum. Endet. Heute.«

Siiris Kühlschrank hatte die Stimme einer jungen

freundlichen, aber auch ein wenig wichtigtuerischen Frau. Irma hatte für ihren Kühlschrank auf die Stimme eines älteren Herrn bestanden, und das war mehr als gelungen: Sie hatten sofort den ehemaligen Radiomoderator des öffentlich-rechtlichen Senders YLE erkannt, der früher immer die Börsenkurse und das Wetter angesagt hatte.

Irma hatte sich angewöhnt, ihren Kühlschrank als ihren Kavalier zu bezeichnen, allerdings war es ihr nicht geglückt, ihm beizubringen, dass das Wort Kuchen unbedingt mit einem langen »uuu« ausgesprochen werden musste.

»Sogar ein Papagei ist schlauer als du«, hatte sie gesagt, weil ihr Unterricht keine Früchte getragen hatte.

Die sprechenden Kühlschränke waren unterhaltsam, sie brachten Schwung und gute Laune ins Leben, wenn man schon keine Katze oder keinen Partner mehr hatte. Und sie bewahrten die Bewohner von *Abendhain* sogar vor Vergiftungen und Durchfallerkrankungen. Wie schnell verzehrte man verdorbene Lebensmittel, wenn man nicht auf das Verfallsdatum achtete.

Manche hatten früher ja gerne im hintersten Winkel ihres Kühlschranks ein Stückchen Lachs zwei Wochen lang liegen lassen, ohne zur Kenntnis zu nehmen, wie sich der Fisch langsam in grünen Schleim verwandelte. Diese Zeiten waren vorbei, dank der intelligenten sprechenden Kühlschränke. Bei einer alten Dame hatte der Alarm so schrill geläutet, dass die

Arme befürchtet hatte, auf ihre alten Tage noch einmal einen Luftangriff miterleben zu müssen.

Siiri trank, um ihren Kühlschrank zu besänftigen, zum Frühstück gleich den halben Liter Milch, der heute sein Verfallsdatum erreicht hatte. Der Kühlschrank verstand da keinen Spaß, er schimpfte und zeterte, wenn abgelaufene Lebensmittel in seine Reichweite gelangten. Insbesondere mit dem Leberauflauf gab es ständig Probleme.

»Du hast nicht die Regeln befolgt. Du hast nicht die Regeln befolgt. Du hast nicht die Regeln befolgt.« Der Schrank war durchaus imstande, Sätze wie diesen stundenlang zu wiederholen, wobei er dazu neigte, die ersten Silben zu betonen.

»Lieber höre ich den guten Ratschlägen meines Kavaliers zu als den Mitarbeitern des Pflegedienstes«, sagte Irma gerne, und tatsächlich war das eigentliche Pflegepersonal einfach verschwunden. Niemand war da, keine Gymnastik- oder Bastelanimateurinnen, kein Küchenpersonal, nicht mal ein Hausmeister, keine Schwestern, keine Praktikanten oder befristet angestellte Immigranten. Das Personal von *Abendhain* bestand aus Maschinen. Und aus einer ziemlich großen Zahl sogenannter Freiwilliger, die darum bemüht waren, den Bewohnern beizubringen, wie diese Maschinen funktionierten.

Abendhain war nicht mehr das ganz normale Seniorenheim für Menschen in der letzten Phase eines langen Lebens im Helsinkier Stadtteil Munkkiniemi. Nein, die Renovierungsarbeiten, die etwa zwei Jahre lang angedauert hatten, waren wesentlich umfassender gewesen, als ursprünglich angenommen. Als neuer Träger des Hochtechnologiewohnsitzes für Alte firmierte ein internationaler börsennotierter Konzern, *Abendhain* galt als Pilotprojekt der »technologisch überwachten Altenpflege«. Und gleich drei staatliche Ministerien beanspruchten einen Teil der Zuständigkeit für dieses aufsehenerregende Projekt.

Diese Politiker, Börsianer und Banker gingen allem Anschein nach davon aus, dass alte Menschen die perfekten Laborratten und Versuchskaninchen waren. Die gängige Einschätzung lautete, dass Finnland aller wirtschaftlichen und finanziellen Sorgen ledig sein werde, sobald diese bahnbrechende Entwicklung auf dem Gesundheits- und Pflegesektor den Weg auf den globalen Markt fand. Es galt, der Welt ein weiteres Mal zu zeigen, welche Wunder Finnen zu wirken imstande waren.

»Das ist unser letzter Dienst an der Gesellschaft«, murmelte Siiri vor sich hin, während sie nach dem Frühstück den Esstisch wischte. Sie hatte ein hart gekochtes Ei und ein Knäckebrot gegessen, eher aus Pflichtgefühl, Hunger hatte sie keinen gehabt.

Als Siiri den Blick wieder auf ihre Smartwand richtete, war das gesamte Display plötzlich mit Irmas Kopf ausgefüllt. Ihr weißes lockiges Haar stand ihr zu Berge, sie sah aus wie ein Kobold. In ihren Mundwinkeln waren noch einige Kuchenkrümel, unübersehbar hingen die großen Brillanten an ihren Ohren.

»Verdammtes Ding!«, schrie sie, ohne Siiri wahrzunehmen, sie starrte irgendeinen Punkt seitlich des Displays an. »Zum Teufel, Mann! Sag deinen Namen, streichle hier, streichle da … Pustekuchen …«

Dann verschwand Irma von der Wand, ebenso plötzlich, wie sie gekommen war. Im Hintergrund war »Figaros Hochzeit« von Mozart zu hören. Siiri lauschte für eine Weile und glaubte zu erkennen, dass es eine Passage aus dem ersten Akt war. Ja, ganz sicher, Graf Almaviva fand gerade den jungen Cherubino im Zimmer der Dienerin Susanna. Plötzlich kehrte Irma auf den Bildschirm zurück, sie sah wütend aus.

»Ir-ma Län-nen-lei-mu. Enter! Wie funktionierst du, verdammte Wand?! Ene, mene, miste, ich will weg! Ich komme nicht aus meiner eigenen Wohnung raus! Hallo! Helft mir! Könnte mir bitte eine Pflegekraft zu Hilfe kommen oder vielleicht so ein Mann, den man früher Hausmeister nannte? Hört mich jemand?«

Irma war inzwischen wieder aus dem Bild hinausgewandert, aber Siiri konnte ihre Tiraden noch gut hören und auch mitverfolgen, dass das Auffinden von Cherubino im falschen Zimmer am Hofe einige Verwirrung stiftete. Der Gesangslehrer, der so gerne Gerüchte in Mozarts Welt setzte, trällerte mit Wucht, und Irma geriet allmählich in Panik, sie schrie, fluchte und raufte sich die Haare.

Schlagartig verstummte die Musik. Es war ganz still, beängstigend still, bis Irma hoch und laut und verzweifelt Alessandro Stradellas »Pietà, signore« zu intonieren begann.

Siiri zog ihren Morgenmantel an und eilte auf den Flur. Es war höchste Zeit: Irma musste geholfen werden.

2

Irma zuckte zusammen, als Siiri schwungvoll die Wohnung betrat, mit ihrem eigenen Wohnungsschlüssel, der eigentlich gar kein Schlüssel war, sondern ein kleiner ovaler Knopf. Dieser Knopf öffnete wie von Zauberhand alle Türen im neuen *Abendhain*, er diente sogar als Zahlungsmittel in der Cafeteria und am voll automatisierten Selbstbedienungskiosk.

Darüber hinaus wusste dieser Knopf alles über sie, sicher weit mehr als Siiri selbst je über sich gewusst hatte. Sie musste sich auch nicht mehr ihre Sozialversicherungsnummer oder ihre Bankkarten-PIN in Erinnerung rufen, das war immerhin eine Erleichterung. Zum Öffnen der Türen musste dieser Knopf lediglich gegen einen der Kästen gehalten werden, die neuerdings die Wände auf den Fluren schmückten.

Das System schien unfehlbar zu sein – mit der kleinen Einschränkung, dass viele Bewohner von *Abendhain* den kleinen Knopf in regelmäßigen Abständen verloren oder verlegten. Die Gewitzten hängten ihn sich wie einen Kettenschmuck um den Hals. Siiri hatte ihren am Band ihrer Armbanduhr befestigt, und Irma zählte zu denjenigen, die ihn die meiste Zeit suchten.

Manchmal verweigerten die Kästen oder die Knöpfe ihre Mitarbeit, dann wedelte Siiri so lange mit dem Knopf vor dem Kasten herum, bis endlich das grüne Licht leuchtete und die Tür sachte aufsprang. Ab und zu vermisste Siiri die guten alten Türgriffe und Türen, die sie mit bloßen Händen hatte öffnen können.

»Genau, und denk doch mal an die armen Leutchen, deren Job es war, diese Schilder zu schreiben. Du weißt schon, die Schilder, auf denen stand, ob man die Tür aufdrücken oder zu sich hinziehen muss. Sind die jetzt alle arbeitslos? Das ist doch merkwürdig. Ist doch dumm, Geräte zu erfinden, die den Menschen ihre Arbeit wegnehmen«, sagte Irma, während sie in der Küche herumwuselte. Siiri hatte den Eindruck, dass sie ihr irgendetwas anbieten wollte, aber nicht wusste, was.

»Kuchen wäre fein«, sagte Siiri. »Oder ... hast du etwa schon alles zum Frühstück gegessen?«

Irma starrte Siiri mit weit aufgerissenen Augen an und entgegnete bissig, fast wütend: »Woher weißt du denn, dass ich Kuchen gegessen habe? Ist auch das jetzt schon aller Welt bekannt? Ich werde noch verrückt hier. Meine Wand erzählt mir was von Schlafeffizienz und 78 %, obwohl ich genau weiß, dass ich die ganze Nacht wach gelegen habe.«

Irma hasste den Gedanken, ständig unter Beobachtung zu stehen. Sie war überzeugt davon, dass sämtliche dieser hochtechnischen Installationen einzig diesem Zweck dienten: sie und die anderen Bewohner des Altenpflegeheims zu observieren und komplett zu durchleuchten. Auch jetzt, in diesem Moment, saß irgendwo ein Mensch, der ihnen gelangweilt bei ihren morgendlichen Beschäftigungen zusah. Vielleicht ja einer, der früher Schilder an Türen geklebt hatte oder eine der in den frühen Ruhestand entlassenen Gymnastikanimateurinnen.

Im Übrigen betonte Irma, dass die Kosten für diesen ganzen Unsinn am Ende die Alten würden tragen müssen. Wer auch sonst? Die staatlichen Förderungen dienten nur der Anschubfinanzierung, dieser Quatsch sollte allen Ernstes global vermarktet werden. Damit auch Pflegeheime in Indien und Südamerika in den Genuss von Knöpfen und Kästen kamen, zur Freude des finnischen Finanzministers.

»Du hast Kuchenkrümel in den Mundwinkeln«, sagte Siiri lächelnd, als Irma endlich einmal Atem holen musste.

»Ach so, stört dich das? Ich hole eine Serviette, hier auf dem Tisch müsste eine … warum liegt mein hübsches Tüchlein nicht auf dem Tisch, dieses rosarote mit meinem Namen, du weißt doch, das mit meinem Namen bestickte … ein Verlobungsgeschenk, feines Leinen. Ich habe ja keine Lust, die Tücher ständig in die Wäsche zu werfen, deshalb ist ihr Platz eigentlich hier auf dem Tisch. Warum musstest du jetzt eigentlich anfangen, über Kuchenkrümel zu reden? Ich wische meinen Mund einfach mit der Hand ab, siehst du? Jetzt alles gut? Wo waren wir noch mal stehen geblieben?«

Siiri verzichtete darauf, die Sache näher zu erläutern und ihr zu sagen, dass sie versehentlich auf dem Bildschirm an der Wand mit Krümeln im Gesicht erschienen war. Die Elektronik ihrer beiden Wohnungen war über irgendeinen Satelliten miteinander verbunden worden, damit sie sich kontaktieren konnten, ohne sich vom Sofa erheben zu müssen. Durchaus praktisch, dass musste man schon zugeben. Eine solche Satellitenverbindung herzustellen war wohl in diesen Tagen eine ganz leichte Übung für gewiefte Computertechniker.

Auch Anna-Liisas Wohnung war angeschlossen worden, sodass einem virtuellen Kaffeekränzchen nichts im Wege stand. Und natürlich konnte diese Verbindung auch in ernsten Momenten ein Segen sein, für den Fall, dass die Sensoren unter dem Kopfkissen mal den Dienst verweigern und eine von ihnen gerade in diesem Moment sterben würde. Jeder Bewohner war verpflichtet worden, zwei sogenannte »Notfallfreunde« zu benennen, im Fall von Siiri waren das also Irma und Anna-Liisa. Das war im wahrsten Wortsinn »interaktive Altenpflege«.

Aber jetzt, und das war zur Abwechslung doch sehr schön, saßen Siiri und Irma ganz real, in Fleisch und Blut, an deren Frühstückstisch, in Echtzeit. Sie unterhielten sich, anknüpfend an Irmas Krümel-Malheur, darüber, dass es recht unangenehm war, an den Kinnpartien und Hälsen vieler Heimbewohner den Speiseplan der vergangenen drei Wochen ablesen zu können. Siiri fragte sich immer, warum die armen

Leute das nicht bemerkten. Und seitdem es keine Pfleger mehr gab, gab es auch niemanden, der die Lätzchen bereithielt oder dafür sorgte, dass allwöchentlich einmal das Pyjama-Oberteil gewechselt wurde.

Irma erinnerte sich an ihre Cousine, die zuletzt bedauerlicherweise im Gesicht einseitig gelähmt gewesen war, sodass ihr das Essen immer seitlich aus dem Mund getropft war. Und das, obwohl sie ein riesiges Lätzchen getragen hatte. Das war immer ein wenig peinlich gewesen, besonders bei Familienfesten, die damals gelegentlich noch stattgefunden hatten. Irma schweifte ab und erzählte, zunehmend fröhlich, von ihren lustigen Cousinen und Cousins, gut gelaunte, gastfreundliche Menschen waren das gewesen, die das Kartenspielen und das Trinken geliebt hatten.

»Ach ja, gute Güte, ich habe doch ein lustiges Leben gehabt«, sagte sie und klatschte in die Hände. Dann sah sie Siiri an, unvermittelt wieder ernst. »Aber sie sind ja alle gestorben, meine fröhlichen Cousinen und Cousins.« Sie seufzte auf. »Ich habe niemanden mehr, nur noch dich, liebe Siiri.«

»Oh, du Ärmste«, sagte Siiri. Sie hatte das dumpfe Gefühl, dass sie zumindest in diesem Moment ein eher schwacher Trost war.

Sie aßen ihren Kuchen und tranken Kaffee und schwiegen. Beide vermissten ihre Zeitung, aber sie spürten schon gar nicht mehr den Drang, sich darüber zu beschweren. Sie waren lange genug wütend darüber gewesen, dass viele Zeitungen nur noch online verfügbar waren. Sie hatten sogar bittere Briefe an den Chefredakteur der größten finnischen Tageszeitung, *Helsingin Sanomat*, geschrieben, und an den Konzernchef und die Geschäftsführer. Sogar nach Holland, wo aus unerfindlichen Gründen der Kundenservice saß, hatten sie eine Beschwerde gesendet, und auch der Vorsitzende des Verwaltungsrates und der Leiter der Abteilung »Gesamtgesellschaftlicher Auftrag« waren nicht verschont geblieben. Aber nur einer der Briefe war beantwortet worden, mit den Worten: »Zu Ihrem Kundenfeedback haben wir einen Twitter-Tweet erstellt unter #nachrichten #feedback #lobundbeschwerde #zufriedenekunden. Vielen Dank.«

Irma hatte auf ihrem Rechteck, diesem Tablet-Computer, natürlich Zeitungen abonniert, und jede Menge Zeug war ja angeblich in irgendwelchen Wolken verfügbar, aber sosehr sie sich auch bemühten, das Zeitunglesen machte auf dem Bildschirm einfach keinen Spaß. Das kleine Gerät wurde auch immer schmutzig, wenn man mit Kuchenkrümelfingern von einer Seite zur nächsten wischte. Und es waren ja eigentlich gar keine echten Seiten, sondern nur flimmernde Bilder, grafische Mogeleien, die so aussehen sollten, als seien sie Zeitungsseiten.

»Grafisch, das ist ein schönes Wort«, sagte Irma. »Da steckt irgendwie etwas Großes drin, etwas Massives. Grafisch wie ein Grabstein. Oder so.«

»Jesus, Maria und Josef!«, schrie Irma plötzlich so laut, dass Siiri zusammenzuckte.

Hinter einem Vorhang schaute eine Ratte hervor, eine muntere, ganz lebendige Ratte, mit glänzendem Fell. Sie sah sich für einen Moment um und rannte dann zielstrebig los, auf leise trippelnden Pfötchen. Siiri und Irma schnappten nach Luft. Siiri spürte ein Stechen in der Schläfe, und Irma verschüttete Kaffee, der an ihrem blauen Kleid hinabtropfte. Als die Ratte zwischen ihren Beinen herumraste, schrien beide so ohrenbetäubend, dass das Tier umgehend wieder hinter dem Vorhang verschwand. Die Smartwand meldete sich aufgeregt zu Wort. »Der Alarm wurde ausgelöst! Kontrollieren Sie bitte umgehend den Feuermelder!«

Siiris Atmung beruhigte sich langsam. Sie hatte das Gefühl, 800 Meter rückwärtsgelaufen zu sein und zwischendurch einige Purzelbäume geschlagen zu haben. Ihr Herz pochte wild, setzte für einen beängstigend langen Moment aus und fing wieder an, heftig zu schlagen.

»Sie ist da lang gelaufen!«, schrie Irma und zeigte Richtung Küche.

»Die Gefahr ist gebannt! Keine Rauchentwicklung!«, teilte die Smartwand mit.

Irma stand auf und eilte entschlossen in die Küche. Sie rief laut und klapperte mit dem Geschirr, um der Ratte Angst zu machen, aber die war spurlos verschwunden. Siiri erhob sich mühsam von ihrem Stuhl. In ihren Ohren war ein stetiges Rauschen, es kam ihr vor, als würde sie neben einem Wasserfall stehen. Ihr wurde schwarz vor Augen.

»Nicht ohnmächtig werden! Bitte, Siiri, nicht ... hallo ...«

Irma fing Siiri auf, als sie zu Boden sank. Sie hievte sie auf das kleine, blumengemusterte Sofa, hob Siiris Füße an und legte sie sanft auf die Armlehne. Irma war jetzt erstaunlich gelassen, ganz Herrin der Situation. Sie ging in die Küche, um für Siiri etwas zu trinken zu holen. Im Vorbeigehen schlug sie mit der Faust fest und wütend und ohne Rücksicht auf Verluste gegen das große Display an der Wand.

»Was starrst du uns so an? Und was willst du immer mit diesen dämlichen Ausrufezeichen?!«

»Wähle die Eins für: Notruf, die Zwei für: Zentrale, die Drei für: Verwaltung«, entgegnete die Wand freundlich und versöhnlich. Alle Ausrufezeichen verschwanden. Hinter der Eins, der Zwei und der Drei blinkten jetzt sogar kleine gelbe Smileys auf.

Siiri kam langsam wieder zur Besinnung. Sie roch Irmas süßliches Parfüm, mit diesem Hauch von Menthol und frischer Minze. Sie öffnete die Augen und sah sich auf Irmas altem Sofa liegen, ein wirklich schönes Möbelstück aus den 30er-Jahren, mit diesem unverwechselbaren Blumenmuster von Sanderson, Irma hatte es bei *Stockmann* gekauft. Sie sah Irma, die eine Pastille lutschte und eine Zigarette zwischen den Fingern hielt. Sie rauchte ja angeblich nur, um Nasenverstopfungen zu lösen.

Siiri spürte ein beharrliches Pochen in der Schläfe und eine merkwürdig beiläufige Übelkeit. Ob das alles mit dieser Ratte zusammenhing? Aber warum?

Sie hatte eigentlich nie Panik empfunden beim Anblick von Ratten und Mäusen, die in ihrer Kindheit und Jugend ganz normale Bewohner der Straßen von Helsinki, der Höfe und Keller gewesen waren. Es war damals sogar das Gerücht umgegangen, dass nicht wenige während der Nachkriegsjahre Jagd auf Ratten gemacht hatten, in der Hoffnung, ein Stück Fleisch auf den Teller zu bekommen.

»Trink nur, du leicht erregbare Städterin«, sagte Irma humorig und reichte Siiri eine mit rosafarbenen kleinen Vögelchen bemalte Kaffeetasse, die randvoll mit Rotwein gefüllt war. »Das wird dir guttun! Skål!«

Irma hatte ihr eigenes Glas ebenso randvoll befüllt, schlürfte den Wein aber sehr geschickt, ohne das Blumensofa oder ihr blaues Kleid zu bekleckern. Siiri trank auch einen Schluck und dachte, dass Irma mal wieder die richtige Idee gehabt hatte. Der säuerliche Wein machte sie gleich munter. Siiri spürte, wie ihr Blut wieder zu kreisen begann, vom schummrigen Kopf bis hinab in die steifen Beine. Sie setzte sich aufrecht, und Irma sang einen ihrer liebsten alten Schlager, »Siribiribim«.

»Also, da haben wir doch hier tatsächlich Ratten«, sagte sie dann. Sie wirkte zufrieden, als sei das ein erfreuliches Resümee und der Tag doch nicht so langweilig wie befürchtet. Langweilige Tage gab es ja zu viele, die brauchte längst niemand mehr. »Meinst du, liebe Siiri, dass wir gerade den Anfang vom Ende erleben? Du weißt schon, wie in diesem Pest-Roman von Camus?«

Nun ja, die Ratte in Irmas Wohnung war natürlich sehr lebendig und augenscheinlich kerngesund gewesen, anders als bei Camus, in dessen Geschichte die Ratten Blut gespuckt und die todbringende Pest verbreitet hatten. Sie dachten für eine Weile darüber nach, ob das Tierchen in der Hoffnung auf Leckereien gekommen sein könnte, hielten das aber für unwahrscheinlich. Verlockende Speisen waren in den Müllcontainern von *Abendhain* und Umgebung in Hülle und Fülle zu finden. Hatte die Ratte vielleicht eine Leiche gerochen? War wieder mal jemand gestorben?

»Eine gut ausgebildete Ratte könnte die Lösung für dieses Problem sein, also, für Todesfälle, die niemand bemerkt. Die alten Leute sitzen manchmal lange in ihrer Wohnung, bevor irgendjemand bemerkt, dass sie nicht mehr leben«, sagte Siiri. Tatsächlich war immer wieder in der Zeitung zu lesen, dass irgendeine Putzkraft oder ein Glühbirnenwechsler die alten Leute nach Wochen oder Monaten in ihrer Wohnung tot aufgefunden hatte. Ein Stadtverordneter hatte kürzlich vorgeschlagen, dass auch in Altenpflegeheimen Mitarbeiter mindestens einmal wöchentlich sicherstellen sollten, dass die Bewohner noch am Leben waren.

»Ein toller Job«, sagte Irma lachend. Sie wischte sich die Tränen mit ihrem feinen Spitzentüchlein aus den Augen und hatte Mühe, sich zu beruhigen. »Wenn du mich fragst, ob diese Aufgabe eine Praktikantin oder eine intelligente Ratte erledigen soll, dann wähle ich ganz sicher die Ratte. Oder ich übernehme das selbst, das könnte mir Spaß machen, einmal wöchentlich an alle Türen zu klopfen und nach dem Rechten zu sehen«, sagte sie.

Irma leerte den Inhalt ihrer Handtasche auf dem Porzellantisch aus, den sie eigenhändig mit bunten Blumen bemalt hatte. Irma liebte Blumen. Sie fand ihren Tabak und hatte gerade ihre Zigarette angezündet, als aus dem Flur ein lautes Räuspern zu vernehmen war.

»Wir leben noch!«, rief Irma.

Eine hochgewachsene, schlanke Frau stand auf der Schwelle zum Wohnzimmer. Ihr Alter war schwer einzuschätzen: Sie war nicht jung, aber sicher auch nicht so alt wie Siiri und Irma. Sie hatte glänzende schwarz gefärbte Haare und trug eine große Brille mit Plastikgestell. Sie sah sich um.

»Ich bin Sirkka, hallo.«

Sie hatte offenbar keinen Nachnamen, das war heutzutage ja nicht mehr üblich. Einfach nur Sirkka. Siiri und Irma betrachteten erstaunt die fremde Dame, die keine Anstalten machte zu erläutern, warum sie plötzlich in Irmas Wohnung stand. Sie trug einen weiten, schlabbrigen türkisfarbenen Pulli, enge Hosen und grellgrüne Stöckelschuhe.

»Die sind zehn Zentimeter hoch. Oder mehr. Wie kann sie sich damit auf den Beinen halten?«, flüsterte Irma.

»Sind Sie gekommen, um zu kontrollieren, ob wir gestorben sind?«, fragte Siiri. Sie ging ein paar Schritte auf die Dame zu, um höflich guten Tag zu sagen. Der Händedruck der Frau war kalt, die Hand knochig.

»Mein Name ist Siiri Kettunen, ich wohne in der Wohnung nebenan«, sagte Siiri freundlich. »Können wir Ihnen irgendwie helfen?«

»Falls Sie Geld sammeln, ich habe keines. Meine Bankkarte habe ich noch, aber ich weiß nicht, ob auf dem Konto überhaupt noch ein einziger Cent ist, und das kann mir auch meine schlaue Computerwand im Moment nicht verraten«, sagte Irma. Sie saß immer noch auf dem Sofa, entspannt ihre Zigarette paffend.

Geld für gute Zwecke zu sammeln, für das Rote Kreuz oder den Bund der Kriegsveteranen, war in der Tat ein schwieriges Unterfangen geworden, seitdem Bargeld aus der Mode gekommen war.

»Ich komme, weil hier der Alarm ausgelöst wurde. Sie befinden sich in einer Notfallsituation?«, fragte die Dame. Ihre Stimme war schrill und aufdringlich, sie passte zum dezent überschminkten Gesicht, vor allem zu den künstlich wirkenden Augenbrauen der Frau.

»Ach nein, das war ich, das war ein Irrtum«, sagte Irma. Sie wedelte den Zigarettenqualm aus ihrem Blickfeld, ihre goldenen Armreifen klirrten. Dieses Geräusch liebte Siiri. Sie betrachtete ihre Freundin lächelnd, während Irma erklärte, dass sie besonders hoch und laut schreien konnte, vermutlich habe das den Alarm besonders dringend erscheinen lassen. Sie gab einige Kostproben ihres Könnens, und als sie anhob, »Die Königin der Nacht« zu singen, lärmte der

Alarm wieder, ein Feuer in der Küche wurde vermeldet.

»Hört euch das an! Diese Wand hat doch den Verstand verloren!«

Irma deutete vorwurfsvoll auf das Display, das für das Problem drei Lösungen parat hatte: Erstens: Löschdecke, zweitens: Notruf 112, drittens: Hausverwaltung. Die unbekannte Frau namens Sirkka legte ihre Stirn in Falten.

»Ja, möchten Sie vielleicht etwas über den Heiligen Geist erfahren?«, sagte sie schließlich.

Irma und Siiri starrten sie an. Der Heilige Geist war das Einzige, was ihnen ihre smarten Wände an diesem Vormittag noch nicht angeboten hatten.

Irma lachte, aber Siiri versuchte, aus reiner anerzogener Höflichkeit, Interesse zu signalisieren. Niemand sollte wegen seines Glaubens verurteilt werden. Und vielleicht hatte diese Sirkka etwas Interessantes zu erzählen, das war immerhin möglich.

Sirkka wartete ohnehin nicht auf eine Antwort, sie hatte ihre Broschüren und Flyer bereits aus ihrer grünen Handtasche gefischt und warf sie schwungvoll auf Irmas Porzellantisch. Es schien in diesen Textwerken um irgendeine christliche Klinik zu gehen, die auf Basis von Buße und Beten ein lebenswertes Leben versprach.

Irma fand das alles wenig amüsant, sie wurde sogar ziemlich sauer. Sie erhob sich vom Sofa und stand ganz aufrecht, während sie sich zukünftiges unerwünschtes Eindringen in ihre Wohnung verbat. Ihr

Gesang sei kein Feueralarm, und sie habe auch keine Lust mehr darauf, ständig ausspioniert und überwacht zu werden.

»Sind Sie das also, die im Keller sitzt und uns beobachtet? Ich weiß sehr wohl, dass ihr da eine Überwachungszentrale habt, ihr seid schlimmer als Stasi und KGB zusammen! Ich kann so viel singen und schreien, wie ich will, Sie müssen sich nicht hierherbemühen. Und was soll dieser Quatsch mit dem Heiligen Geist? Sind Sie vollkommen bescheuert?«

Sirkka stand jetzt ebenfalls aufrecht, sie strich sich über ihre glänzenden Haare, und Siiri hoffte insgeheim sehr, dass der ungebetene Gast nicht beginnen würde, über den Sinn des Lebens zu referieren. Irma und sie waren zu alt, um sich noch für diesen Schnickschnack zu interessieren.

»Ich bin eine Heilerin im Namen Jesu, ich treibe böse Geister aus. Wenn ihr den Heiligen Geist zur Kraftquelle erhebt, wird euer Selbst erneuert, es wird euch nicht mehr beherrschen. So einfach ist das. Ihr könnt Teil der göttlichen Natur werden, sobald ihr eins seid mit Jesus. Ich befreie euch von der Macht des Satans. Ich höre euch zu und werde für euch beten. So einfach ist das.«

Irma machte einen Schritt zurück. Siiri sah, dass sie sehr wütend war und nach Worten suchte, um dieser Wut Ausdruck zu verleihen. Diese Sirkka sah inzwischen ziemlich merkwürdig aus, ihre Augen funkelten zornig.

»Dann beten Sie doch bitte darum, dass uns die

Ratten hier in Ruhe lassen«, sagte Siiri beschwichtigend.

Diese neue Wendung schien Sirkka zu überraschen. Sie war sicher eine erfahrene Predigerin und daran gewöhnt, von Gewalt, Vergewaltigungen, Alkoholismus, Schlaflosigkeit, Drogen, Arbeitslosigkeit, Einsamkeit und Pädophilie zu hören, aber vielleicht hatte sich noch nie jemand wegen Ratten an sie gewendet.

Während die Frau noch erstaunt innehielt, polterte Irma los: »Ja, das wäre fein. Beten Sie für die Ratten, und lassen Sie uns in Ruhe! Sie haben die Wahl, Sie können uns oder den Ratten den Teufel austreiben. Nehmen Sie die Ratten, ja?! So einfach ist das!«

Irma lief in den Flur, um den dubiosen Eindringling hinauszugeleiten, aber Sirkka verharrte wie erstarrt auf der Stelle. Siiri trat näher, hakte sich unter und führte sie behutsam zur Tür, an der Irma schon wartete. Sie betätigte den automatischen Öffner, und während sich die Tür langsam öffnete, huschte eine dicke Ratte vorüber. Sie blieb stehen und spähte neugierig in die Wohnung hinein.

»Kikeriki!«, krächzte Irma. Das kam ganz intuitiv, das war ihr bevorzugter Morgengruß.

Die Ratte zuckte zusammen und rannte schnell weg, die Smartwand löste dröhnend den Alarm aus, und Sirkka, die Teufelsaustreiberin, wurde von einer plötzlichen Ohnmacht heimgesucht.

3

Die ohnmächtige Predigerin erhielt die wohlverdiente Aufmerksamkeit. Nachdem sie wieder zu sich gekommen war, begleiteten Siiri und Irma sie nach unten ins Erdgeschoss und betteten sie auf einem Sofa im Aufenthaltsraum von *Abendhain* zur Ruhe. Sirkka schien sehr benommen und hatte die Augen geschlossen.

Anna-Liisa eilte herbei. Sie erwies sich als besonders eifrige Helferin, legte einige Kissen in Sirkkas Rücken und sah sehr würdevoll aus in ihrem schwarzen Kleid, kerzengerade und anmutig wie immer. Sie stellte der Patientin einige seltsam klingende Fragen, auf die Sirkka keine Antworten fand.

»Ich versuche, den neurologischen Status der Dame zu evaluieren«, erklärte Anna-Liisa. »Können Sie Ihre Zunge herausstrecken? Eine Grimasse schneiden? Was ist Ihre Lieblingsfarbe?«

Auch Tauno war hilfsbereit, er wuselte herum, mit seiner Schirmmütze auf dem Kopf, und erteilte Befehle, so wie nur ein altgedienter, mit Notsituationen vertrauter Offizier das tun kann. »Wasser! Bringt Wasser! Hebt die Füße an – macht Platz, ich taste den Puls.«

Tauno fand allerdings keinen Puls. Vielleicht war das normal, so kühl und ablehnend diese Sirkka war. In Wallung geriet sie vermutlich nur, wenn es um den Teufel und den rechten Glauben ging.

Margit saß etwas abseits in einem der neuen Massagestühle. Siiri war nicht sicher, ob sie vielleicht Schwierigkeiten hatte, wieder aufzustehen. Eigentlich musste sie Routine darin haben, verbrachte sie doch täglich einige Zeit in dem hässlichen schwarzen Kunstlederstuhl und ließ sich ihre Muskeln durchkneten. Siiri hatte es einmal ausprobiert und Tage gebraucht, um sich von dieser vermeintlichen Wohltat, die immerhin fünf Euro kostete, zu erholen. Margit dagegen investierte gerne in die Höllenmaschine und stöhnte dann so laut und wohlig, dass Siiri unwillkürlich an Margits verstorbenen Gatten Eino denken musste und an die Liebesspiele der beiden, die bis auf die Flure von *Abendhain* zu hören gewesen waren.

»Heiliger Geist ... Gnade ... Gottes Kraft in mir ...«, murmelte Sirkka.

Tauno tätschelte ihre blassen Wangen, und tatsächlich, sie öffnete die Augen.

»Der Heilige Geist hat mich berührt! Der Moment der Klarheit ist da!« Die Frau richtete sich auf, ein entrückter, verzückter Ausdruck lag auf ihrem Gesicht. Sie wirkte gar nicht mehr wackelig. »Ich bin seit Dienstag, dem 29. April 2007, in gutem Glauben gewesen. Endlich ist mein Gebet erhört worden. Danke, mein guter Gott, danke!«

Sie ließ sich zurücksinken und schien erst jetzt die Neunzigjährigen zu bemerken, die um sie herumstanden und sie mit besorgten Blicken musterten. Sie machte große Augen und fragte mit der Stimme eines verschüchterten Mädchens:

»Erzählt bitte, habe ich in Zungen sprechen können?«

Die Gute wollte nicht wahrhaben, dass sie lediglich ohnmächtig geworden war. Sie wähnte sich als Empfängerin eines Gnadengeschenks, ja, sie fantasierte etwas von einer Balsamierung, von einem Zeichen für die Kraft des Glaubens.

»Sie haben jedenfalls kein Schwedisch gesprochen«, sagte Irma. »Sie waren einfach nur ohnmächtig. Ihr Heiliger Geist ist eine kleine Ratte gewesen, ein recht pummeliges Tierchen. Ich habe viele Ratten gesehen, in den Nachkriegsjahren, in Kellern und Mülltonnen, die waren leider meistens fürchterlich ausgehungert, damals gab es ja nicht genügend zu essen, weder für uns Menschen noch für die Ratten. Das Fell der Ratten war ganz zottelig, und der Schwanz war lustig, der war ja länger als die arme Ratte selbst. Aber diese von heute, also unsere Ratte, war kerngesund, das Fell hat geglänzt.«

Sirkka schien nicht zu hören, was Irma sagte, sie streckte beide Hände dem Himmel oder der Zimmerdecke entgegen, und ihre Stimme nahm eine beängstigende Lautstärke an: »Die Zeichen aber, die da folgen werden denen, die da glauben, sind die: In meinem Namen werden sie Teufel austreiben, in neuen Zungen reden, Schlangen vertreiben, und so sie etwas Tödliches trinken, wird's ihnen nicht schaden; auf die Kranken werden sie die Hände legen, so wird es besser mit ihnen werden. Markus, 17, 18. Kapitel 16.«

»Ja, trinken Sie, meine Liebe, bitte«, sagte Anna-

Liisa ruhig und bestimmt, und Sirkka senkte ihre Hände und nahm das Glas entgegen. Sie leerte es in einem Zug, denn was immer in dem Glas war, es würde ihr nichts anhaben können.

Anna-Liisa musterte die Frau inzwischen streng und kritisch. Sie stützte sich mit der rechten Hand auf ihrem Stock ab und sah fast Furcht einflößend aus mit ihren dunklen Augen und dem Trauerkleid. Seit dem Tod ihres Mannes, des Botschafters Onni, trug Anna-Liisa ausschließlich Schwarz, bei Tag und Nacht, sogar, wenn es brütend heiß war. Das war irrsinnig, aber Anna-Liisa blieb standhaft und ließ sich auf keinerlei Diskussion ein. Das Schwarz verlieh ihr neben der Düsternis auch eine merkwürdige Blässe und Fragilität.

Sirkka reichte Anna-Liisa das Glas und wischte sich ihren Mund am Ärmel ihres schlabbrigen Pullovers ab. Siiri dachte unwillkürlich, dass der Fleck, der zurückblieb, schwer herauszuwaschen sein würde.

»Lobe den Herrn, meine Seele! Und vergiss nicht, was er dir Gutes getan hat. Psalm 103, Vers 2.«

»Sie brauchen keinem Herrn danken, ich habe Ihnen das Getränk gebracht. Vielleicht sind Sie inzwischen auch schon in der Lage, auf eigenen Füßen zu stehen. So wie ich die Sache sehe, werden wir Ihre Hilfe heute nicht mehr benötigen«, sagte Anna-Liisa. Sie deutete mit ihrem Stock in Richtung Ausgang.

Die Predigerin betastete ihre schwarzen Haare, stand überraschend munter auf und ging. Ihre hohen Absätze schlugen laut gegen den Boden. »Gott segne euch alle«, rief sie noch, bevor sie ins Freie trat. Sie lächelte so glücklich, als sei sie die Braut Jesu am Tag der Traumhochzeit.

»Na, sind wir die endlich los?«, fragte Ritva, die tätowierte, alkoholkranke ehemalige Ärztin, die ständig alle fragte, ob sie mit ihr auf ein Bier in den »Alten Mönch«, die Kneipe gegenüber, gehen wollten. Und an heißen Sommertagen saß sie aufreizend nackt auf ihrem Balkon, was Siiri als unangenehm empfand, weil sie von ihrem Balkon aus eine besonders gute Sicht auf den von Ritva hatte.

Ritva Lehtinen, so hieß sie. Sie trug mit Vorliebe Sandalen, luftige Shirts, löchrige Jeans und einen Sonnenhut, Letzteren ganz unabhängig davon, ob es regnete oder die Sonne schien. Wobei in letzter Zeit natürlich sehr häufig die Sonne schien. Ritva war eilig auf den Hof geflüchtet, um eine Zigarette zu rauchen, statt der ohnmächtigen Predigerin Hilfe zu leisten.

»Sag mal, wo warst du? Du bist doch Ärztin, richtig?«, sagte Anna-Liisa.

»Gerichtsmedizinerin bin ich gewesen, merk dir das doch endlich. Für mich bitte nur Leichen«, entgegnete Ritva, und sie lachte das raue, hüstelnde Lachen einer langjährigen Raucherin.

Immer wenn Siiri Ritva begegnete, dachte sie unwillkürlich darüber nach, wie jung diese Frau doch war, keine siebzig Jahre alt. Sie hätte ihre Tochter sein können. Siiris zwei Söhne waren schon vor langer Zeit gestorben, sie wusste schon gar nicht mehr, wie viele Jahre das her war. Und ihre Tochter war unerreichbar, in irgendein Nonnenkloster in Frankreich war sie abgewandert. So war Siiri auf ihre alten Tage eigentlich kinderlos geworden. Ritva hätte sie allerdings um nichts in der Welt adoptiert, sie war ein wirklich allzu seltsamer Mensch.

»Diese Frau ist aber schnell wieder zu sich gekommen«, sagte Tauno verwundert. Er ließ sich auf das Sofa fallen, das schon seit vielen Jahren der Blickfang im Aufenthaltsraum war, ein großes, ziemlich unbequemes, antik aussehendes Ungetüm, das die Angehörigen eines verstorbenen Bewohners dem Heim sicher gerne zurückgelassen hatten. Immerhin waren die Möbel in den Gemeinschaftsräumen von *Abendhain* noch nicht durch virtuelles Mobiliar ersetzt worden. Sogar der Kartenspieltisch stand noch an seinem Platz, in einer Ecke des Raums, umgeben von klapprigen Stühlen, die den Erben Verstorbener ebenfalls nicht gut genug gewesen waren.

»Der Heilige Geist hat sie geheilt«, stellte Irma fest, sie faltete fröhlich lachend ihre Hände zum Gebet. »Vielleicht kann mich dieser Geist auch von meinem Reizmagen befreien. Ich habe manchmal so üble Blähungen, dass ich fürchte, daran zu sterben. Kennt ihr das?«

»Mein Magen funktioniert bestens«, rief Margit, ihre Wangen glühten noch nach ihrer Massagestuhlbehandlung. »Du solltest auch mal diesen Massagestuhl ausprobieren.«

»In deinem Magen hat sich der Teufel eingenistet.

Ein böser Geist des Übelgeruchs!«, sagte Siiri. Alle lachten ausgelassen.

»Dieser gewalttätige Stuhl da hält also deine Verdauung stabil, Margit?«, fragte Irma. Sie suchte währenddessen schon in ihrer Handtasche nach den Spielkarten.

»Diese Massage ist sicher gut für die Ausstülpungen, die sogenannten Divertikel«, sagte Ritva ungewohnt wichtigtuerisch. Dann verschluckte sie sich heftig und schniefte so ausgiebig, dass Irma sich schließlich erbarmte und ihr eines ihrer Spitzentücher reichte.

»Ich kann es ja nachher noch in die Waschmaschine werfen«, flüsterte sie Siiri zu, laut genug, um Tauno, der entspannt auf dem Sofa lag, ein Lächeln auf die Lippen zu zaubern.

»Wir haben übrigens eine Ratte gesehen«, sagte Siiri.

Alle Anwesenden waren sehr interessiert an diesem Tierchen, Siiri erzählte also noch mal in aller Ausführlichkeit, wie die Ratte aus dem Nichts hervorgeschossen war – womöglich ja wirklich im Auftrag des Messias, um die tiefgläubige Sirkka in den Zustand der glückseligen Trance zu versetzen.

»Hm. Ratten gibt es hier jede Menge«, murmelte Tauno.

»Ja? Ich habe hier aber noch nie zuvor eine gesehen!«, sagte Irma entsetzt.

»Ich spreche von denen, die hier alltäglich herumlungern, um uns zu bekehren und uns unser letztes

Geld aus der Tasche zu ziehen. Nach jedem Gebet wird die Kontonummer durchgesagt, ha!«, sagte Tauno.

»Einen Moment mal, bitte!« Das war Anna-Liisa, deren Stimme einschlug wie ein Peitschenhieb. Erst jetzt fiel Siiri auf, dass Anna-Liisa für eine Weile geschwiegen hatte. Und sie registrierte erfreut, dass sie wieder die Kraft hatte, sich wie in alten Zeiten zu echauffieren. »Wollen wir jetzt über Ratten palavern oder mal über die wichtigen Dinge, die hier anstehen?«

Ritva schien sich angesprochen zu fühlen. Sie beschrieb noch ein wenig detaillierter das Aussehen und die Beschaffenheit von Divertikeln, die vor allem bei Frauen üblich, aber operativ gut behandelbar seien. Irma zog überraschend behände ihre Pflegeverfügung aus der Handtasche und setzte alle darüber in Kenntnis, dass sie gewillt sei, im Fall der Fälle an ihren Blähungen zu sterben, ein operativer Eingriff komme gar nicht infrage. Tauno, auf dem Sofa gegen einen Kissenhaufen gelehnt, wirkte inzwischen abwesend und müde, er schien dem Gespräch nicht mehr zu folgen. Das Sitzen bereitete ihm ohnehin Schmerzen, trotz der Kissen, sein Rückgrat war im Krieg schlimm geschädigt worden. Anna-Liisa runzelte zunehmend ungeduldig und angesäuert die Stirn und wies Irma an, endlich die Karten auszuteilen.

»Jetzt wird gespielt, eine Runde Canasta«, sagte sie und schlug mit der Faust auf die Tischplatte.

»Ich hatte gestern ein sehr interessantes Gespräch

mit einem dieser freiwilligen Helfer«, sagte Margit, während sie ihre Karten begutachtete. »Er war etwa in unserem Alter, na ja, ein wenig jünger, hatte einen dicken Schnurrbart, wie ein Walross hat der ausgesehen, und hatte so eine Brille wie Präsident Paasikivi damals in den Fünfzigern. Habt ihr ihn schon mal gesehen?«

»Den Präsidenten Paasikivi?«

»Der ist doch kein freiwilliger Helfer!«, rief Tauno, laut und verärgert. Irma zuckte vor Schreck zusammen, ihre Karten fielen in ihren Schoß, und ihre Pastillenschachtel segelte zu Boden.

»Aber, Herr Paasikivi wohnt doch nicht in *Abendhain*, oder?«, fragte Margit.

»Ha! Oder das ist dieser Spion, der im Keller sitzt und uns beobachtet«, sagte Irma. Sie versuchte, sich zu bücken, um die Pastillen aufzuheben, aber ihr rundlicher Körper wollte nicht mitmachen. »Verdammter Mist!«, murmelte sie.

»Warte«, sagte Siiri. Sie hob die Schachtel auf und legte gleich anschließend ein sehr gutes Blatt auf den Tisch. Die anderen staunten, sie waren kaum dazu gekommen, ihre Karten zu sortieren.

»Du schummelst!«, rief Irma.

»Man kann Divertikeln vorbeugen, indem man täglich eine Handvoll Samen verzehrt«, teilte Ritva mit.

»Er ist wie meine Freundin«, sagte Tauno.

»Wer? Die Divertikel ...«, sagte Margit.

»Meine Güte, was für eine Unterhaltung, was sind das für Themen?«, sagte Anna-Liisa. Sie schlug mit der flachen Hand auf den Kartenstapel. »Könnt ihr euch für eine Weile konzentrieren? Wer ist deine Freundin, mein lieber Tauno?«

»Wir alle sind Taunos Freundinnen, nicht wahr?«

»Sei still, Irma. Hier wird von Darmbeschwerden, Genitalien, freiwilligen Mitarbeitern, Präsident Paasikivi und Ratten gefaselt, und dann sagt Tauno noch, dass eine bestimmte Person oder vielleicht doch eine Ratte seine Freundin sei. Ich würde liebend gerne von Tauno erfahren, worum es geht.«

»Ich habe gehört, dass man Ratten heutzutage als Haustiere hält. Auch Schlangen sind ja beliebte Haustiere«, sagte Irma.

»Meinst du, dass diese Ratte einem Bewohner entlaufen ist?«

»Oiva ist mein Freund«, sagte Tauno mit weicher, verträumter Stimme.

»Du hast die Ratte auf den Namen Oiva getauft?«, fragte Margit. Der Name wirkte tatsächlich ein wenig unpassend, Oiva war ein sehr alter finnischer Name und hieß so viel wie der Gute, der Feine.

»Falls ich eine Ratte hätte, würde ich sie Bisam nennen. Ihr wisst doch, so heißen die Ratten in den Mumin-Geschichten«, sagte Margit lachend.

»Oiva ist keine Ratte«, flüsterte Tauno.

»Oh, was mir einfällt, meine Cousine war mal kurz mit einem Oiva zusammen«, sagte Irma. »Aber dieser Oiva erwies sich als ganz übler Kerl, hat ungedeckte Schecks ausgeschrieben und ist mit jedem Mädchen ins Bett gehüpft. Also, ich bin keine Freundin von

Scheidungen, aber in diesem Fall, bei meiner Cousine, war es die einzige vernünftige Lösung. Sie blieb dann natürlich allein zurück, mit der riesigen Kinderhorde, und wir haben versucht, ihr zu helfen, haben Hefegebäck gebacken und Kleidung besorgt ... Bin ich dran?«

Siiri fragte sich, warum Irma so in Aufregung geraten war. Wenn sie in einen Redeschwall geriet, dann eigentlich immer, um unangenehme oder peinliche Situationen zu überspielen. Aber jetzt spielten sie ja nur ein Kartenspiel und redeten ein wenig dummes Zeug.

»Nein, Irma. Ich bin dran. Ich komme raus«, sagte Anna-Liisa. Sie atmete tief ein und aus und schien nur mühsam ihre Wut über die Unkonzentriertheit der anderen zu unterdrücken. »Und bezüglich dieser freiwilligen Helfer: Ich finde den Einsatz dieser Leute nicht akzeptabel. Gut möglich, dass das sogar illegal ist.«

»Ihr müsst euch frei machen, loslassen, um die eigene Kraft zu entdecken und nutzbar zu machen.«

Der Mann hatte eine angenehme Stimme und ließ seinen Blick langsam von einem Zuhörer zum nächsten wandern, während er in seiner Bibel blätterte. Die Seiten knisterten und raschelten, während seine schnellen Finger nach der Stelle suchten, die er als Nächstes zitieren wollte.

Drei alte Damen waren schon in ihren Rollstühlen eingeschlafen, der Heilige Geist schien sie nicht berührt zu haben. Aber die neue Bewohnerin, eine recht junge, vielleicht siebzigjährige Dame aus Somalia, und Siiris Nachbarin, die Witwe Eila, sowie einige weitere Bewohner und natürlich Margit hörten sehr aufmerksam zu.

Siiri und Irma hatten sich etwas abseits gesetzt, um nicht mit dieser bibeltreuen Gruppe in Verbindung gebracht zu werden. Auch aus der Entfernung konnten sie sehr gut hören, was der nette Herr aus seiner Bibel vorlas. Der Mann trug einen dunklen Anzug, obwohl es ein ganz normaler Donnerstag war. Seine blank polierten Schuhe hatte er abgestreift, er stand in Socken im Aufenthaltsraum von *Abendhain*, und seine sanfte, wohlklingende Stimme war doch kraftvoll und laut, sodass Gottes Worte bis in die Eingangshalle hinein zu vernehmen waren.

Eine alte Dame, die an ihrem Hinterkopf einen einsamen Lockenwickler vergessen hatte, saß in ihrem Rollstuhl mitten im Raum, ein surrender Seehundroboter lag in ihrem Schoß. Der kleine Seehund hatte auffallend lange schwarze Wimpern, und wenn die alte Dame ihn fest drückte, fing er an zu schnurren wie eine Katze. Wenn sie ihm in die Augen sah oder ihn freundlich ansprach, wedelte er lustig mit dem Schwanz. Alle lauschten gebannt, es war mucksmäuschenstill.

Siiri vermisste die eilig umherlaufenden Pflegerinnen, die Gymnastikanimateurinnen und Bastel- und Bingo-Damen, die die Bewohner unbarmherzig munter zu Spiel und Spaß aufgefordert hatten.

»Die elfte Zeile im achten Kapitel des Römerbriefes ist in dieser Hinsicht durchaus von Belang«, sagte der allzu liebenswert lächelnde Bibelprediger. »Es geht darum, dass euer sterblicher Körper, sollte in euch der Geist Gottes wohnen, zu neuem Leben erwachen kann.«

Eine der alten Damen, die in der ersten Reihe eingeschlafen war, räusperte sich kurz, bevor sie laut zu schnarchen begann. Der sanfte Blick des Predigers blieb für einen Moment auf der Dame haften, dann löste er sich, offenbar auf der Suche nach denen, die noch zuhörten.

»Wer nicht an das Evangelium glaubt, dem droht ewige Verdammnis. Wer aber glaubt, der wird in neuen Zungen sprechen und heilende Hände auflegen. Der Heilige Geist, der Jesus von den Toten auferstehen ließ, wird dann mit euch sein. Lasst den Heiligen Geist euer Leben und euren Willen ausfüllen. So einfach ist das.«

»Unseren Willen? Das wäre ja schön dumm«, sagte Irma, vielleicht etwas taktlos oder zumindest zu direkt, der Jesusmann starrte sie an.

»Oh, ups, ach du Schreck«, murmelte Irma. Sie presste ihre Lippen zusammen und hielt seinem Blick eisern stand.

»Euer Wille ist in den Händen des Teufels, falls ihr

euch der Ankunft des Heiligen Geistes verweigert. Sobald Gott euch leitet, beginnt euer Leben. Ein neues Leben, Wohlstand, Erlösung, Wiedergutmachung. Das alles fängt mit der Ankunft des Heiligen Geistes an. Des Heiligen Geistes. So einfach ist das. Glaubt, dann werdet ihr leben, gesund und stark.«

Nun ja. Der Mann würde wohl noch einiges an Bekehrungsarbeit leisten müssen, bevor dieses Grüppchen verlorener Seelen das blaue Wunder erleben würde. Siiri und Irma tuschelten zunehmend ausgelassen über diesen merkwürdigen Gesandten Gottes, und als sie anfingen zu lachen, wurden sie von diesem Heini tatsächlich freundlich aber bestimmt des Raumes verwiesen.

Sie standen auf und fragten Margit, ob sie nicht mitkommen wolle, aber Margit wollte keineswegs gehen, sondern kramte stattdessen eifrig in ihrer Handtasche, vermutlich auf der Suche nach ihrer Geldbörse. Der Prediger würde bald den Höhepunkt seiner Rede erreichen und mit einiger Wahrscheinlichkeit zum guten Schluss um milde Gaben bitten. Ja, so einfach war das. Der Mann redete schon vom Geld.

»Jeder Betrag ist willkommen, klein wie groß, jeder nach seinen Möglichkeiten«, säuselte der Mann. »Unser Herr ist immer dankbar. Falls ihr kein Bargeld zur Hand habt, findet ihr uns im Internet, auf der Seite www.erwachen-heute.fi, Spenden werden unter der Rubrik ›Opfergeschenk‹ entgegengenommen. So einfach ist das.«

Siiri und Irma eilten in die Kantine, die allerdings

keine mehr war, weil der Koch und alle anderen Küchenmitarbeiter entlassen worden waren. Stattdessen gab es ein Fließband, an dem sich die Senioren selbst bedienen konnten, vorausgesetzt, dass sie begriffen, was sie wollten, wo sie waren und wie das Ganze funktionierte. Ein Stapel klebriger Tabletts stand immerhin bereit, dazu Besteck und Gläser. So weit, so gut. Die Technik hatte aber ihre Tücken.

»Meine Güte, ich hasse diese Geräte«, sagte Irma. Sie versuchte unermüdlich, den Knopf mit der Aufschrift »Milch/fettarm« zu drücken, aber es kam nichts. Zur Abwechslung drückte sie auf »Wasser/ohne Kohlensäure« und dann mit neuem Mut wieder »Milch/fettarm«.

»Du hast vergessen, das kleine Knöpfchen vorzuzeigen, das du im Ausschnitt trägst. Du weißt doch, dass wir damit die Getränke bezahlen«, sagte Siiri.

Irma zog den kleinen, ovalen Knopf aus ihrem Dekolleté hervor, wie eine Opernsängerin einen geheimen Liebesbrief. Sie hielt den Knopf gegen die Maschine, mit dem Erfolg, dass die fettarme Milch in einer Menge floss, die ein Gläschen bei Weitem überstieg. Siiri stellte schnell ihr Glas unter den Hahn, bis auch dieses überlief, die Milchflut wollte kein Ende nehmen. Irma schrie Befehle, die ihr gerade einfielen, aber der Automat wollte nicht gehorchen. Immerhin wurde nach einer Weile aus der Milchflut ein Wasserfall.

»Heiliger Geist, wo bist du?«, fragte Irma, während sie noch ein weiteres Glas mit Wasser füllte.

»Du musst hier drücken«, sagte Ritva. Sie drängte sich neben die ratlose Irma und drückte entschlossen auf *Cancel*. Der Wasserfall versiegte.

»Tausend Dank, Ritva!«, sagte Irma. Sie nahm sich ein neues, nicht überschwemmtes Tablett und ging leichtfüßig zu dem Automaten, auf dem unübersehbar die Aufschrift »Mahlzeiten« prangte. Sie sah den schrankhohen, fabrikneuen, glänzenden Stahlturm trotzig an. Ein Computeringenieur, ein gut gelaunter Doktor der Technik, hatte den Bewohnern von *Abendhain* kürzlich in einer schwungvollen Präsentation die Fähigkeiten dieses technischen Wunderwerks nahebringen wollen. Die Maschine, so hatte der Mann betont, sei der Inbegriff neuester Technologie, einer Technologie der Zukunft, die die Probleme der Globalisierung im Handstreich beseitigen und gleichzeitig auch die Nahrungsaufnahme wieder ganz nah an den Verbraucher heranbringen werde. In der Apparatur befand sich den Ausführungen des Robotermeisters zufolge eine Erfindung, eine Art 3-D-Drucker. An dieser Stelle waren die Ausführungen mysteriös geworden, der Mann hatte den besonders Begriffsstutzigen erklärt, dass 3D für »drei Dimensionen« stehe, das sei Englisch.

Anna-Liisa hatte den Referenten herausfordernd, mit dem stechenden Blick der langjährigen Lehrerin, gefragt, ob das »d« groß oder klein geschrieben werde, und der Referent hatte entgegnet, dass das keine Rolle spiele, beides sei möglich. Dann hatte dieser Referent ihnen allen Ernstes erzählen wollen, dass nun also 3-D-Drucker ihr Essen zubereiteten. Diese Drucker konnten demzufolge auch Autos herstellen. Und das sei gut, in China müsse jetzt niemand mehr für einen Hungerlohn arbeiten. Aha. Vielleicht konnte der Automat wahlweise auch Stühle und Hocker und Kerzen oder lustige Ohrringe herbeizaubern.

Schließlich hatte der Referent dann wieder zurück zum Thema Essen gefunden. Er hatte mitgeteilt, dass der neue Automat einmal wöchentlich mit einer wunderbaren Auswahl schmackhafter Mahlzeiten ausgestattet werde. Das Gerät könne die Nahrung bis zu dreißig Jahre lang konservieren, das sei bereits im Rahmen der bemannten Raumfahrt erfolgreich getestet worden. Das neue System sei dementsprechend in hohem Maße up to date.

Der Referent hatte dann noch darauf hingewiesen, dass die Maschine natürlich ihre wohlverdienten Pausen brauche, deshalb hatte sich der Hersteller in Absprache mit der Heimleitung darauf verständigt, die schwedische 8-16-Diät zur Anwendung zu bringen. Weil niemand jemals von dieser Diät gehört hatte, hatte der Referent, inzwischen ein wenig gelangweilt, erläutert, dass der Automat und demzufolge auch die Getränke und die Mahlzeiten ausschließlich von 8 bis 16 Uhr zur Verfügung stünden.

Um den Spaßfaktor beim Essen zu erhöhen, konnten Form und Farbe der Mahlzeiten nach Lust und Laune variiert werden. Lang wie Spargel, rund wie Fleischbällchen, auch oval, flach, als Dreieck oder gar in Pyramidenform. Der Geschmack war allerdings immer derselbe, es schmeckte nach Rübenpüree. Aber immerhin, die Formen und Farben brachten Abwechslung.

»Grüne Stangen, rote Dreiecke und was noch? Ich könnte noch weiße Bällchen dazu nehmen«, murmelte Irma, die das Display des Mahlzeiten-Terminals begutachtete. Man musste nur den Knopf unter dem entsprechenden Bild drücken, schon wurde der Püreeklumpen servierfertig geformt. »Weiße Bällchen sind nicht gut, nein, ich nehme doch lieber die grünen. Gibt es überhaupt noch die roten Dreiecke? Hm, das ist doch alles Kindergarten hier!«

»Drück einfach irgendwas mit geschlossenen Augen, so mache ich es gerne«, schlug Siiri vor.

Letztlich war es ja ganz egal, in welcher Form und Farbe das Rübenpüree serviert und verzehrt wurde. Anna-Liisa hatte vor einiger Zeit behauptet, dass das Gemüsepulver noch nicht mal aus frischem Grünzeug hergestellt werde. Sie hatte gehört, dass Essensreste aus den Supermärkten und Schulen der Umgebung nach *Abendhain* gebracht und zu Püree verarbeitet wurden, zweifelhafte Nahrungsergänzungsmittel inklusive.

»Glaubst du, dass wir dieses sogenannte Überschussessen bekommen?«, fragte Siiri, als sie endlich nach langer Prozedur an einem Fenstertisch saßen. Die Portionen auf ihren Tellern sahen aus wie geometrische Mathematikaufgaben. Ritva hatte sich zu ihnen gesellt.

»Das ist keine Frage des Glaubens«, sagte Irma.

»Wobei ich ehrlich gesagt nicht genau verstehe, was du mit Überschussessen meinst.«

Siiri hatte davon im Fernsehen und im Radio gehört. Das Ganze war ein großes Problem. Die Schüler aßen nie auf, und in den Supermärkten blieben große Teile der Waren liegen. Um den so entstehenden Abfallmengen entgegenzuwirken, war man offensichtlich dazu übergegangen, einen Teil der nicht verzehrten und nicht verkauften Nahrungsmittel noch einmal zu verarbeiten.

»Du meinst, dass wir essen, was für andere Leute nicht gut genug ist? Und dafür brauchen wir diese 3-D-Maschine?«

»Warum denn nicht? Das macht doch Sinn. Wenn wir diese grünen Dreiecke nicht essen würden, wären sie auf der Müllhalde gelandet«, sagte Siiri. Sie hielt es durchaus für klug. Sie selbst hatte schon immer ein Faible fürs Wieder- und Weiterverwerten gehabt. Aus einer Tagesdecke hatte sie ein Kleid genäht und aus dem Kleid einen Hut und so weiter.

Die 3-D-Kantine gab merkwürdige Geräusche von sich. Grüner Brei floss zu Boden, eine knallrote Flüssigkeit, die wie Blut aussah, spritzte quer durch den Raum. Aber es war kein Blut: Nein, der Verursacher des Durcheinanders war Tauno, der wütend gegen die Maschine hämmerte, weil er sein Essen nicht bekam. Er stand gebückt und hatte sichtlich Schwierigkeiten, mit seinen tapsigen, unkoordinierten Bewegungen die richtigen Knöpfe zu erwischen. Zu allem Überfluss zitterten seine Hände. Ritva eilte ihm zu Hilfe, sie war heute erstaunlich freundlich. Computer waren ihr anscheinend lieber als Kranke oder Leichen. Sie tätschelte sanft Taunos Kopf, er beruhigte sich und bekam sogar sein Essen.

Hier und da saßen Bewohner des Heims an den Tischen, alle schwiegen. Aus der Eingangshalle drang immerhin von Zeit zu Zeit die sonore Stimme des Aufzugs herüber: »Auf dem Weg. Nach oben. Nach unten.«

Ritva und Tauno kamen zu Siiri und Irma herüber, und noch bevor sie sich hingesetzt hatten, nahm auf dem Fließband des Mahlzeiten-Automaten ein fleißiger kleiner Roboter seine Arbeit auf.

»Das finde ich gut!«, sagte Irma. »Der Kleine ist hübsch und effektiv, seht doch mal.«

Die putzige Putzmaschine war schwarz und weiß und sah dank ihrer runden Formen auf merkwürdige Weise menschlich aus. Sie eilte wichtigtuerisch hin und her, ein echter Streber war dieses Ding. Tauno hatte eine kleine Sauerei hinterlassen, als er versucht hatte, sein Mittagessen zu bestellen. Die Bürsten und Schwämme des Roboters flogen über das Band. Das Ergebnis war erstaunlich: Von dem Chaos, das Tauno angerichtet hatte, blieb keine Spur zurück. Als die Arbeit getan war, bedankte sich der kleine Roboter bei seinem Publikum, indem er rot und grün blinkte und nach kurzem Innehalten in seine Ecke am hinteren Ende des großen Raums zurückkehrte, um auf den nächsten Einsatz zu warten.

»Bravo, bravo, mein Junge!«, rief Irma, sie applaudierte schallend. »Oder ist das ein Mädchen?«

»Er ist vor allem so auffällig leise«, sagte Siiri nachdenklich, während sie den jetzt ganz stillstehenden Roboter betrachtete. »Wenn man den so ansieht, könnte einem der Gedanke kommen, dass ein Teil dieser Computer und Automaten wirklich mitdenkt ...«

»Am Morgen habe ich aus dem Fenster gesehen, und es war Regenwetter, aber weil mein Mann an der Technischen Hochschule nicht angenommen wurde, mussten wir sogar unseren Hund weggeben«, sagte Ritva.

Siiri suchte ihren Blick, sie sah vielleicht ein klein wenig alkoholisiert und müde aus, aber doch wie immer. Tauno achtete gar nicht auf Ritvas merkwürdiges Gerede. Er schaufelte zufrieden die roten Stängelchen in seinen Mund, es schien ihm ausgezeichnet zu schmecken.

»Hattet ihr viele Hunde?«, fragte Irma aufmunternd.

»Hat keinen Sinn, sie zu zählen, sterben sowieso alle im Winter. Aber im Garten meiner Mutter, da lagen die Beile.«

»Wie bitte?«, fragte Irma.

»Bis nach Åland haben wir immer diese Flaggen gebracht, überall Flaggen und gelegentlich auch Blumen, rote Blumen, diese wunderschönen ...«

Ritva schwieg plötzlich, sie legte ihre Gabel auf dem Tisch ab, unter dem sich ein schmaler grüner Fleck ausbreitete. Die Sensoren des in der Ecke lauernden Putzroboters hatten das wohl noch nicht registriert.

Irma und Siiri wechselten nervöse Blicke. Sie warteten auf das, was Ritva als Nächstes sagen würde.

»Was waren das nur für Blumen?«, murmelte Ritva und sah alle nacheinander an, als würde sie auf eine Antwort hoffen. Dann lachte sie ihr raues, heiseres Raucherlachen. »Natürlich, Geranien, die habe ich gemeint! Verdammt, mir passiert das manchmal, ich vergesse alltägliche Sachen. Ein Wort verschwindet einfach, obwohl ich mit meinem Gedächtnis sonst gar keine Probleme habe. Das ist sicher ganz normal, aber es raubt mir den letzten Nerv.«

Ritva aß sichtlich erleichtert und mit gutem Appetit, und als sie aufgegessen hatte, bot sie allen an, ihre Tabletts zum Geschirrspülautomaten zu bringen.

»Das ist doch kein Problem«, sagte sie und stapelte schon das Geschirr übereinander. Vollbepackt lief sie zum Automaten, sortierte geduldig alles in die entsprechenden Fächer ein und rief: »Kommt jemand mit in den ›Alten Mönch‹ auf ein Bier? Nein? Na gut, ich wollte nur fragen.«

»Arme Frau«, sagte Tauno. »Sie wird dement, ohne es zu bemerken. Oiva hat auch manchmal diese Anwandlungen, das kommt dann doch immer wieder überraschend.«

»Wer ist denn dieser Oiva?«, fragte Siiri, und auch Irma machte große, fragende Augen. Tauno sah aus dem Fenster und schwieg. Draußen war es immer noch warm, obwohl sich der September seinem Ende zuneigte. Sie schwiegen lange. Der Aufzug vermeldete, dass er nach oben unterwegs sei.

»Wo wohnt er?«, fragte Siiri.

»Oiva ist ... nun ja ...« Tauno atmete tief durch. »Oiva wohnt in einem städtischen Pflegeheim im Stadtteil Haaga. Wir konnten nicht im selben Heim leben, weil er, also, es gab keinen Platz. Also musste ich hierherkommen.« Er verstummte wieder.

»Aber von hier nach Haaga ist es doch nicht weit!«, sagte Irma aufmunternd und begann, die Vorzüge von Taxifahrten hervorzuheben, man komme doch auf diese Weise überall hin. Sie erzählte, dass ihre Cousinen auf diverse Pflegeheime im gesamten Großraum Helsinki verteilt lebten, falls sie nicht sogar schon gestorben waren, das sei natürlich möglich, wenngleich die Menschen in ihrer Familie sehr lange zu leben pflegten. »Ja, so ist es, und dennoch sind viele verstorben, und ich muss mich jetzt mit euch herumschlagen. Döden, döden, döden.«

Siiri hörte gar nicht mehr genau, was Irma faselte, sie betrachtete Tauno, der irgendwie etwas Geheimnisvolles, etwas Mysteriöses an sich hatte. Sie mochte Tauno. Er war inzwischen ein guter Freund geworden, ein liebenswerter Begleiter am langen Lebensabend.

5

Siiri musste Überzeugungsarbeit leisten, bevor Anna-Liisa sich endlich bereit erklärte, sie auf eine Spritztour mit der Straßenbahn zu begleiten.

Siiri hätte natürlich auch alleine durch das schöne Helsinki fahren können, an diesem klaren, hellen Herbsttag. Es war diese wunderbare, kurze Zeit des Jahres, in der die Blätter der Birken, Linden und Kastanienbäume in unterschiedlichsten Abstufungen von Gelb und Orange erstrahlten, kurz bevor sie zu Boden fielen.

Anna-Liisa wirkte seit einigen Tagen betrübt, und Siiri vermutete, dass eine kleine Spritztour ihre Freundin aufmuntern könnte. Anna-Liisa fiel es nicht leicht, sich vom plötzlichen Tod ihres Mannes, des Botschafters Onni, zu erholen, auch wenn sie nur zwei gemeinsame Jahre in *Abendhain* hatten erleben dürfen.

»Liebe lässt sich nicht in Zeit messen«, sagte Anna-Liisa gerne. »Diese beiden Jahre waren die glücklichsten in meinem Leben. Es geht nicht um Tage oder Wochen oder Jahre, sondern um Onni. Um meinen Onni. Er war ein großartiger Mensch, ich bin dankbar, ihm noch im hohen Alter begegnet zu sein.« Ihre sonst so laute, durchdringende Stimme wurde ganz dünn und leise, und Tränen lagen in ihren dunklen Augen.

Manchmal hatten Siiri und Irma sich insgeheim gefragt, wie lange Anna-Liisas Trauer wohl anhalten würde. Anfänglich war es berührend gewesen, aber beide hofften darauf, dass sie bald wieder nach vorne würde sehen können. Ihre Trauer hatte inzwischen etwas Tristes, Dunkles, es war beunruhigend. Anna-Liisa trug diese Traurigkeit wie eine Last, sie ging gebückt und schleppend und grübelte häufig.

Irma und Siiri hatten manchmal spitze Bemerkungen über die dubiosen Geschäfte des »großartigen« Onni auf den Lippen. Einiges deutete ja darauf hin, dass Anna-Liisas Verflossener in Helsinkis Halbwelt unterwegs gewesen war. Geheime Mietwohnungen, Bordelle, illegale Beschäftigung von Migranten, irgendwas in dieser Richtung war ans Tageslicht gekommen, wenngleich sie das Ganze nie ganz begriffen hatten, dafür hatte der diskrete Onni gesorgt.

»Ja. Die Trauer endet nie«, sagte Siiri, als die Linie 4 das Tempo drosselte, um in der Pasciusstraße das Gleis zu wechseln. Unterhalb der vierspurigen Straße wurde eine Unterführung gebaut, das schien ewig zu dauern – ein monumentaler Bau, fast wie die Kathedrale des heiligen Isaak, und das alles nur, um ein paar Joggern den Weg von Klein-Huopalahti zur nächsten Insel zu ebnen. »An die Trauer muss man sich irgendwann gewöhnen. Das habe ich auch gemacht, nach und nach. Manchmal vergehen sogar zwei Tage, an denen ich an meinen Mann gar nicht denke.«

»Wirklich?«, fragte Anna-Liisa skeptisch.

»Ja. Obwohl, es kann sein, dass ich doch jeden Tag an ihn denke. Aber diese Gedanken sind nicht mehr so schmerzhaft wie früher. Den Tod meiner Söhne dagegen habe ich bis heute nicht richtig verarbeiten können. Das fühlt sich so komisch an, dass meine Kinder vor mir gestorben sind.«

»Es war bei ihnen ja auch nicht das Alter… sie haben sich ja umgebracht.«

»Anna-Liisa, wie kannst du so was sagen! Du sprichst von meinen Söhnen!«

»Ich spreche von einem Trinker und einem, der sich zu Tode gefressen hat. Wenn du mich fragst, ist das Selbstmord.« Anna-Liisa presste streng die Lippen zusammen und sah aus dem Fenster.

An der nächsten Haltestelle stiegen einige Flüchtlingsmütter mit ihren Kindern ein und eine Gruppe fröhlich lärmender finnisch-schwedischer Schülerinnen. Das Lachen der Mädchen lenkte Siiri ein wenig von Anna-Liisas Sticheleien ab und munterte sie auf. Zwei von ihnen setzten sich direkt hinter sie und unterhielten sich lebhaft. Andere schminkten sich, trugen Mascara und Lidschatten auf, wieder andere waren ganz in ihre Handys vertieft.

»Also det er sa peinlich!«

»Titta, hon har, sie hat es entfernt!«

»Nej, va, billiger Scherz.«

»Helt, das ist doch schweinecool.«

Siiri fand es immer wieder unterhaltsam, den schwedisch-sprachigen Menschen in Helsinki zuzuhören. Manchmal war es eine Mischung aus Russisch und Schwedisch oder Englisch und Schwedisch oder Finnisch und Schwedisch, in jedem Fall ein skurriler Mischmasch. Sie dachte, dass Anna-Liisa als passionierte ehemalige Finnisch-Lehrerin sich eigentlich darüber hätte freuen müssen, dass diese Mädchen hier ihr Schwedisch mit dem Finnischen vermengten, aber Anna-Liisa schien das Gerede der Schülerinnen gleichgültig zur Kenntnis zu nehmen.

»Va ska vi gö me de där, was machen wir mit dieser Sache?«

Eines der Mädchen stand plötzlich auf und verließ an einer Haltestelle eilig die Bahn.

»Hei, wohin?«, fragte das andere.

»Einkaufen«, rief das Mädchen noch, und die Straßenbahn fuhr kurz darauf die Stockholmstraße entlang. An der Haltestelle beim Krankenhaus von Meilahti stieg eine sichtlich erschöpfte Krankenschwester ein und dann noch ein Mann, der mehrere Pflaster auf dem Gesicht trug und desorientiert wirkte wie ein Alkoholiker. Als er sich hingesetzt hatte, führte er dann auch tatsächlich umgehend die Flasche an seine Lippen. Einige andere Fahrgäste tranken auch, der beißende Geruch von Schnaps waberte durch den Waggon, mitten hinein in Siiris Nase.

»Ja, ich hab 'ne Spritze bekommen. Ne, hab nicht getrunken. Ja, bin unterwegs nach Hause. Vielleicht drehe ich noch 'ne Runde.« Erstaunlich, wie entspannt der junge Mann seiner Mutter, Frau oder Schwester das Blaue vom Himmel herunter log. Vermutlich war er gerade bei der Drogenausgabestelle für Entzugspatienten gewesen. Siiri wusste, dass es in Meilahti ein solches Programm zur Eindämmung des illegalen Drogenkonsums gab.

Sie lauschte häufig den Gesprächen der Menschen, die diese Hilfeleistung in Anspruch nahmen, und zu ihrer Verwunderung erzählten nicht wenige, dass sie bereits seit mehreren Jahren Teilnehmer des Programms seien. Das schien ja den Verdacht nahezulegen, dass das Ganze nicht sonderlich gut funktionierte. Aber was wusste sie schon über Rauschmittel und Abhängigkeiten. Erfahrung hatte sie nur mit den legalen Drogen, die im Pflegeheim als Medikamente verteilt wurden.

Als sie sich dem alten Opernhaus näherten, schlug Siiri vor, in die 7 oder die 2 umzusteigen und vorher ein wenig zu laufen, sie verspürte Lust auf frischen Herbstwind. Aber einige der Alkoholiker stiegen an dieser Haltestelle ebenfalls aus und nahmen den Schnapsgeruch gleich mit, also beschlossen Siiri und Anna-Liisa, in der Linie 4 zu bleiben.

»Wollen wir auf die Halbinsel fahren, nach Katajanokka?«, fragte Anna-Liisa. »Wir kommen übrigens bald an dem schrecklichen Zuckerwürfelgebäude von Alvar Aalto vorbei. Wusstest du, dass dieser Verein der Wanderprediger da seinen Hauptsitz hat? *Erwachen heute* nennen die sich.«

Siiri mochte das imposante Marmorbauwerk von Alvar Aalto. Besonders im Winter, bei reichlich Schnee, sah es fast magisch aus, weiß schimmernd neben den goldenen Türmen der nahe liegenden Kathedrale. Ausgerechnet dieses Haus sollte also vom Verein der Wanderprediger okkupiert worden sein? Das war ihr tatsächlich neu.

»Du bist nicht auf dem neuesten Stand, Siiri. Also ... du weißt wohl, dass in dem Haus lange das Forstunternehmen seine Büros hatte, *Enso*. Nicht *Enso-Gutzeit*, das ist der alte Name. Phasenweise hieß es auch *Nut Enso*, danach *Stora Enso*, als die schwedische Familie Wallenberg und der finnische Staat gewissermaßen fusionierten.«

Ja, Anna-Liisa schien wieder ihren alten Schwung zu finden, ihre Lust an ausufernden, aber informativen Monologen. Jetzt geriet sie in Wallung angesichts der Erkenntnis, dass die Lage der europäischen Forstindustrie eine offenbar hoffnungslose war. Die Welt brauchte ja kein Papier, kein Sperrholz, keine Kartons mehr. Das Einzige, was noch gebraucht werde, sei Toilettenpapier, sagte Anna-Liisa. Und das werde nicht in Finnland hergestellt, sondern vorwiegend in Südamerika, das hatte Anna-Liisa zumindest gehört oder gelesen. Die Firma Enso war deshalb zerschlagen und verkauft und in den Konkurs getrieben worden. Die Familie Wallenberg hatte ihren Anteil eingestrichen, und der finnische Staat war noch ärmer geworden, als er vor der ganzen Unternehmung gewesen war. Und heutzutage konnte jedermann die Räume im Würfelzuckerhaus anmieten, auch die bibelfesten Wanderprediger.

»Die haben ja Geld wie Heu. Die betreiben mit ihrem Glauben ein blühendes Business.«

Anna-Liisa hatte sich ziemlich in ihre Verärgerung hineingesteigert, und Siiri beschlich das Gefühl, dass ihre Wut auch vor ihrer Person nicht haltmachte. Als sei es Siiris Schuld, dass die Bäume in Brasilien schneller und höher wuchsen als in Finnland oder dass die Exportgeschäfte in den Osten rückläufig waren oder dass man in den Helsinkier Straßenbahnen die Nachrichten auf komischen Bildschirmen lesen musste.

»Investieren Sie! Wir garantieren Ihnen Topdividenden! 8,5 % Zinsen!« Das war der Text, der gerade über den Bildschirm lief. Ganz offensichtlich Werbung, keine Nachricht aus der Wirtschaft, obwohl ja auch die Wirtschaftsnachrichten auf Irmas Tablet-Computer so ähnlich geklungen hatten, solange dieses Gerät ihr noch gehorcht hatte. Irma beklagte inzwischen, dass das Gerät ihre Streicheleien nicht mehr zu würdigen wusste, sie ließ das einst geschätzte Spielzeug im Moment meistens in ihrer Handtasche.

»Und, wie läuft es denn mit der Erbschaft?«, fragte Siiri, wobei sie versuchte, ihre Stimme so leicht und sorglos klingen zu lassen, wie Irma das immer machte, wenn sie etwas besonders Taktloses fragte.

Anna-Liisa war ja jetzt eine wohlhabende Frau, weil der Botschafter keinen Ehevertrag hatte abschließen wollen, die Hälfte des Reichtums gehörte der Witwe. Allerdings waren diverse Aspekte noch ungeklärt, etwa die Frage, ob möglicherweise in verschiedenen ehemals kommunistischen Ländern noch Nachwuchs des Botschafters lebte. Das herauszufinden schien recht kompliziert zu sein. Und die Begünstigten, die inzwischen ausfindig gemacht worden waren, hatten einen furchtbaren Streit über die Hinterlassenschaften begonnen. Da Anna-Liisa nur kurz mit Onni verheiratet gewesen war, wollten die Familienmitglieder nicht akzeptieren, dass sie die Hälfte des Vermögens beanspruchte. Siiri hatte alles mit wachsender Sorge verfolgt, sie hatte nicht den

Eindruck, dass Anna-Liisa die Kraft besaß, einen so unnötigen, hässlichen Streit auszutragen.

Anna-Liisas Augen waren jetzt ganz dunkel, Siiri hatte den Eindruck, sich selbst darin gespiegelt zu sehen, ihr eigenes besorgtes Gesicht, voller Falten und Furchen. Sie erahnte sogar die blaue Baskenmütze, die sie trug, und rückte sie intuitiv ein wenig zurecht.

»Ja, die Sachlage ist die, dass wir weiterhin über Anwälte darüber streiten, welche von Onnis Angehörigen eigentlich erbberechtigt sind.«

Anna-Liisa berichtete, dass aus irgendeinem Kaff im ehemaligen Jugoslawien ein Mann aufgetaucht sei, ein Rentner, der offensichtlich irgendwann mal Fliesenleger gewesen war und nun behauptete, Onnis Sohn zu sein. Und der Notar, der das Erbe verwaltete, hatte bestätigt, dass diese Behauptung der Wahrheit entspreche. Und der Mann, dieser Serbe, sagte nun, dass seine bereits verstorbene ältere Schwester Onnis Tochter gewesen sei. Die fünf Kinder dieser Schwester aus drei verschiedenen Ehen mussten also auch ausfindig gemacht werden, in Mitteleuropa und Amerika. Und je mehr potenzielle Erben man fand, desto wütender wurden die in Finnland lebenden Angehörigen.

»Es wurde ein DNA-Test gemacht, der anzeigte, dass der Mann tatsächlich Onnis Sohn war, aber nur zwei Kinder der Schwester stammten von Onni ab, was natürlich ziemlich merkwürdig ist. Also ... wenn die Mutter der Kinder Onnis Tochter ist, warum sollen dann nur zwei ihrer Kinder Onnis Erbgut in sich tragen?«

»Das kann eigentlich nicht sein«, sagte Siiri vorsichtig. Ihr rauschte der Kopf von all den Verwandtschaftsbeziehungen, die Anna-Liisa in ihrem Monolog angesammelt hatte.

Anna-Liisa lachte trocken. Sie hatte in ihrer kurzen Ehe einiges über die Realitäten des Lebens gelernt und vermutete stark, dass diese kleine genetische Abweichung auf Untreue hindeutete. Sie sagte das sehr betont und langsam und mit einer tiefen Stimme, als sei Siiri eine etwas begriffsstutzige Schülerin, die den Unterschied zwischen Adjektiv und Substantiv nicht begriff.

»Die drei anderen Kinder sind nicht die Kinder dieser Frau. Sie versuchen, uns zu betrügen. Und das ist noch nicht alles. Man hat mich auch noch verklagt. Ich muss vor Gericht.«

Verklagt? Gericht? Siiri schrie schrill auf und war dann ganz still. Hinter ihrer Stirn war ein kaltes Stechen, ihr Herz schlug schnell. Sie bemühte sich darum, tief zu atmen und klar zu denken. War es möglich, dass Anna-Liisa jetzt für die Verbrechen ihres Mannes verantwortlich gemacht werden sollte? War sie jetzt verantwortlich für illegale Einnahmen des Botschafters? Das klang gar nicht gut.

Siiri und Irma hatten nie gewagt, mit Anna-Liisa über Onnis Geschäfte zu sprechen, und auch jetzt wusste Siiri nicht, wie sie das in Worte hätte kleiden können. Vermutlich war sich Anna-Liisa nicht annähernd darüber im Klaren, dass ihr Herr Botschafter ein Krimineller gewesen war.

Anna-Liisa schien Siiris Unruhe zu bemerken, sie nahm ihre Hand und tätschelte sie. »Keine Angst, das sind alles Wahnsinnige, ich habe da nichts zu befürchten«, sagte sie und lachte so ausgelassen, dass auch Siiris Herz langsam wieder im gewünschten Rhythmus zu schlagen begann.

6

Als Siiri gerade eilig ihre Wohnung verließ, um rechtzeitig zum mittäglichen Kartenspielen im Aufenthaltsraum zu sein, sah sie einen Brief auf dem Fußabtreter liegen. Einen richtigen, echten, altmodischen Brief mit Umschlag, allerdings ohne Briefmarke und Anschrift.

»Wie spannend«, murmelte sie vor sich hin. Vielleicht war es eine Einladung oder irgendetwas anderes Lustiges.

Sie holte schnell vom Telefontisch den schmalen scharfen Brieföffner, den ihr Mann, Gott hab ihn selig, verwendet hatte. Das Ding hatte immer auf seinem Schreibtisch bereitgelegen, neben Papierstapeln und einem Locher. Sie lächelte bei dem Gedanken an ihren lieben Mann, der am Schreibtisch gesessen und mit einer schnellen, routinierten Bewegung seine Briefe geöffnet hatte.

Der Brief war in einer zittrigen, gleichzeitig zielstrebigen, augenscheinlich weiblichen Handschrift geschrieben, das ließ auf eine Altersgenossin schließen. Es waren nur ein paar Zeilen, ohne Satzzeichen, die Nachricht sah aus wie ein Gedicht:

Ich sehe dich an, aus der Ferne
Wärst du doch die Freude und das Licht meines Lebens
Würdest ein wenig mit mir, Hand in Hand, gehen
Hab keine Angst, meine Seele ist rein

Ja, tatsächlich, das war ein Gedicht, ein schönes noch dazu. Siiri lachte. Sie las die zittrigen Zeilen noch einmal, schüttelte den Kopf, drehte und wendete das Papier in ihren Händen, fand aber nirgends den Namen des Verfassers und Absenders. Stammte vielleicht auch dieses Schreiben aus der Feder eines dieser Bibelprediger, die *Abendhain* seit einiger Zeit heimsuchten? In jedem Fall stammte es wohl doch eher von einem Mann.

Wie auch immer. Sie schob das Papier in den Umschlag und warf den Umschlag in ihre Handtasche. Sie musste sich beeilen, die anderen saßen bestimmt schon ungeduldig am Kartenspieltisch.

Der Aufzug wartete auf sie. »Unterwegs. Aufwärts«, tönte die blecherne Stimme, und Siiri stand eine gefühlte Ewigkeit lang allein im Flur, während dieser merkwürdige Lift nach oben und nach unten fuhr, bis er endlich in ihrem Stockwerk zum Stillstand kam.

Es gab gar nicht so viele Stockwerke in *Abendhain*, aber die alten Menschen brauchten immer fürchterlich viel Zeit, um in den Aufzug hinein- und wieder hinauszugelangen. Vor allem die Rollatoren sorgten für kleine und größere Staus. Sie blieben manchmal auch auf der Schwelle zwischen Aufzug und Flur stecken und ließen sich nur mühsam wieder fortbewegen.

»Unterwegs. Abwärts. Achtung. Türen. Öffnen sich.«

Der Aufzug hatte die Stimme einer jungen Frau, die immer ein wenig unsicher klang. Siiri dachte, während sie der zaghaften Stimme lauschte, unwillkürlich an die resoluten Damen, die früher im *Stockmann*-Kaufhaus die Stockwerke angesagt hatten, in ihren blauen Uniformen, mit schönen, schlanken Beinen, fröhlich waren sie gewesen und zweisprachig, Schwedisch und Finnisch. Ihre Tochter hatte als Kind sogar davon geträumt, diesen Beruf zu ergreifen, bis sie zunächst auf Flugbegleiterin umgeschwenkt war, um letztlich Übersetzerin und zum guten Schluss Nonne zu werden. Ja, ihre Tochter war einen etwas abenteuerlichen Weg gegangen.

»Guten Morgen, schöne Frau! Oder ist die Dame vielleicht doch eher ein Fräulein?«

Der Duft eines kräftigen Aftershaves stieg ihr in die Nase. Der elegant gekleidete Herr stand aufrecht mitten im Aufzug und füllte den Raum ganz aus. Siiri war nicht sicher, ob noch Platz für sie war. Der Mann war groß und schlank und schien, wie einst Jean Sibelius, seinen Gehstock als geckenhaftes Accessoire zu verwenden, das seinem Erscheinungsbild den Feinschliff verpasste. Seine Haare waren dunkelbraun und ganz bestimmt gefärbt, in diesem Alter hatte man graue oder weiße Haare, alles andere war sozusagen Fiktion.

»Verwitwet«, sagte Siiri. »Ich bin Siiri Kettunen, guten Tag.«

»Aatos Jännes, zweiter Stock, großflächige Zweizimmerwohnung.«

»Die Türen. Schließen. Unterwegs. Abwärts.«

Der Händedruck des Mannes war militärisch fest, so fest, dass Siiri ihn noch spürte, als sie die Hand längst losgelassen hatte. Aatos Jännes schwieg während der kurzen Fahrt, er summte nur leise eine Melodie, die Siiri nicht kannte. Es klang nicht nach klassischer Musik.

»Erster. Stock. Türen. Öffnen sich.«

»Nach Ihnen, verehrte Frau Kettunen!«

»Wir ... duzen uns alle. Ich bin Siiri.«

Aatos Jännes lächelte und ließ Siiri galant passieren, und Siiri bedankte sich und lief eilig zum Aufenthaltsraum. Anna-Liisa und Irma warteten schon, Anna-Liisa sah wieder einmal recht betrübt aus, Irma lachte fröhlich und mischte bereits die Karten.

»Kikeriki!«, rief sie, als sie Siiri bemerkte.

»Aha, du bist, wenn ich richtig gehört habe, mit Aatos Jännes im Aufzug gefahren«, sagte Anna-Liisa, ohne Siiri zu grüßen. »Von ihm wird so einiges berichtet in jüngster Zeit.«

Anna-Liisa konkretisierte ungefragt, dass viele Damen in *Abendhain* Herrn Jännes heimlich bewundernde Blicke zuwarfen, obwohl der Witwer erst seit zwei Wochen im Heim weilte. Es war allgemein bekannt, dass er tagsüber gerne tanzen ging und sich zu diesem Zweck manchmal weibliche Gesellschaft suchte.

»Damit er auf dem Weg zum Tanzlokal nicht das Gleichgewicht verliert. So begründet der Witzbold das. Auf dem Tanzparkett ist er dann aber sehr schwungvoll.«

»Damit er nicht das Gleichgewicht verliert?«, fragte Siiri ein wenig zu laut, sodass selbst Tauno es hören konnte, der einige Meter entfernt auf einem Sofa saß und zusammenzuckte.

»Meine Güte! Unsere Siiri scheint Interesse zu hegen. Möchtest du auch mal mit unserem neuen Charmeur tanzen gehen?«, fragte Irma lächelnd. »Übrigens, diese niedliche Witwe, die bei uns auf dem Stockwerk wohnt, ihr wisst schon, deren Mann erst kürzlich verstorben ist, sie heißt Eila, denke ich, aber den Namen des Verflossenen habe ich nicht parat, weil Eila immer nur von ihrem Mann spricht, also ohne seinen Namen zu erwähnen, obwohl er ja irgendeinen Namen gehabt haben muss. Ich habe ja Veikko immer gesagt, dass ich niemals von ihm als meinem Mann sprechen werde, weil ... ja, was wollte ich eigentlich sagen?«

»Irgendetwas über diesen Aatos Jännes?«, sagte Anna-Liisa müde. Sie klopfte einmal mit der flachen

Hand auf den Tisch, aber der Schlag blieb träge, ohne Schwung. Ihre Hände zitterten auch, das hatte Siiri bei Anna-Liisa noch nie gesehen.

»Ja, also, diese kleine Dame, diese Eila, war recht spontan, wohl eher aus Versehen, mit ihm zum Nachmittagstanzen gegangen und wurde im Kopf völlig wirr, weil Aatos so wild mit ihr getanzt hat, ihr Blutdruck ist ja sehr niedrig. Also, Eilas Blutdruck, im Gegensatz zum Blutdruck von uns anderen, niedriger Blutdruck ist sicher eine gute Sache, weil man da nicht so leicht einen Herzinfarkt bekommt, obwohl ich mir ja, ehrlich gesagt, einen gnadenvollen Herzinfarkt wünsche. Ihr dürft mich nicht falsch verstehen, es ist mir nicht langweilig mit euch, obwohl alle Tage in diesem Konservatorium sich doch sehr ähneln. Es ist ja unmöglich zu wissen, welche Jahreszeit gerade ist oder welche Tageszeit, wenn es immer so gleichbleibend grau ist, aber … also, was hatte ich gerade erzählen wollen?«

»Ich hatte den Eindruck, dass du eine Geschichte über Aatos Jännes erzählen wolltest«, sagte Siiri.

»Ja, so war es auch. Ich bin ganz schön durch den Wind, aber ich sage auch immer zu meinen Goldstückchen, dass sie bitte nicht böse sein dürfen, ich bin ja über neunzig, nicht wahr. Und zwar so weit über neunzig, dass ich gar nicht mehr weiß, wie weit, aber ich habe nicht vor, hundert Jahre alt zu werden. Ich habe auch meinen Goldstückchen gesagt, dass es unnötig ist, eine große Feier vorzubereiten, ich werde rechtzeitig das Zeitliche segnen, keine Angst.«

»Bist du da wirklich so sicher?«, fragte Siiri lachend, Anna-Liisa hingegen sah inzwischen bedrohlich genervt aus.

»Wirst du uns nun irgendwann mal etwas über diesen komischen neuen Bewohner erzählen, der sich Jännes nennt?«

»Was meinst du, er nennt sich so?«, fragte Tauno vom Sofa. »Jännes ist doch ein finnischer Name. Genau wie Petäjä. Anna-Liisa Petäjä und Aatos Jännes, das sind doch ganz normale Namen.«

»Irma! Zur Sache, bitte. Alle anderen sind jetzt still«, sagte Anna-Liisa.

»Aber ich erinnere mich nicht mehr, was ich sagen wollte. Könntest du mir ein wenig auf die Sprünge helfen?«

»Also, diese Dame, die niedlich ist und einen niedrigen Blutdruck hat, ist mit Aatos Jännes zum Tanzen gegangen. Weiter warst du nicht gekommen, du hast nur zwischenzeitlich allerlei Unsinn über deinen hundertsten Geburtstag gefaselt«, sagte Anna-Liisa. Auf ihrer blassen Stirn perlten Schweißtropfen.

»Aber nein, ich habe ja nicht vor, hundert zu werden! Hörst du mir überhaupt zu?«

In ihrer Aufregung begann Irma, in ihrer Handtasche zu kramen. Sie legte einen Klumpen aus Strumpfhosen, eine kleine Flasche Whisky, ein Spitzentüchlein, eine Bonbondose und eine bunte Tüte mit Knabbereien auf dem Tisch ab, neben den Spielkarten. Sie öffnete die bunte Tüte und bot jedem etwas von den Knabbereien an.

»Hier, lecker, reicht für alle, bitte schön!«

Alle bedienten sich, auch Tauno, der sich mühevoll vom Sofa erhob, um aus Irmas Tüte zu naschen. Er verzichtete darauf, zurück zum Sofa zu gehen und blieb in krummer Haltung neben den Damen stehen. Und dann betrat Aatos Jännes höchstpersönlich den Aufenthaltsraum und näherte sich mit federnden Schritten.

»Oh, wenn man vom Teufel spricht. Magst du auch etwas knabbern?«, fragte Irma und lachte schallend. »Habt ihr auch bemerkt, dass solche Knabbereien heutzutage ungeheuer angesagt sind? Also, das ist eine sehr moderne Beschäftigung, so vor sich hin zu knabbern. Man muss ständig irgendwas in seinen Mund stopfen, um munter zu bleiben. Man kann nicht mal einen Film ansehen, ohne einen Eimer mit süßen und salzigen Leckereien bei sich zu haben. Energielevel! Ein dummer Begriff, aber das hört man immer wieder. Energielevel oder Energiespeicher oder so. Man muss seinen Energiespeicher auffüllen, und deshalb sind die Regale in den Läden vollgestopft mit diesem Zeug hier. Hier auf der Tüte steht, dass die Knabbereien Partymix heißen, und seht mal, diese niedliche Katze hier neben dem Text. Wegen dieser Katze habe ich die Tüte genommen, ich hätte auch zwanzig andere nehmen können. Gestern war ich im Supermarkt oder war es doch vorgestern? Die sind jedenfalls ganz frisch ...«

»Danke, Irma«, sagte Aatos Jännes, seine Stimme klang etwas zu zart und hoch für das Leinwandhelden-Image, das er sich in kürzester Zeit erworben hatte, aber er sah Irma so intensiv in die Augen, dass sie immerhin endlich schwieg. Für einen Moment herrschte peinliche Stille. Alle warteten darauf, dass Aatos fortfahren würde, aber Aatos schwieg auch.

»Pfui, zum Teufel!«, schrie Tauno schließlich und spuckte Irmas kleine Knabbereien aus. Er hatte sich offensichtlich in seiner Gier alles auf einmal in den Mund gestopft. Der eifrige Putzroboter war schon auf dem Weg zu ihnen.

»Hat es nicht geschmeckt?«, fragte Irma und warf sich eines der Salzbällchen in den Mund. Die anderen sahen sie erwartungsvoll an. »Schmeckt eher neutral, aber ist ja auch gesund. Energiepegel und so«, sagte Irma.

»Verdammt ekelhaft ist das, sage ich. Und ich habe im Krieg von Unkraut bis zu kleinen Steinchen alles gegessen«, sagte Tauno, er wischte noch immer seinen Mund am Ärmel seines Hemdes ab. Der kleine Roboter wuselte zwischen seinen Beinen herum und sammelte die Krümel ein, die Tauno ausgespuckt hatte.

Auch Siiri aß vorsichtig zwei der Leckereien aus Irmas Tüte. Sie waren ziemlich trocken und ziemlich hart und schmeckten tatsächlich eher gesund als nach Leckereien. Sie wagte allerdings nicht, fest zuzubeißen, ihre alten Zähne würden den Kampf gegen diese Salzbonbons ganz sicher verlieren. Sie versuchte die Teilchen zu lutschen, aber ihr Mund war schon bald so trocken, dass auch das kaum möglich war.

Anna-Liisas Laune hatte sich verbessert, ihr schienen die Bonbons zu munden. »Ich fühle, wie mein Energiepegel steigt«, sagte sie. »Und der Geschmack ist so ähnlich wie der von unserem merkwürdigen Mittagessen. Mit anderen Worten: Es gibt keinen Geschmack.«

»Der Geruch ist etwas eigenartig«, sagte Irma. Sie schnüffelte an der Tüte, die sie in der Hand hielt.

Aatos Jännes verfolgte das Ganze sichtlich amüsiert. Er hatte seine Leckereien noch nicht gekostet, beobachtete nur mit Interesse die Reaktionen der anderen. Tauno war losgelaufen, zum Getränkeautomaten, um seinen Mund auszuspülen. Er fluchte dabei vor sich hin. Aatos nahm Irma die Tüte aus der Hand, zog seine Brille aus der Brusttasche seines Jacketts und begann, die Produktinformationen zu studieren.

»Das ist Katzenfutter«, stellte er abschließend sachlich fest.

»Rede keinen Unsinn!« Irma lachte laut. »Denkst du, dass ich uns alle vergiften möchte?«

»Vielleicht wäre das keine schlechte Idee«, murmelte Anna-Liisa. Sie nahm das Salzbonbon behutsam aus dem Mund. Irma reichte ihr ein Spitzentuch.

»Also, ich werde die alle aufessen, die waren nämlich teuer. Nicht mal ein Verrückter würde Naschzeug für Katzen herstellen. Ich glaub's ja nicht!« Sie lachte und lachte, ihr rundlicher Körper bebte vor Freude.

Siiri schwieg. Sie hatte die beiden Teilchen geschluckt, ohne hineingebissen zu haben. Jetzt verspürte sie ein unangenehmes Stechen im Hals und aufsteigende Übelkeit im Magen bei dem Gedanken, Katzenfutter konsumiert zu haben. Ja, doch, sie hatte ernsthaft Sorge, sich in Kürze übergeben zu müssen.

»Siiri, du siehst blass aus. Möchtest du noch was zum Knabbern?«

Irma hielt ihr die Katzenfuttertüte entgegen, und Aatos Jännes lachte schallend, vielleicht auch, weil er selbst auf Irmas Streich nicht hereingefallen war. Wobei Irma den Gedanken, sie habe das absichtlich gemacht, weit von sich wies, sie behauptete weiterhin, dass sich in ihrer Tüte Energiebällchen für Menschen befänden. Der Text auf der Tüte war so klein, dass niemand ihn genau entziffern konnte, aber das große Katzenbild und der Produktname »Partymix Katzenfreude« deuteten doch darauf hin, dass Aatos mit seiner Vermutung richtiglag.

»Vielleicht sind das aber auch Bonbons aus Katzenfleisch. Für Menschen«, sagte Irma.

Siiri schwitzte, ihr war wirklich unwohl, und sie versuchte sich vor Augen zu führen, dass Lebensmittel für Katzen ganz sicher von hoher Qualität waren, nicht vergleichbar mit dem, was Menschen während eines Krieges oder im Pflegeheim verzehrten. Es war also gar nichts Schlimmes passiert.

»In China ist es ganz normal, Katzenfleisch zu essen, warum soll es das nicht bei uns geben?«, sagte Irma unbeirrt.

Plötzlich wurde Anna-Liisa ohnmächtig. Das ging

ganz schnell, ihr Gesicht war mit einem Mal kreidebleich und erschlafft.

Aatos Jännes reagierte geistesgegenwärtig: Er fing Anna-Liisa auf und hielt ihren Kopf, und auch einige der freiwilligen Mitarbeiter kamen angerannt, schneller als die fest angestellten Pflegerinnen und Pfleger damals, als es in *Abendhain* noch fest angestellte Pflegekräfte gegeben hatte. Sirkka, die Predigerin, war da, aber ihre Kompetenzen als Ersthelferin waren eher dürftig. Sie legte ihre Hand auf Anna-Liisas Stirn und murmelte seltsame lange Reime.

»Jesus von Nazareth, wie Gott ihn mit Heiligem Geist und mit Kraft gesalbt hat, der umherging und wohltat und alle heilte, die vom Teufel überwältigt waren. Zeile 38, Kapitel 10, Apostelbriefe. Ich trage den Heiligen Geist in mir. Ich heile dich, Anna-Liisa.«

Ein Sonnenstrahl hellte Anna-Liisas blasses Gesicht auf, und in diesem Moment passierte das Wunder: Sie kam wieder zu sich.

»Woher kennst du, du ... Gottesgeschöpf, meinen Namen?«, sagte sie kraftlos, aber wütend.

Aatos Jännes löste seine Hand von Anna-Liisas Kopf und entfernte sich. Er überließ der Predigerin Sirkka das Feld.

»Möchten Sie was zum Knabbern? Sie können gerne die ganze Tüte nehmen«, sagte Irma, aber Sirkka hörte nicht zu, sie brabbelte ein Gebet vor sich hin und presste eine Hand beharrlich gegen Anna-Liisas Stirn, bis diese sich unwillig zur Seite drehte.

»Danke, vielmals«, sagte Sirkka und riss Irma gierig die Katzenfuttertüte aus den Händen.

»Ja. Sie können gehen«, sagte Anna-Liisa im strengen Befehlston, so wie das adelige Damen in englischen Seifenopern mit ihren Bediensteten machten. Sirkka ging tatsächlich, wobei sie sich mit gutem Appetit Katzenfutter in den Mund schob. Das Klackern ihrer grünen Stöckelschuhe klang noch lange nach.

»Hatte wohl großen Hunger, die Arme«, sagte Siiri. Sie fühlte sich schon wieder deutlich besser, der Brechreiz war abgeebbt.

»Das war doch eine gute Idee, oder? Also, ihr dieses Futter zu geben«, sagte Irma, während sie die auf dem Tisch liegenden Gegenstände wieder in ihrer Handtasche verstaute. Dann hielt sie inne. »Ah, seht mal, was ich bekommen habe!«

Sie hielt einen Briefumschlag in der Hand. Der Umschlag ähnelte dem, den Siiri auf ihrer Fußmatte gefunden hatte. Auch auf Irmas Brief standen kein Absender, kein Adressat, keine Adresse, auch auf ihrem Brief klebte keine Briefmarke.

»Das ist ... hört mal, das ist ein Gedicht von einem unbekannten Verehrer. Das ist doch lustig, dass ich auf meine alten Tage einen Liebesbrief bekomme.«

Auch in Irmas Brief befand sich eine kleine Karte mit einem Gedicht. Aber das Gedicht war nicht dasselbe. Irma las mit zittriger Stimme und einigem Pathos, und sie wedelte mit der freien Hand, um ihrer Rezitation Ausdruck zu verleihen:

Ich wandere, allein
wie ein männlicher Hirsch, ich
sehe dich an, du schönes Weiß
schon spüre ich deinen Duft, den des Unterleibs,
ihn fühle ich

»Unverschämt!«, schrie Anna-Liisa. »Außerdem hinkt das Versmaß. Mein Gedicht, das ich bekommen habe, ist viel schöner.«

Auch Anna-Liisa hatte also einen Brief erhalten. Sie zog ihn aus der Tasche ihrer schwarzen Molljacke und rezitierte »ihr« Gedicht, als sei es ein besonders gelungenes Werk von Yrjö Jylhä:

Ich sitze am Abend, allein
Mondlicht ist meine Brücke
Sie bringt mich zu dir
Und schafft einen leuchtenden Abend

»Das ist aber auch kein besonderes Gedicht, finde ich«, sagte Irma. »Ich mochte eigentlich diesen männlichen Hirsch in meinem. Hast du gar keine Post bekommen, Siiri?«

Während Siiri ihren eigenen Brief öffnete, glaubte sie, einen Hauch des Dufts von Aatos' Parfüm zu riechen. Sie zog das Papier aus dem Umschlag und roch daran. Derselbe Geruch von Kölnischwasser. Natürlich! Der gesellige Nachmittagstänzer mit den gefärbten Haaren war der Schreiberling, der Dichter, der Poet, das war ja eigentlich klar gewesen. Da passte ja alles zusammen, sein Auftreten, seine Gestik, sein Parfüm. Was für ein aufdringlicher alter Dandy.

»Jetzt erinnere ich mich wieder daran, was ich über diese kleine niedliche Dame und Aatos erzählen wollte«, sagte Irma unvermittelt. »Sie hat Herrn Jännes in ihre Wohnung gebeten, weil er so höflich nach einem Glas Whisky gefragt hat.«

»Hat die auch immer Whisky auf Lager? Diese zierliche alte Frau?«, fragte Siiri überrascht.

»Warum nicht? Whisky ist gesund. Mein Arzt hat mir ein Glas Whisky jeden Abend verschrieben … gegen … gegen alles.«

Zu Anna-Liisas Erleichterung schweifte Irma dieses Mal nur kurz ab. Der Besuch von Aatos Jännes sei nicht gerade angenehm gewesen, erzählte sie. Kaum sei der Whisky eingeschenkt gewesen, sei der Mann aufdringlich geworden. Eila war da nicht ins Detail gegangen, aber ihre Aufregung hatte in Irma den Verdacht genährt, dass Aatos die Grenzen des guten Geschmacks überschritten hatte.

»Andererseits ist diese Eila ein sehr schreckhafter Mensch, also was wissen wir schon darüber, welche Mädchenschulregeln für sie gelten.«

»Aha, da haben wir jetzt einen Don Giovanni bei uns in *Abendhain*«, sagte Siiri.

Und Irma lächelte entrückt, sie war vermutlich dem Gedanken, dass dieser männliche Hirsch einmal ihren Waldweg kreuzen könnte, gar nicht abgeneigt.

7

Die weiten eiligen Schritte des jungen Mannes waren allen bekannt. Aber sein Erscheinungsbild hatte sich durchaus verändert. Seine Frisur war, vorsichtig formuliert, merkwürdig: Die Haare waren abrasiert, nur mitten auf dem Kopf schimmerte ein blonder Haarkamm, der sich nach hinten zu einem Büschel auswuchs. Das war ganz sicher nicht die Frisur, an deren Anblick Senioren gewöhnt waren.

»Vielleicht möchte er uns auf diese Weise mitteilen, dass er viel Testosteron hat. Also ... wenn auf der Kopfspitze so viel Haar wächst, dass er es sich leisten kann, an allen anderen Stellen ... kahl zu werden«, mutmaßte Irma ein wenig zu laut.

Jerry Siilinpää, der ehemalige Projektleiter der *Abendhain*-Renovierung, der inzwischen im Heim als »operative Führungskraft« firmierte, trug Hausschuhe und, wie meistens, einen Anzug, der ein wenig zu klein und zu eng geraten war. Er hämmerte eifrig auf seinen Laptop ein, den er auf dem Rednerpult abgestellt hatte, und irgendwann gelang es ihm auch, das Ding mit dem Beamer zu verbinden. Auf der großen Leinwand flimmerten Schlagwörter und Bilder, die seinen Vortrag vermutlich unterstützen und erläutern sollten.

GERONTECHNOLOGIE – EINE FREUDE FÜR SENIOREN lautete die schmissige Überschrift, aus dem Computer drang lustige Musik.

Das Auditorium war heute eher überschaubar, den meisten waren Jerry Siilinpääs Einlassungen über Pflegetechnologie zu kompliziert. Anna-Liisa und Margit saßen natürlich auf ihren Stammplätzen in der ersten Reihe und Siiri und Irma etwas weiter hinten, weil sie zusammen tuscheln wollten, ohne Jerry zu stören.

»Hallöchen an alle, wirklich eine feine Sache, euch hier zu sehen«, sagte Siilinpää. »Gerontechnologie. Das ist für euch sicherlich ein keineswegs unbekanntes Wort, aber es mag doch für den einen oder anderen noch ein wenig nach Dadada klingen. Ha!«

»Hm ... sicher ist alles, was er heute erzählt, völlig up to date«, flüsterte Irma Siiri zu, laut genug, um einen verärgerten Seitenblick von Anna-Liisa zu provozieren.

»Up to date, allerdings. Ganz genau«, sagte Siilinpää.

Jerry schrieb noch einmal »Gerontechnologie« auf sein Flipchart und unterstrich es mit rotem Filzstift. Dann begann er, recht weitschweifig über Humanität im Zeitalter der Automatisierung zu referieren. Auf der Leinwand wimmelte es von Pfeilen und Zahlen und müde aussehenden Trollen, es blieb unklar, was genau Jerry mit diesen Fabelwesen zum Ausdruck bringen wollte. Siiri versuchte, den Ausführungen zu folgen, aber je bewusster sie ihren Blick schärfte, desto übler fühlte sie sich.

»Also Leute, ihr kennt ja dieses ganze Gerede über Arbeitskräftemangel und so weiter. Unsere demografische Struktur verursacht bedauerlicherweise ein erhebliches Kostendefizit, sodass auf lange Sicht die Formel einfach nicht aufgeht. Die Bevölkerung wird immer älter, innerhalb der kommenden zwanzig Jahre wird das wirtschaftliche Wachstum in Finnland massiv abgebremst werden. Vor diesem Hintergrund hat *Goofy's*, eine renommierte, international agierende Credit Rating Agency, berechnet, dass Finnland zu den dramatisch überalternden Nationen der Zukunft gehören wird. Klingt eher schlecht, nicht wahr?«

Jerry Siilinpää hielt inne und ließ sein Publikum für einen stillen Moment über das Schicksal des Vaterlandes nachdenken. Trugen sie womöglich alle eine Mitschuld an dieser Schande, die Finnland drohte? Als die Stimmung von öde in Richtung trist zu kippen drohte, hob Jerry seine Stimme wieder an, wie ein routinierter Schauspieler, der auf allen Bühnen dieser Welt zu Hause war.

»Ich sage euch: No trouble! Wir können Positives beisteuern, wir können alles zum Guten wenden. Und das ist b._t._w. ziemlich viel. Ha!«

»Das heißt ›by the way‹«, übersetzte Ritva eilig für Siiri und Irma.

»Auf Finnisch heißt es übrigens ›übrigens‹«, sagte Anna-Liisa in der ersten Reihe.

»Genauso ist es. Nachhaltiges Konsumverhalten und nachhaltige Technologie im Alltag, das sind die key solutions für alles, was, äh, den Leuten auf den Keks geht.«

Auf der Leinwand war plötzlich eine Reihe von

glücklichen Trollen zu sehen, einer saß im Segelboot, und zwei strampelten tollkühn auf Fahrrädern. Jerry sprach über die steigende Bedeutung der Freizeit, über Lebensqualität und über das »Design des Alltags«.

»Im Fokus stehen Begegnungsorte und Marktplätze.«

Dann sprach er über die Einrichtung des häuslichen Umfeldes und betonte, dass individueller, heimeliger Wohnraum gut und gerne mit recycelten Möbeln geschaffen werden könne. Das Rustikale und das Moderne, das Leben der Senioren werde belebt werden wie perlender Sekt.

Siiri wurde ganz schwindlig von diesem irren Gefasel, und ihr Magen knurrte, sehr wahrscheinlich fand darin gerade etwas »Perlendes« statt. Auf der Leinwand flimmerten die Wörter und Bilder, es ging um akustische Stühle, sensitive Aufkleber, intensive Produkte, interaktive Medikamente und multisinnlich stimulierende Zusatzrealitäten. Sie versuchte, einfach nur wegzusehen, den Boden anzustarren. Aber dann siegte doch die Neugier, ihr Blick und ihre Aufmerksamkeit kehrten immer wieder zu den Bildern und Jerry Siilinpääs merkwürdiger Rede zurück.

»Was geht uns besonders auf die Nerven, wenn sich die Leute Gedanken über Multimedia und Technik machen? Ha! Ganz genau.«

Siilinpää war richtig in Fahrt gekommen. Er lief im Saal auf und ab und gestikulierte wild mit den Händen. Manchmal deutete er auf die Leinwand, mal auf seine verdutzten Zuhörer, die sich alle Mühe gaben, mit seinen Visionen gedanklich Schritt zu halten.

»Eine digitale Revolution findet statt, hier und jetzt, das ist das Größte überhaupt, das ist gigantisch. Und ihr könnt dabei sein, ihr könnt die Welt verändern.«

»Sind wir denn nicht ein wenig zu alt dafür?«

Das war Anna-Liisas Stimme. Sie hatte die Frage freundlich gestellt, obwohl sie sichtlich frustriert und müde war. Weil Jerry nicht umgehend antwortete, regten sich plötzlich auch die anderen, es hagelte Fragen und Zwischenrufe.

Tauno forderte, alle Maschinen und Roboter umgehend ins russische Karelien zu schicken und hübsche junge Pflegerinnen nach *Abendhain* zu bringen. Ein anderer wollte lieber ältere, erfahrene, wenngleich die jungen natürlich sehr süß seien, wie er betonte. Eine andere wollte ausschließlich finnisches Personal, und einige wurden daraufhin ziemlich böse, warfen der Dame Rassismus vor und betonten, dass sie beste Erfahrungen im Pflegewesen gerade mit Migrantinnen und Migranten gemacht hatten.

»Aber Neger sage ich trotzdem, das ist ja kein hässliches Wort«, sagte eine übergewichtige Seniorin, die neben einem betagten Somalier saß. Er starrte seine Hände an, die auf seinem Schoß ruhten, und zeigte keine Regung. Entweder verstand er die Dame nicht, oder er hatte gelernt, seine Emotionen zu verbergen.

»Wenn ein pechschwarzer Mann morgens zum Waschen kommt, hat eine kleine Frau wie ich schon einen Schreck, nicht wahr«, sagte die schmale Eila.

»Eine ganz unnötige Sorge, Eila. Niemand kommt, um dich zu waschen. In der Toilette befindet sich eine vollautomatische Spüleinrichtung, hast du die noch nicht bemerkt?«, fragte Tauno. Er stand inzwischen weit vorne, fast in der ersten Reihe.

»Warum finden die regelmäßigen Bingo-Nachmittage nicht mehr statt?«, fragte eine Dame, die mal wieder einige ihrer Lockenwickler in den Haaren vergessen hatte.

»Bingo!«, rief Jerry Siilinpää begeistert, spurtete zum Flipchart und schrieb mit einem grünen Filzstift das Wort auf. Bingo. »Keine Eskalationen, meine Lieben. Bingo ist ein wunderbarer Teil unserer Agenda, ich nehme Bingo hiermit offiziell auf, nehme es wie einen Staffelstab in die Hand, fange es wie einen Ball. Ha!« Siilinpää deutete mit dem Zeigefinger auf die Bingo-Dame mit den Lockenwicklern, die das allerdings nicht sah, da sie einen motorisierten Stoffhund streichelte, der in ihrem Schoß lag.

Siilinpää sagte, dass man für das Bingo-Spielen keine teuren Ressourcen aufwenden müsse, man benötige dafür mit anderen Worten keine menschlichen Pflegekräfte, denn es sei jedem freigestellt, Bingo einfach und vergnüglich am Computer zu spielen.

»Wir sollen also ... Bingo alleine spielen?«, fragte Margit.

»Ja, ganz genau. Für Bingo braucht man ja nicht zwei, zwei braucht man nur fürs Tangotanzen.« Jerry lachte und sagte irgendetwas Flippiges auf Englisch, um seinem allzu ernst gestimmten Publikum zu zeigen, dass er jede Situation mit Humor auflockern konnte.

»Episch coole Stimmung haben wir hier«, sagte er noch. »Großartig, wirklich!«

Er verglich dann noch Bingo mit einer Gesundheitsbehörde – in der Gesundheitsbehörde brauche man bald keine Ärzte mehr und beim Bingo keine jungen Damen, die die Zahlen aufriefen. Virtuelle Sprechstunden seien längst etabliert, und Ärzte seien nicht mehr Experten oder Sachverständige, sondern Dienstleister. Und die neue Heimat der Dienstleistungen sei nun mal das Internet. Ganz einfach.

Irgendwann hörte Siiri aus dem Geschwafel wieder ein Wort heraus, das sie aufhorchen ließ, »Humanität«. Ja, Jerry war wohl wirklich dabei, Humanität gründlich und in all ihren Facetten auszuleuchten, und er kam dann auch bald zum nächsten Schlagwort, »zwischenmenschliche Kommunikation«. Er führte aus, dass der Mensch die Grenzen dessen, was zwischenmenschliche Kommunikation leisten könne, längst überschritten habe. Es gebe einfach zu viel davon. Laut Statistiken verursache Kommunikation überwiegend Missverständnisse, erwecke unnötige Emotionen und sei dementsprechend im Grunde überbewertet.

»Gefühle verursachen Missverständnisse, nicht wahr? Und Gefühle bringen auch Hass und Wut hervor und andere negative Dinge, die unseren Alltag belasten. Wer ist anderer Meinung? Natürlich niemand.«

Die Präsentation hatte inzwischen geradezu psychedelische Züge angenommen, so wild hantierte Siilinpää mit seinen Fachbegriffen und den dazugehörigen Computeranimationen. Eila klagte über Übelkeit, und Tauno fluchte zunehmend lauter vor sich hin. Siiri rieb sich die Schläfen und bemühte sich darum, nicht auf die Leinwand zu sehen. Auch Irma war ganz blass, wenngleich sie auf Siiris Nachfrage behauptete, die Präsentation durchaus interessant zu finden.

»Eine Maschine kommuniziert niemals missverständlich, sie deutet auch nicht eure Stimmlagen oder eure Intonation oder eure Stimmung, sondern sie hört zu und tut, was ihr aufgetragen wird. So einfach ist das. Das ist grandios, das ist das Beste überhaupt.«

Jerry steigerte sich immer weiter hinein in sein Loblied auf die digitalisierte multimediale Welt, die seiner Meinung nach ein Wunder war, größer als Gott selbst. Humane Maschinen, so seine Rede, seien in der Lage, auf Sprachbefehle zu reagieren, Figuren und Formen zu erkennen, Bewegungen und Temperaturschwankungen in ihr Handeln miteinzubeziehen, sogar Gesichtsausdrücke des »Users«. Und weil sie nun mal Maschinen seien und keine Menschen, verursachten sie keine Verwirrungen, keinen Stress, das sei Balsam für die Seele gerade der Menschen in fortgeschrittenem Alter, für die Panther, wie er die Alten zum wiederholten Male ein klein wenig übermütig nannte.

»Schweigen ist Gold, Schweigen beseelt, Schweigen ist befreiend! Wenn unsere Partner humane Maschinen sind, dann erlangen wir die Freiheit, auf zwischenmenschliche Kommunikation zu verzichten. Entscheidet selbst! Nur wenn wir diesen Weg beschreiten, erlangen wir Selbstständigkeit, Entscheidungsgewalt und die Freiheit der Wahl! Mit anderen Worten, um es auf den Punkt zu bringen: Ihr entscheidet! Das ist ... das ist episch, nicht wahr? Wir hier in *Abendhain* sind kosteneffizient, kundenfreundlich und das alles vierundzwanzig sieben, will sagen, 24 Stunden, sieben Tage die Woche. Ha! Genau das. So läuft das. Hier ist die Lösung für die selbst verursachte Überalterung der Wohlstandsgesellschaft. Da geht es nicht um irgendwelche prähistorischen sozialpolitischen Unsinnigkeiten, hey c'mon, Leute, von Sozialpolitik versteht Otto Normalverbraucher gerade mal Bahnhof.«

Die zierliche Dame, Eila, erbrach sich. Brauner Brei spritzte überall hin, weil sie etwas ungeschickt die Hand gegen die Lippen presste. Die neben ihr sitzenden Zuhörer sprangen auf, aber der größte Teil der Pampe war auf Eilas Schoß und auf dem Fußboden gelandet.

Ein Mann, der neben Eila saß, wurde sehr wütend, eine Dame sah sich Hilfe suchend um und schien nicht zu begreifen, was passierte, ein etwas ferner sitzender älterer Herr übergab sich ebenfalls. Das Erbrochene landete zum Teil auf dem Rücken der Dame, die den wimmernden Roboter in ihren Schoß gebettet hatte. Nun ja, das wurde also aus Rübenpüree in allen Farben des Regenbogens, ganz logisch eigentlich, wenn man die Farben miteinander vermischte, kam braun heraus.

»Von dieser Videoshow wird den Leuten ganz schlecht«, flüsterte Siiri Irma zu.

Tauno nahm die Sache in die Hand, er delegierte im routinierten Befehlston Aufgaben, und der aus Somalia stammende ältere Herr führte Eila an seinem Arm galant aus dem Saal. Jemand holte Wasser, ein anderer suchte nach einer Putzfrau, obwohl es die ja im voll automatisierten *Abendhain* gar nicht mehr gab, und die Dame mit dem heulenden Roboterhund versuchte, sich auszuziehen. Zwei Roboter, die an der Wand ruhten, erwachten und kamen auf der Stelle angefahren, um den Boden zu reinigen. Anna-Liisa und Margit halfen ebenfalls mit, sie vereinten die Seminargesellschaft hinter sich und wiesen den Weg hinaus aus dem verunreinigten Aufenthaltsraum. Siiri und Irma beschlossen einvernehmlich, eine Nachmittagsruhe zu halten. Als Siiri aufstand, sah sie zwischen den Bankreihen zwei Ratten, die sich für das Erbrochene interessierten, aber sie hatte keine Kraft, in irgendeiner Weise auf diesen Anblick zu reagieren, sie sah nur müde den munter wirkenden Tierchen bei ihrem Treiben zu. Vielleicht waren Ratten in einem derartigen Schlamassel sogar nützlich.

Alle waren in Aufruhr und verwirrt, wollten helfen. Nur Jerry Siilinpää in seinen merkwürdigen pantoffelähnlichen Sneakers, auf denen Affengesichter prangten, stand wie erstarrt an seinem Rednerpult.

Die Wendung, die das Ganze genommen hatte, hatte selbst er nicht vorhersehen können. Er schien absolut nicht zu wissen, was er als Nächstes tun sollte. Derartige Krisensituationen wurden vermutlich weder im Wehrdienst noch in Fortbildungen für angehende Führungskräfte thematisiert.

Insgeheim vermisste Siilinpää jetzt sicher das Pflegepersonal oder zumindest die ehemalige Leiterin des Heims, Sinikka Sundström, die in Situationen wie dieser immer gerne von einer Tüte mit guter Laune gesprochen hatte. Aber Frau Sundström weilte mitsamt ihrer Gute-Laune-Tüte derzeit in Pakistan, als freiwillige Helferin in einem Kinderkrankenhaus, seitdem sie in Finnland in den Vorruhestand getreten war. Jerry Siilinpää war die einzige verbliebene ganz und gar menschliche Arbeitskraft in Festanstellung in *Abendhain*.

Er schaltete seinen Laptop und seinen Beamer aus, riss die Notizen vom Flipchart und verstaute alles in seiner orangefarbenen Aktentasche. Er blieb schlaff und erschöpft auf der Tischkante sitzen und loggte sich, auf der Suche nach ein wenig Ablenkung, in seinen Facebook-Account ein.

Siiri lief zügig, weil sie festgestellt hatte, dass sie deutlich verspätet zur Kartenspielstunde erscheinen würde. Aber es half nichts, sie konnte nicht so schnell laufen, wie sie wollte, und sie tat gut daran, ihr Gleichgewicht zu halten. Das Dümmste, was ihr im Alter von 97 Jahren passieren konnte, war ein durch Hektik verursachter Hüftbruch.

Der Gang war leer, wie immer. Das Licht schaltete sich auf gespenstische Weise automatisch ein, während sie voranschritt, aber vor ihren Augen war es dunkel, sie schien dem Lichtstrahl immer eine Sekunde voraus zu sein.

Als sie endlich beim Aufzug ankam, wäre sie in der Düsternis fast gegen einen Rollstuhl gestoßen. Sie zuckte zusammen vor Schreck, und ihr Herz schlug unangenehm schnell, sie schwankte und spürte einen stechenden Schmerz hinter der Stirn. Im Rollstuhl schlief eine alte Dame, die sie zunächst nicht erkannte. Ihre Haare waren kurz und glatt, sie glänzten weiß in der Dunkelheit. Endlich flackerte das Licht auf, blendend hell, und Siiri sah den Hunderoboter, dessen Aku leer zu sein schien. Er lag regungslos auf dem Schoß der Frau, am Boden lag ein Lockenwickler.

»Entschuldigung, ich bitte vielmals um Verzeihung, ich habe dich in der Dunkelheit überhaupt nicht sehen können. Ich habe dich ... hoffentlich nicht schlimm angerempelt? Hallo? Bist du ... alles in Ordnung?«

Die Dame reagierte nicht. Ebenso wenig reagierte das Robotertierchen in ihrem Schoß. Vielleicht war sie eingeschlafen, so was passierte ja ständig. Und dieser Hund brauchte neue Batterien. Siiri beschloss, die

Dame in Ruhe schlafen zu lassen. Das Parlament hatte bisher das Recht von Senioren, auf den Gängen eines Pflegeheimes zu schlafen, nicht beschnitten, nur auf dem Fußboden der eigenen Wohnung zu sterben war untersagt. Siiri ging leise vorüber und betrat den Aufzug, der sie sogleich ansprach.

»Unterwegs, nach unten.«

Im Aufzug war komischerweise auch einer der kleinen lustigen Putzroboter. Siiri begrüßte ihn fröhlich und sah ihm bei seiner Arbeit zu. Er rollte beharrlich in einer Ecke auf und ab, aber etwas funktionierte nicht wie erhofft: Unter der kleinen Maschine breitete sich braune Flüssigkeit aus. Dieses Mal hatte sich jemand im Aufzug übergeben müssen.

»Hallo, pass doch mal auf, was soll denn das werden?«, fragte Siiri.

Der Roboter hielt inne.

»Hörst du mich? Verstehst du mich etwa?«

Der Roboter setzte seine Arbeit fort. Siiri stampfte wütend mit ihrem rechten Fuß auf den Boden und rief: »Hör auf! Du machst Chaos, du machst alles schlimmer!«

Der Roboter blieb stehen. Er blinkte zunächst eine Weile grün, dann rot, und dann rollte er spürbar beschämt in den hintersten Winkel des Aufzugs.

»Das ist gut. Da bleibst du jetzt stehen und denkst darüber nach, was du getan hast«, sagte Siiri. Sie beugte sich intuitiv vor, um das süße Maschinchen zu tätscheln. Der Roboter reagierte nicht.

»Tja, du bist also doch nicht ganz so menschlich

wie Jerry uns weismachen möchte. Du reagierst noch nicht mal auf meine Berührung.«

Das Gerät piepste leise und ging dann ohne Weiteres aus. Vielleicht war das seine Art, sich von Siiri zu verabschieden, denn der Aufzug war im Erdgeschoss angekommen.

»Die Türen. Öffnen. Sich. Steigen. Sie. Bitte. Aus.«

Siiri erzählte allen am Kartentisch, dass sich im Lift irgendjemand übergeben hatte. So etwas passierte demnach zum wiederholten Male. Vielleicht gab es ... irgendeine Epidemie, vielleicht hatte das mit den unangenehmen Vorträgen von Siilinpää gar nichts zu tun.

»Hier wütet ein Virus«, sagte Anna-Liisa entschieden. Sie atmete tief aus. »Könnte das Norovirus sein.«

Irma spielte Solitär, weil Anna-Liisa plötzlich Sorge hatte, sich durch das Berühren der Spielkarten mit einer Durchfallerkrankung zu infizieren. Das war schon möglich, auch wenn Irma behauptete, die Karten eigenhändig gespült und gewaschen zu haben. Das sei sehr mühsam gewesen. Sie habe mit einem heißen Lappen jede Karte einzeln gewischt und danach alle auch noch abgetrocknet. Zwei mal zwei Kartensätze zuzüglich der Extrajoker. Sie berechnete erstaunlich schnell, dass es insgesamt 110 Karten waren. Waschen und Trocknen, das machte 220 Handgriffe.

»Gibt es in deinem Kartenstapel jeweils drei Joker? Eigentlich gibt es nur zwei«, wunderte sich Siiri.

»Tja, vielleicht ist dieser dritte Joker nur als Ersatz

dabei gewesen, falls man mal eine Karte verlegt, aber ich benutze immer alle Karten, die Joker sind ja die lustigsten Karten überhaupt.«

»Beim Solitär sind meines Wissens Joker gar nicht vorgesehen«, sagte Anna-Liisa.

»Unsinn, Anna-Liisa! Beim Solitär darf man machen, was man will, das spielt man ja alleine. Deshalb ist es ja so unterhaltsam. Ich lasse die Joker immer mitspielen, und wenn es irgendwie schwierig wird oder nicht aufgeht, schummle ich ein wenig. Aber nur ein ganz bisschen.«

»Aha. Na gut, zurück zum Thema, wir sprachen gerade über Viren.«

Irma war der Meinung, dass Unannehmlichkeiten aller Art generell mit Computern zu tun hatten. Sie hatte von ihren Goldstückchen gehört, dass Computer Viren verbreiteten, und seitdem *Abendhain* in ein Weltraumzentrum oder irgendwas Derartiges umgewandelt worden war, steckten diese Maschinen natürlich auch die Bewohner des Heims an.

»Vielleicht ist das sogar die Absicht, die hinter allem steht, dass wir hier, umgeben von Maschinen, an diesen Viren sterben!«, sagte Irma. Dann lachte sie und wischte sich mit ihrem Spitzentuch die Tränen aus den Augenwinkeln. Sie sprach das Wort Virus immer mit langem Vokal aus, Viruuus, so wie Iiisrael oder Fußbaaall. Wenn Anna-Liisa sie wegen ihrer eigenartigen Aussprache aufzog, lachte sie nur noch fröhlicher. »Oje, und vergesst bitte nicht Aaaafrika. Von da kommen ja alle Viiiren, das behaupten zumindest die Meeedien. Döden, döden, döden.« Auch bei döden, dem schwedischen Wort fürs Sterben, dehnte sie das »ö« zumindest auf die vierfache Länge und rollte Furcht einflößend mit den Augen.

»Was denkt ihr eigentlich über unseren Jerry?«, fragte Siiri, in der Hoffnung, das Gespräch mit den langen Vokalen über Viren und Mikroben unterbinden zu können. Sie wusste wenig über Viren, aber sie hatte sich vor vielen Jahren schon angewöhnt, mindestens fünfmal am Tag ihre Hände zu waschen, und sie war jahrzehntelang gesund geblieben. Im Nachhinein betrachtet war sie fast zu gesund gewesen. Jetzt zahlte sie den Preis, denn sie war immer noch am Leben.

»Natürlich, wir könnten einfach damit aufhören, uns die Hände zu waschen. Du sagst es«, entgegnete Irma begeistert, nachdem Siiri ihren Gedanken laut ausgesprochen hatte.

»Nein, Schluss jetzt, wir sind durch mit den Viren, jetzt reden wir über Jerry Siilinpää«, sagte Anna-Liisa.

Zu Siiris Überraschung schien Anna-Liisa den jungen Mann zu mögen. Sie räumte ein, dass er seltsam mit ihrer finnischen Muttersprache umging, hielt ihn aber für ein Opfer seiner Umgebung und grundsätzlich für einen guten Menschen. Siiri erinnerte sich an das Foto, das Irma auf ihrem Tablet-Dingsda irgendwo im Internet gefunden hatte. Dieses Foto, auf dem der Botschafter, Anna-Liisas verstorbener Gatte, mit Jerry zu sehen gewesen war, während der großen

Renovierungsarbeiten in *Abendhain*. War es möglich, dass Anna-Liisa den jungen Mann wegen seiner Bekanntschaft mit ihrem verstorbenen Ehemann verteidigte?

»Was kann er dafür, dass überall diese Kindersprache gesprochen wird, das ist ja sogar im Parlament so. ›Hallo Leute, das Coolste ist das und das, und was geht?‹ Jerry passt sich da lediglich seiner Umgebung an, anders als wir, wir sprechen gewissermaßen ja eine Urzeitsprache, Irma ganz besonders. Sprache ändert sich ständig, sie ist ein Spiegel der Zeit, der Gegenwart, in der wir leben. Persönlich bin ich natürlich traurig, dass das Possessivsuffix aus unserem Sprachgebrauch verschwunden ist. Das konnte nicht mal mehr der Vorgänger des Premierministers richtig anwenden, aber der kam ja auch zu offiziellen Anlässen in kurzen Hosen und Sommerschlappen, also ... den können wir nicht ernst nehmen.«

»Wie bitte, den Premierminister nicht ernst nehmen? Wenn wir ihn nicht ernst nehmen können, wen oder was können wir denn dann noch ernst nehmen?«, rief Siiri erboster, als sie es ursprünglich vorgehabt hatte.

Sie hatte am Vortag mit Irma die Sitzung des Parlaments am Fernseher verfolgt und war mit dem Verhalten und der Kleiderwahl aller Minister durchaus zufrieden gewesen. Aber sie musste auch zugeben, dass sie auf die Anwendung der Possessivsuffixe nicht geachtet hatte.

»Ich verstehe euer Gerede nicht. Reden wir nicht

über Jerry? Ich finde auch, dass er ein netter junger Mann ist«, sagte Irma. Sie spielte gerade wieder eine Partie Solitär, wobei sie verstohlen um sich blickend ein wenig schummelte.

Sie einigten sich darauf, dass Jerry mit all seinen lustigen Referaten und den Zeichnungen, die er auf das Flipchart malte, letztendlich sicher nur ihr Bestes wollte. Er glaubte eben aufrichtig an die modernen Technologien.

»Aber was ist mit diesen freiwilligen Helfern, diesen Bibelleuten? Was hat Jerry eigentlich mit denen zu tun?«, fragte Anna-Liisa.

»Jerry macht eigentlich nicht den Eindruck, dass er … damit etwas anfangen kann«, sagte Siiri. »Es ist wohl sehr schwer, freiwillige Leute für Einrichtungen wie unsere zu finden. Ich meine … für Alten- und Pflegeheime.«

»Habt ihr Margit in letzter Zeit gesehen?«, fragte Anna-Liisa plötzlich. Ihre Hände zitterten. Siiri vermutete, dass das ein Grund dafür sein könnte, dass Anna-Liisa zuletzt nicht mehr Kartenspielen wollte. Ganz abgesehen von den Viren natürlich, die beim Kartenspielen übertragen werden konnten, hatte sie vielleicht auch Schwierigkeiten, die Karten festzuhalten.

Niemand wusste etwas über Margit. Sie war seit Tagen nicht im Aufenthaltsraum gewesen, nicht mal in dem schwarzen Massagestuhl aus Kunstleder. Auch in der Cafeteria war sie lange nicht gesichtet worden. Dann fiel Irma ein, dass auch Ritva lange nicht gekommen war, um die Kartenspielrunde auf ein Bier in die Kneipe einzuladen.

»Müssen wir uns Sorgen um die beiden machen?«

»Ja, vielleicht ... ob sie sich wohl auch dieses Magenvirus eingefangen haben?«, überlegte Irma, aber Anna-Liisa hatte ihre eigene Theorie.

»Ich vermute, dass Margit sich den freiwilligen Wanderpredigern angeschlossen hat.«

»Das wäre ja lustig«, sagte Irma sorglos, sie tauschte einen König gegen einen gut gelaunten Joker ein und ließ den König unter ihrem Po verschwinden. Sie sagte, dass es sie überraschen und erfreuen würde, sollte sich Margit, die sie für einen ziemlich egoistischen Menschen gehalten hatte, tatsächlich der Predigergruppe angeschlossen haben.

Anna-Liisa wollte etwas einwenden, aber Irma war nicht zu bremsen. Sie mutmaßte, ob sie jetzt alle ein schlechtes Gewissen haben sollten, weil sie hier plaudernd beim Kartenspielen saßen, statt zu helfen.

»Und sagt mal, meinte Jerry eigentlich in seinem letzten Vortrag, als er von rustikalen Möbelstücken sprach, auch unseren alten Kartentisch? Er sprach doch von rustikalen Möbelstücken, oder? Ich möchte mit rustikalen Dingen nämlich nichts zu tun haben, ich bin ein Stadtmensch und kein Landei aus Espoo.«

Siiri erinnerte sich plötzlich an die Dame mit dem Roboterhund. Sie hatte die Arme alleine im Flur sitzen lassen. Sie stand abrupt auf und sagte, dass sie nach der Frau sehen müsse, so viel freiwillige Hilfe müsse wohl sein.

»Ach, mach dir keine Mühe«, sagte Irma. »Es ist nicht gefährlich, auf dem Flur mal ein Schläfchen zu halten. Setz dich, wir spielen eine Partie Solitär. Ich kenne da eine Variante für zwei.«

Siiri setzte sich wieder, und sie spielten, und Siiri verlor natürlich, weil sie sich nicht konzentrieren konnte. Ihre Gedanken wanderten von einem unangenehmen Thema zum nächsten. Sie dachte an Jerry Siilinpää in seinen lächerlichen Pantoffeln, an Viren, die in *Abendhain* herumschwirrten, und an Margit, von der niemand wusste, wo sie war. Und sie betrachtete Anna-Liisa, die neben ihnen saß, still und in sich gekehrt.

Ihr wurde schon wieder schwindlig, sie schob mechanisch die Spielkarten hin und her. Als sie die dritte Runde beendet hatten und Irma ihren Sieg feierte, indem sie den Auftakt von Charpentiers »Te Deum« anstimmte, war Anna-Liisa bereits auf ihrem Stuhl eingeschlafen.

9

Siiri und Irma fuhren mit der Straßenbahn in die Stadt, um Lebensmittel einzukaufen. Das war unterhaltsamer, als immer wieder zum nah gelegenen Lädchen zu laufen.

In der Mannerheimstraße gab es einen großen Supermarkt mit riesiger Auswahl, den sie mit der

Straßenbahn direkt anfahren konnten. Die Fahrt war fast genau so lustig wie damals in den Fünfzigerjahren die Achterbahnfahrten im Vergnügungspark Linnanmäki.

In einem neuen Supermarkt war es allerdings immer mühsam, das zu finden, was man suchte. Das bestätigte sich auch dieses Mal, der Einkaufsmarkt war größer als das Flughafengebäude. Also, zumindest in den 70ern war das Flughafengebäude kleiner gewesen, als ihre Ehegatten noch berufstätig gewesen und gelegentlich geschäftlich ins Ausland verreist waren. Irma erinnerte sich daran, dass ihr wunderbarer Veikko ihr immer teure Parfüms mitgebracht hatte. Siiri dagegen konnte sich auf Anhieb gar nicht entsinnen, von ihrem Mann Geschenke bekommen zu haben.

»Vielleicht hat er dir wirklich nichts mitgebracht«, sagte Irma. »Dann war er ein Knauser.«

Siiri verbarg ihre Verärgerung. Ihr Mann war kein Knauser gewesen, keineswegs, er war lediglich vernünftig und verantwortungsvoll gewesen, ein Mann, der das Geld nicht an Luxusartikel verschwendet hatte. Ein sparsamer Mann, der genau darüber nachgedacht hatte, was benötigt wurde und was nicht. Damals hatte noch niemand von Konsum und Shopping gefaselt oder von der Bürgerpflicht, den Kreislauf des Geldes in Gang zu halten, damals hatte man jede Münze zweimal umgedreht. Unnötige Beschäftigungen wie Segelfliegen oder Statussymbole wie Motorjachten oder was auch immer ... ja, das alles war verpönt gewesen.

Aber es lohnte sich ja nicht, auf Irma sauer zu sein. Sie beachtete Siiri schon gar nicht mehr, sie bewunderte lieber die prall gefüllten Regale in einiger Entfernung, in denen mehr Salatsoßen standen als einst Bücher im Büro ihres Mannes. Und er hatte wirklich ziemlich viele gehabt.

»Was wollte ich eigentlich kaufen?«, murmelte Siiri, während sie die Soßen betrachtete. Sie drehte sich um und sah statt der Soßen nun geschätzte siebzehn Regalmeter mit Kartoffelchipstüten.

»Kikeriki!«, rief Irma aus nordöstlicher Richtung. Siiri stiefelte los, in Richtung der vertrauten Stimme, vorbei an den handgemachten Pralinen und an Dutzenden unterschiedlicher Nudelsorten. Sie fand Irma schließlich an einem Probierstand. Natürlich. Eine lächelnde Asiatin bot dort Leckerbissen an. Wenn Siiri sie richtig verstand, waren es Insekten. Neben Irma standen zwei junge Männer mit Alkoholfahnen, die behaupteten, auf dem Weg zum Angeln zu sein.

»Nimm du auch! Das schmeckt gar nicht so schrecklich, wie es aussieht und klingt.« Irma aß mit gutem Appetit die knusprigen Würmer und nahm sich auch eine kleine Portion Heuschrecken. Die asiatische Ernährungsberaterin erläuterte währenddessen, wie man aus Insekten wohlschmeckende und nahrhafte Mahlzeiten zubereiten konnte.

»Oh, ich weiß, dass das ökologisch klug und gesund ist, aber wissen Sie, wir essen in unserem Pflegeheim immer diese Krümelchen, die wie Katzenfutter aussehen, wir sind daran gewöhnt«, sagte Irma. Zu

Siiris Erleichterung verzichtete sie darauf, die Heuschrecken käuflich zu erwerben.

Sie gingen weiter und zogen die Plastikkörbe hinter sich her, die für kleinere Einkäufe vorgesehen waren. Andere Kunden schoben riesige Einkaufswagen mit Lebensmittelstapeln, die vermuten ließen, dass sie sich auf einen monatelangen Aufenthalt in einem Luftschutzkeller vorbereiteten.

Irma erzählte eine ihrer Geschichten, über einen Cousin und den Krieg und über Bombardierungen in Helsinki. Dieser Cousin war als kleiner Junge einfach während eines Bombenangriffes aus dem Luftschutzkeller in Tiilimäki rausgeklettert, um zu sehen, welche Muster die Bomben und Abwehrraketen auf den Helsinkier Himmel gemalt hatten. Wenn zwei Lichtstrahlen ein Kreuz gebildet hatten, hatte das in der Regel bedeutet, dass gerade ein russischer Flieger abgeschossen worden war.

»Mein Cousin erzählte diese Geschichte immer so lebendig, er konnte auch bei seinen Schulkameraden damit Eindruck schinden. Und irgendwann, viele Jahre später, das ist gar nicht so lange her, hat er zufällig Tagebücher seines an der Front gefallenen Bruders in die Hände bekommen und fand dieselbe Geschichte. Mit anderen Worten, er stellte dann fest, dass die Geschichte gar nicht seine eigene Erinnerung war, sondern es war die Geschichte seines Bruders, obwohl er jahrelang geglaubt hatte, es sei seine eigene.«

»Ja, so ist das mit dem menschlichen Gedächtnis«,

sagte Siiri. »Auch mein Mann hat meine Träume immer als seine eigenen weitererzählt.«

»Ja! Und überleg dir mal, wie penetrant unsere Gedächtnisleistung beobachtet und beurteilt wird. Wenn wir uns nicht umgehend an unsere Sozialversicherungsnummern erinnern oder an den Mädchennamen der Innenministerin, wird ein Demenz-Medikament verschrieben. Verrückt sind die alle. Was wollten wir denn eigentlich einkaufen?«

Sie einigten sich auf einen halben Liter Milch pro Person, dazu günstige Blutpfannkuchen mit abgelaufenem Haltbarkeitsdatum, Knäckebrot, Zwieback, Eier und Instantkaffee. Irma hatte eigentlich auch vor, Sandkuchen und sonstige kleine Leckereien zu holen, aber sie sahen nichts dergleichen. Sie wanderten herum und fanden nicht mal einen Verkäufer, den sie nach ihren Wünschen hätten fragen können. Auch die Asiatin mit den Insekten hatte ihre Sachen inzwischen zusammengepackt und war verschwunden.

Sie gaben nicht auf und liefen systematisch die Gänge ab. Es fühlte sich an, als würden sie auf ihre alten Tage an einem Langlaufwettbewerb teilnehmen, mit Skiern aus Holz, im nassen stumpfen Schnee und bei Tauwetter. Vor fünfzig Jahren hätten sie das sicher noch mühelos hinbekommen. Die Getränkeabteilung war riesig, sie ließen sie unerforscht und wendeten sich nach rechts, wo es unangenehm kühl wurde. In der Tiefkühlabteilung waren die Truhen bis zum Rand befüllt mit Eistüten und kalten Krabben.

Irma entdeckte das Regal mit den Fertigprodukten

und suchte nach den Blutpfannkuchen, aber leider gab es keine preisreduzierten. Irma bemerkte beiläufig, dass sie zwischenzeitlich offenbar den Einkaufskorb vertauscht habe, sie zog nämlich einen mit Champignon-Tütensuppe und 22 Flaschen Bier hinter sich her. Sie fragten die umstehenden Kunden, ob sie etwas mit Tütensuppe und Bier anfangen könnten, aber niemand war interessiert. Ihre eigenen Körbe fanden sie immerhin bei den Apfelsinen, auch wenn sie sich nicht erinnern konnten, dort jemals gewesen zu sein. Aber da sie nun mal in der Obstoase gelandet waren, holten sie noch schnell Bananen und Äpfel. Das Abwiegen der Ware war schwierig, sie brauchten irgendwelche Codes, und als sie die endlich auswendig gelernt hatten, fielen die Äpfel aus der Tüte. Als endlich alles stimmte, waren die Etiketten in der Maschine verbraucht.

»Ach, ich komme auch ohne Äpfel zurecht«, sagte Siiri verstimmt. Sie ließ die Äpfel und die raschelnden Tüten einfach auf der Waage liegen und ging.

Als sie schließlich eine eher zufällige Mischung aus Einkäufen zusammengestellt hatten, fühlten sie sich müde und erschöpft und hielten Ausschau nach den Kassen. Aber da waren keine. Sie suchten bei den Süßigkeiten und Deos, bis ein Mädchen mit Piercings im Gesicht ihnen mitteilte, dass es keine Kassen gab, nur Kassenautomaten, die sie gleich rechts neben den Pornoheften und den künstlichen Blumen fänden.

»Aha, wir dürfen jetzt also mal diese neue Kommunikation ausprobieren, die ohne Gefühle und Missverständnisse auskommt«, murmelte Siiri, während sie sich den Automaten näherten.

Die Dinger sahen neu aus, funktionierten aber nicht. Das fing schon damit an, dass der Automat eine Plastiktüte des Marktes sehen wollte, die Taschen, die Siiri und Irma mitgebracht hatten, wurden barsch abgelehnt. Siiri und Irma mussten mit jedem einzelnen Einkauf vor dem komischen Teil herumwedeln. Hin und wieder quietschte und blinkte es, das war wohl das Signal dafür, dass sie die Waren in die Tüte werfen durften. Sieben Mal wurde die Maschine böse, obwohl Jerry Siilinpää behauptet hatte, dass Maschinen keine Gefühle hätten. Der Kassenautomat gab hässliche Geräusche von sich und verweigerte schließlich die Zusammenarbeit wie ein schlecht erzogener Dreijähriger. Als sie gerade wirklich verzweifeln wollten, kam ein junger Mann angelaufen, in viel zu großen Klamotten, der die Maschine einfach aus- und wieder einschaltete. Dann lief sie wieder, zumindest für eine Weile.

Als Irma ihre Einkäufe in der Tüte verstaut hatte, wurde sie aufgefordert zu zahlen. Der Automat bot diverse Alternativen an, und Irma schob ihre Bankkarte in einen Schlitz, der ihr passend erschien, aber offensichtlich der falsche war, denn die Maschine spuckte Irmas Karte wieder aus. Irma versuchte, die Karte aufzuheben, konnte aber ihre Hand nicht bis zum Boden ausstrecken, sosehr sie sich auch bemühte. Sie stand schräg in einer verkrampften Pose, als sich plötzlich grellgrüne Stöckelschuhe in ihr Blickfeld schoben. Eine ihr wohlbekannte schwarzhaarige Dame hob die Karte auf.

»Sirkka, die Wanderpredigerin!«, rief Irma aus.

Sirkka musterte sie skeptisch, erkannte offensichtlich Irma und Siiri nicht wieder.

»Nur Sirkka«, sagte sie, und als Siiri ihre ausgestreckte Hand nahm, platzte die dünne Tüte auf, und die Einkäufe verteilten sich auf dem Boden. Wieder bückte sich Sirkka brav, sie sammelte die verstreuten Lebensmittel ein und stapelte sie sorgfältig aufeinander.

»Das ist sehr freundlich, danke. Es ist ... ziemlich mühsam, hier einzukaufen«, sagte Siiri.

»Ich habe Ihren Nachnamen nicht verstanden. Nutzen Sie ihn überhaupt?«, fragte Irma freundlich. »Manche nutzen ja ihre Nachnamen gar nicht mehr heutzutage.«

»Sirkka Nieminen«, sagte die Dame. »Und jetzt kann ich mich auch an euch erinnern, ihr seid aus *Abendhain*. Ihr wart dabei, als ich die Gnade erfahren habe und mir der Heilige Geist erschien.«

»Ja, das war diese Ratte«, sagte Irma.

»Wir haben uns für eine Weile nicht gesehen. Haben Sie andernorts zu tun gehabt, in letzter Zeit?«, fragte Siiri, um die Sache mit der Ratte und dem Heiligen Geist zu überspielen und das Thema zu wechseln.

»Mein Leben folgt immer dem großen Erwachen, jeden Tag. Ich tue das, was der Heilige Geist mir eingibt. Das ist ein Geschenk, das mir gegeben wurde. So einfach ist das.«

»Ah. Ja. Nun ja. Könnten Sie uns möglicherweise beim Bezahlen helfen? Uns fällt es nämlich gerade ein wenig schwer, diesen Einkauf abzuschließen.«

Sirkka lächelte verwirrt, schnappte sich dann jedoch behände die Blutpfannkuchen und die Milchtüten, hielt sie unter das Infrarotlicht und vollendete den Bezahlvorgang mithilfe von Irmas kleinem ovalen Knöpfchen, das demnach also auch in diesem Markt als Zahlungsmittel dienen konnte, nicht nur in *Abendhain*.

Sie bedankten sich herzlichst bei Sirkka, deren Heiliger Geist sich als überraschend nützlich erwiesen hatte.

»Jesus hat gesagt: Denn mein Fleisch ist wirklich eine Speise und mein Blut ist wirklich ein Trank, Johannes, Kapitel 6, Vers 55.«

»So ... ja. Wir müssen jetzt aber doch los, um uns die Blutpfannkuchen warm zu machen. Dieses Essen bei uns im Heim, diese Kügelchen aus unserem Automaten, bringen uns nicht durch den Tag.«

»Ich segne eure Mahlzeit.« Sirkka hob ihre Hand. »Dies ist das Brot, welches vom Himmel herabgekommen ist. Mit ihm ist es nicht wie mit dem Brot, das die Väter gegessen haben; sie sind gestorben. Wer aber dieses Brot isst, wird leben in Ewigkeit. Johannes, Kapitel 6, Vers 58.«

»Ja. Gut. Dann essen wir eben statt Blutpfannkuchen Oblaten«, sagte Irma, riss ihre Tasche an sich und zog Siiri hinter sich her, raus aus diesem sündigen Einkaufsparadies.

10

Auf der Smartwand in der Eingangshalle stand etwas in leuchtenden Buchstaben geschrieben: »Einen wunderschönen guten Tag! Heute gestorben: Suoma Marketta Leppänen. Der elektronische Kalender spricht sein herzliches Beileid aus!«

Siiri hätte nicht gewusst, wer Suoma Marketta Leppänen gewesen war, wenn nicht neben dem Text auch ein Foto der Frau zu sehen gewesen wäre. Eine weißhaarige zierliche Frau, im Rollstuhl, mit einem Hunderoboter in ihrem Schoß. Nur der Lockenwickler fehlte. Am Ende des Textes stand noch: »Der Tod nimmt Junge wie Alte, Fünftes Buch Mose.« Darunter war das Bild einer Kerze und eines Straußes weißer Rosen. Weiter unten weinte eine Figur, die einem Gartenzwerg recht ähnlich sah, bitterlich.

Siiri starrte das Bild an und spürte wieder das Rauschen in ihrem Kopf, jetzt wurde ihr wirklich schwindlig. Sie musste sich hinsetzen. In der Nähe waren alle Stühle besetzt, nur einer der Massagestühle, die Margit so mochte, war frei, und Siiri ließ sich hineinfallen. War sie womöglich kürzlich an der bereits toten weißhaarigen Dame vorbeigelaufen, als sie zum Kartenspielen geeilt war? Konnte sie nicht mehr unterscheiden zwischen einer im Rollstuhl dösenden und einer toten Frau? Oder hatte die Dame doch nur geschlafen, und der Tod hatte sie erst später geholt? Und spielte das eigentlich überhaupt irgendeine Rolle? Die Dame war sehr alt und sehr müde gewesen, sie hatte kaum jemals mit irgendjemandem gesprochen und ihre Zeit mit ihrem Robotertierchen verbracht. In einem Rollstuhl zu sterben war vielleicht keine schlechte Alternative.

Trotz all dieser sachlichen Erwägungen ließ Siiri der schlimme Gedanke, dass sie einen Menschen vernachlässigt hatte, nicht los. Sie fragte sich, was sie eigentlich gemacht hätte, wenn ihr bewusst gewesen wäre, dass die Frau tot war. Wo hätte sie denn überhaupt Bericht erstatten können? Wer hätte sich für die Tote auf dem Gang interessiert?

»Das ist ja jetzt Aufgabe des Computersystems, das muss melden, ob wir noch am Leben oder schon tot sind«, sagte Irma.

Irma hatte Anna-Liisa zu einem kleinen Spaziergang genötigt, zum Strand von Munkkiniemi. Sie waren soeben vom Regen durchnässt zurückgekehrt und hatten es sich neben Siiri in zwei anderen Massagestühlen bequem gemacht. Wobei keine von ihnen die Massagefunktion aktivierte, das war eher Margits Hobby.

»Ja, ganz richtig. Die Chips und Sensoren sind überall, auch in Hosen und Hemden. Ich kann natürlich nicht wissen, was genau diese Frau Leppänen trug, als sie starb«, sagte Anna-Liisa wichtigtuerisch. Da kam wieder mal die Oberlehrerin in ihr durch. »So ist das, meine Lieben, das ist die Vorstellung von Intelligenz im 21. Jahrhundert«, sagte sie und fuhr dann mit neuem Schwung fort. »Diese Bekleidung wird sowohl für Junge und Gesunde als auch für Alte und Kranke hergestellt. Viele Gesunde möchten ihre Körperfunktionen heutzutage kontinuierlich überwachen lassen. Fragt mich nicht, warum, es ist unsinnig, niemand wird davon gesünder, und es würde ein ganzes Leben und mindestens eine Wiedergeburt lang dauern, bis man die ganzen Daten ausgewertet hat.«

Anna-Liisa ließ ihren Blick nach oben an die Zimmerdecke wandern, atmete zweimal tief ein und aus und sagte: »Gerne würde ich das vertiefen, aber unser eigentliches Thema ist ja nun die Bekleidung alter Menschen. Wie gesagt, überwacht werden auf diese Weise primär Funktionen des Herzens und des Kreislaufs. Die Daten können einem Arzt ermöglichen, bei Bedarf den Tod einer Person festzustellen. Ich nehme an, dass es im Fall von Frau Leppänen so abgelaufen ist. Eine ganz andere Frage ist natürlich, wie der Arzt im Einzelfall auf die ihm zur Verfügung stehenden Informationen reagiert.«

»Also, du willst sagen, dass mein Nachthemd irgendwelche Informationen an Ärzte weiterleitet?«, fragte Irma ungläubig.

»Aber wir haben ja ohnehin kein ärztliches Personal hier in *Abendhain*«, merkte Siiri an.

Ärzte in Heimen waren im vergangenen Jahr abgeschafft worden. Ärzte waren in staatlichen Gesundheitseinrichtungen angeblich derart überfordert mit der Zahl ihrer Patienten, dass kaum noch irgendjemand den Beruf des Arztes ergreifen wollte. Anna-

Liisa hatte irgendwo gelesen, dass die Statistiken logen, es gab eigentlich noch eine ausreichende Zahl an Ärzten, aber sie wurden nicht in ausreichender Zahl eingestellt. Zumindest wenn man Anna-Liisa glauben durfte, und sie betonte, ihre Quelle sei zuverlässig. »Das ist der Kern des Problems«, sagte sie.

»Das ist des Pudels Kern!«, rief Irma zustimmend. Das war eine ihrer Lieblingsfloskeln. »Ihr wisst ja, dass das aus Goethes ›Faust‹ stammt, nicht wahr?«

»Sprechen wir jetzt eigentlich noch von den echten Ärzten oder von den virtuellen?«, fragte Siiri.

»Siiri, Respekt, du hast ja das Vokabular voll drauf. Kern des Problems ist die Tatsache, dass von uns und von allen anderen allerlei Informationen zur Verfügung stehen, die niemand braucht und mit denen niemand etwas anfangen kann. Wie etwa damit, dass eine alte Dame in ihrem elektrischen Rollstuhl gestorben ist«, sagte Anna-Liisa.

Sie schwiegen.

»Uns alle holt der Tod, wir sind wie Wasser, das auf den Boden geflossen ist. Samuel, Zeile 14, Kapitel 14«, stand an der virtuellen Wand geschrieben, die unermüdlich Bibelsprüche zum Besten gab, aus Anlass des Todes der alten Dame, Suoma Marketta Leppänen. Diese Wand wusste offenbar nicht, dass kaum etwas anderes in diesem schönen neuen Hort der Fürsorge sehnlicher erwartet wurde als ein sanfter Tod.

Siiri wollte sich aus dem Massagestuhl erheben, aber es gelang ihr nicht. Sie war tief hineingesunken und fand keinen Halt. Wie kam eigentlich Margit mit diesen Stühlen zurecht? Sie war ja viel dicker als Siiri. Siiri war schlank. Auch Irma hatte erhebliche Schwierigkeiten aufzustehen, nahm das Ganze aber mit Humor.

»Wahrlich, ich sage euch, ich bin wie Wasser, das in den Massagestuhl geflossen ist.«

»Haben wir vielleicht für solche Fälle auch einen Roboter parat? Irgendeinen pfiffigen Aus-dem Stuhl-heraus-Heber. Wie muss ich den denn rufen?«, fragte Siiri, und Irma sang einige ihrer Lieblingspassagen aus Opernarien.

Anna-Liisa verzog das Gesicht, sagte aber nichts.

»Ich bin die Wiederauferstehung und das Leben. Wer an mich glaubt, wird leben, auch wenn er sterben wird. Johannes 25, 11«, fabulierte die Smartwand.

Als sie die Hoffnung fast schon aufgegeben hatten, eilte Aatos Jännes herbei, um seinem Mädels-Trio, wie er die drei gerne nannte, beizustehen. Er hob nacheinander alle aus den Massagestühlen, murmelte irgendetwas Vulgäres und drehte einige Walzerrunden mit Irma, die er als Letzte aus der misslichen Lage befreit hatte. Irma lachte hoch und schallend.

»Wirst du mich morgen zum Ball begleiten?«, flüsterte Aatos Irma ins Ohr, und Irma nickte, verschämt wie ein Schulmädchen. Sie liebte Walzertanzen.

Siiri war perplex, immerhin hatte Irma höchstpersönlich von den zweifelhaften Erfahrungen erzählt, die Eila kürzlich mit Aatos gemacht hatte. Nun ja, auch Don Giovanni hatte es geschafft, die Damen verrückt zu machen, bis er irgendwann bekommen hatte, was er verdiente.

»Es findet sich immer eine Zerlina«, murmelte Siiri vor sich hin, und sie hoffte, dass Irma es gehört hatte.

11

Während Irma mit ihrem Tanzkavalier schäkerte, unternahmen Anna-Liisa und Siiri einen Ausflug mit der Straßenbahn.

Irma und Aatos waren mit einem Taxi abgefahren, das er mit seinen Behindertentransport-Tickets gezahlt hatte, die er aus unerfindlichen Gründen vom finnischen Gesundheitssystem bekam, obwohl er problemlos gehen und tanzen konnte.

Siiri erinnerte sich, dass auch Anna-Liisas Botschafter zu Lebzeiten über ähnliche Coupons verfügt hatte, ohne an einer Behinderung oder sonstigen Einschränkungen zu leiden, deshalb verkniff sie sich Anna-Liisa gegenüber spitze Bemerkungen zu diesem Thema. Offensichtlich war es nicht unüblich, dass sich findige ältere Herren kleine Vorteile verschafften.

Der November war gekommen, noch ohne Schnee, aber schon um vier Uhr nachmittags war es stockdunkel. Es war sehr stimmungsvoll, auf den vertrauten Strecken durch die Dunkelheit zu fahren, und Siiri wurde ganz warm ums Herz, wenn sie in die erleuchteten Häuser und Wohnungen hineinsah. Sie wartete schon vorfreudig darauf, in der Mannerheimstraße 45 im dritten Stock einen Blick auf den prächtigen Kronleuchter zu erhaschen, aber als die Straßenbahn an dem Haus vorüberfuhr, war der Leuchter nicht mehr da. Stattdessen hing da eine schlichte moderne Lampe, vermutlich aus irgendeinem Baumarkt.

»Vielleicht ist der Besitzer des schönen Kronleuchters verstorben«, sagte Siiri.

»Oder er ist zur Vernunft gekommen und hat den Staubfänger entsorgt«, schlug Anna-Liisa vor.

Sie betrachteten die Wohnungen in der Mannerheimstraße und wunderten sich darüber, dass nirgends Bücherregale zu sehen waren, überall nur leere weiße Wände und hier und da Fernsehgeräte, die halbe Räume füllten. Kein einziges Bücherregal, auf dem langen Weg von Töölö bis zum *Stockmann*-Kaufhaus.

In der Alexanderstraße stiegen sie in die Linie 2 um, am Südhafen in die Linie 3. Sie achteten während der Fahrt durch die Fabrikstraße darauf, ob die Lage in Sachen Bücherregale und Kronleuchter besser als im Stadtteil Töölö war. Aber nein, keineswegs. Nicht mal im Schalin-Haus von Usko Nyström war an den hohen Wänden auch nur ein einziges Bücherregal zu erkennen. Immerhin prangten einige Gemälde hinter den Fenstergläsern.

In der Fabrikstraße 12 stand eines von Siiris Lieblingshäusern in Helsinki, ein geradezu graziles, hohes, strahlend gelbes Gebäude, erbaut von Aarre Ekman in den Zwanzigerjahren. Mit anderen Worten: Dieses

Haus war nur ein wenig jünger als sie selbst. Sie erkannte das Haus, auch wenn es stockdunkel war, an den runden Erkern, in denen inzwischen IKEA-Lampen mit riesigen flachen Fernsehern um die Wette leuchteten. Und wirklich, da war ein einsames Bücherregal, in einem Nebengebäude des fürchterlich hässlichen Zementhauses von Bertel Gripenberg, im Erdgeschoss. Wer mochte dieser Bewohner sein? Ein Langzeit-Student der Geisteswissenschaften womöglich.

»Man hat mich übrigens doch nicht angeklagt«, stellte Anna-Liisa ein wenig unvermittelt fest. Sie berichtete erleichtert: Einer der Angehörigen des Botschafters war der Auffassung gewesen, dass Anna-Liisa während ihrer kurzen Ehe Gelder veruntreut habe, aber bevor die Sache vor Gericht gelandet war, hatten die Streitpartner eine Einigung erzielt. Was allerdings zur Folge hatte, dass Anna-Liisa eine Entschädigung an die Nachkommen des Botschafters zahlen musste.

»Kannst du dir so was denn leisten?«, fragte Siiri. Sie hatte den Eindruck, dass diese gierigen Angehörigen bereits den ganzen Reichtum des Mannes in ihre Taschen gesteckt und Anna-Liisa nur die unbezahlten Rechnungen übrig gelassen hatten. Anna-Liisa beruhigte Siiri. Sie hatte sich auf das Schlimmste vorbereiten können oder besser gesagt, Onni hatte das in weiser Voraussicht getan. Sie besaß also eine eiserne Reserve, die auch von den dreistesten Verwandten des Botschafters nicht angetastet werden konnte.

»Bewahrst du dein Geld immer noch in dieser kleinen Schmuckkiste auf?«, fragte Siiri.

Anna-Liisa lachte kurz und ein wenig säuerlich und sagte, das sei ihre Privatsache. Und damit hatte sie natürlich recht. Siiri schämte sich, dass sie mal wieder unbedacht einfach geplappert hatte, was ihr gerade in den Sinn gekommen war.

»Aber was anderes: Stell dir vor, inzwischen hat sich zur Gruppe der Erben noch diese Frau gesellt, diese Jugoslawin.« Anna-Liisa war ganz begeistert über diese Wendung, die völlig legal war und die sie daher umso erstaunlicher fand. Die Tochter der Frau sei gestorben, und das bedeutete, dass ein Teil des Erbes dieser Frau, also der Mutter, zustehe, die ja nun einmal noch am Leben war. »Und die ist sogar noch älter als ich!«, rief Anna-Liisa aus und lachte gelöst wie eine junge Verlobte. Siiri stimmte ein, obwohl sie nicht genau begriff, was daran so lustig sein sollte. Doch Anna-Liisa war so entspannt wie lange nicht, das war schön zu sehen.

»Ich sage dir, Geld macht nur Sorgen«, sagte Anna-Liisa mit Lachtränen in den Augen. »Mir ist ganz egal, was ich in diesem irrsinnigen Wirrwarr erben werde. Ich lebe sowieso nicht mehr lange, und ich habe keine Kinder. Und das ist in gewisser Weise gut und gleichzeitig meine größte Sorge.«

Die Straßenbahn passierte die Viiskulma, das war eine wirklich sehenswerte Kreuzung, an der fünf Straßen aufeinandertrafen. Dann bogen sie in die Fredrikstraße ab. Überall waren kleine Boutiquen, die auch im November die dunklen Tage erleuchteten, sogar wenn die Läden geschlossen waren. Anna-Liisa erzählte, dass sie ein seltsames Telefonat mit einem unbekannten Mann geführt hatte, der behauptete, dem Verein *Erwachen heute* anzugehören. Also der Verein, von dem auch die freiwilligen Mitarbeiter in *Abendhain* kamen. Der Mann hatte merkwürdige Fragen zu Anna-Liisas Leben als Witwe gestellt. Nach dem Gespräch hatte sie sich unwohl gefühlt, weil sie gar nicht verstanden hatte, was genau er von ihr gewollt und aus welchem Grund er seine Hilfe angeboten hatte.

»Na ja ... vielleicht hat er es einfach gut gemeint. Hast du nicht schon mal darüber nachgedacht, was mit deinem Vermögen passiert, wenn du stirbst? Wenn du kein Testament machst, geht alles an den Staat. Das willst du wohl eher nicht, oder?«

»Nein. Aber ich habe Sorge, dass dieser Mann etwas anderes im Sinn hatte.« Anna-Liisa schien verunsichert.

Siiri versuchte, ihr die Sorge zu nehmen, indem sie ablenkte und darüber nachsann, wie Anna-Liisa ihre Besitztümer sinnvoll einsetzen konnte, bevor Erbschleicher darauf Zugriff erhielten. »Du solltest vielleicht etwas an die Kulturstiftung spenden, für die Ausbildung weiblicher Lehrkräfte und die Unterstützung der finnischen Literatur«, sagte sie.

»Ja, das klingt gut! Oder ich gründe eine Stiftung für Katzenliebhaber!«

Der Heimweg gestaltete sich sehr unterhaltsam und kurzweilig. Sie waren intensiv damit beschäftigt,

Anna-Liisas Vermögen möglichst effektiv zu vernichten, denn es war ja viel schlauer, Geld auszugeben, solange man noch am Leben war, anstatt es anderen für die Zeit nach dem eigenen Tod zu überlassen. Als die Straßenbahn schnell und mit kräftigem Klappern von der Paciusstraße nach Munkkiniemi abbog, wurde Anna-Liisa wieder ernst.

»Ist dir mal aufgefallen, was wir für dieses Experiment hier, diese digitale Altenpflege in *Abendhain*, eigentlich bezahlen?«

Das wusste Siiri nicht, weil Tuukka, der ehemalige Freund ihrer Enkeltochter, sich noch immer zuverlässig um ihre Bankangelegenheiten kümmerte. Von Tuukka hatte Siiri seit Monaten nichts gehört, was in der Regel bedeutete, dass alles in bester Ordnung war. Aber Anna-Liisa behauptete steif und fest, dass die Rechnungen seit der Renovierung des Heims in irrsinnige Höhen gestiegen waren.

»Wenn es so weitergeht, sind wir alle pleite und insolvent, wenn wir hundert werden«, sagte sie.

»Na, zum Glück werden wir dieses Alter nicht erreichen!«, sagte Siiri und lachte unbesorgt, als sie aus der Bahn stiegen.

12

»Unverschämter Kerl! Du bist ja eine echte Schleimkröte! Ich hau dir eine rein, du Casanova!«

Siiri und Anna-Liisa waren entspannt und guter Dinge auf dem Weg zur Eingangshalle, als sie plötzlich das Gezeter und Geschrei hörten. Vor der Tür stand ein Großraumtaxi mit laufendem Motor, aus dem jetzt schon wieder ein schriller Schrei drang. Der Fahrer öffnete per Knopfdruck die Tür, und der Schrei im Innern des Wagens schwoll weiter an. Der Fahrer, ein dunkelhäutiger Mann, stieg aus, ging um sein Taxi herum und zerrte recht unsanft zunächst die vor Wut schäumende Irma und dann den blutenden Aatos heraus.

»Um Gottes willen! Was macht ihr zwei denn da?«, rief Siiri erschrocken.

»Getanzt haben wir, nach Herzenslust!«, entgegnete Irma, und dann lief sie im Stechschritt los, den Gehstock hinter sich her schleifend, auf den Eingang von *Abendhain* zu.

Der Taxifahrer forderte Aatos auf, die Fahrt zu zahlen, aber der schien nicht zu begreifen, was genau eigentlich los war. Als der Mann ihn schließlich noch schroff anschrie, und das zu allem Überfluss mit englischen Schimpfwörtern, zog er aus einer Seitentasche seines Jacketts faltige Scheine heraus, die der Fahrer nahm, um kurz darauf mit quietschenden Reifen abzufahren.

Siiri und Anna-Liisa liefen hinter Irma her. Sie begleiteten sie zum Kartenspieltisch im Aufenthaltsraum und baten sie, erst mal zur Ruhe zu kommen. Aatos blieb im Hof zurück.

Irma schnaufte und japste, war aber ansonsten unversehrt. Sie erzählte ausschweifend, dass alles gut gegangen sei, alles bestens, solange sie im Pflegeheim in Kinapori tanzen gewesen waren. Dort waren viele Leute gewesen, das Orchester hatte niveauvoll gespielt, und Aatos hatte sich als glänzender Tanzpartner erwiesen.

»Und ich war ein richtiger Blickfang. Alle wollten mit mir tanzen, sogar Jünglinge im Alter von gerade mal siebzig Jahren, und Aatos wurde ein wenig eifersüchtig. Vielleicht wurde er deshalb auf dem Heimweg so unverschämt. Stellt euch vor, er hat mich angefasst, ist heftig zudringlich geworden, als wir in diesem Taxi saßen. Das war schrecklich, animalisch, das war zwanghaft«, sagte Irma. Sie sah sich verschämt um, vermutlich erschüttert darüber, dass sie so unvorsichtig die Nähe dieses zweifelhaften Mannes gesucht hatte.

»In unserem Alter, meine Güte. Aber ich liebe doch das Tanzen so sehr! Ich hätte nicht gedacht, dass ich 95 Jahre alt werden muss, um zum ersten Mal auf diese Weise belästigt zu werden. Wenn der Fahrer nicht zu Hilfe gekommen wäre ... nicht auszudenken, was alles hätte passieren können.«

»Aatos hat aus der Nase geblutet. Hast du ihn geschlagen?«, fragte Anna-Liisa in einem Ton, der vermuten ließ, dass sie sehr erfahren war in diesen Dingen.

»Natürlich! Und ich habe nicht nur geschlagen, ich habe auch getreten und gebissen. Was hättet ihr denn in dieser Situation gemacht?«

In diesem Moment betrat Aatos die Halle, schwankend und desorientiert, er irrte in verschiedenen Richtungen umher. Ansonsten sah er weitgehend unversehrt aus, nur aus der Nase tröpfelte noch Blut. Der kleine Putzroboter, der im Flur stand, war wachsam, vermutlich roch er das Blut: Er wackelte surrend hinter Aatos her und wischte den Boden auf. Siiri spürte den starken Impuls, dem Armen zu helfen, Aatos war wirklich neben der Spur. Sie stand auf und hörte ihn leise murmeln, während sie näher trat.

»Nach Hause … nach Hause, nach Karelien«, murmelte er kaum hörbar. »Zum Omachen, zu meiner Oma.«

»Aatos, bleib mal stehen, ich will sehen, wo du blutest«, sagte Siiri.

Der Putzroboter rollte über ihre Füße, und Siiri kickte ihn im hohen Bogen zur Seite, woraufhin der Roboter ein Jaulen ausstieß und auf Alarm schaltete.

Die Smartwand meldete sich zu Wort: »Ein technischer Defekt in unmittelbarer Nähe! Erstens, deaktiviere das Gerät, zweitens, verlasse den Raum, drittens, kontaktiere die Hausverwaltung. Aufrichtig zu leben ist die Rettung des ehrlichen Menschen, Lust ist die Verlockung des Betrügers. Sprichwörter, Kapitel 11, Zeile 6.«

»Die Verlockung des Betrügers! Sogar unsere Wand hier weiß, was du für ein Kerl bist«, sagte Siiri und musterte mit wütend funkelnden Augen sowohl Aatos als auch die Wand als auch den Roboter.

Sie wollte sich gerade der heulenden Putzmaschine

zuwenden, um ihr endlich den Saft abzudrehen, aber sie hatte den Eindruck, dass der blutende Aatos versorgt werden musste. Sie führte ihn zu einem Rollator, den irgendjemand mitten in der Halle vergessen haben musste. Aatos gehorchte brav wie ein kleines Kind. Sein linkes Auge war angeschwollen, aus seiner Nase tropfte stetig Blut. Weitere Wunden oder Prellungen konnte Siiri mit dem erfahrenen Blick der Kriegsdiensthelferin an Irmas Opfer nicht entdecken.

»Warte hier, ich hole Taschentücher.«

Sie hatte keine Ahnung, wo sie eine Küchenrolle oder Taschentücher finden konnte – außer natürlich in Irmas Handtasche. Aber Irmas heiliges Spitzentüchlein ausgerechnet einem Mann zu reichen, der Irma dergestalt belästigt hatte, fühlte sich unangemessen an. Aus den Augenwinkeln heraus sah Siiri, dass Anna-Liisa indes darum bemüht war, die wild gestikulierende Irma zu beruhigen.

»Wie wäre es, Irma, wenn wir uns zur Ablenkung ein paar Gedanken über die finnischen Städte der 70er-Jahre machen würden. Also, in alphabetischer Reihenfolge, erinnerst du dich? Alavus, Anjalankoski, Espoo, Forssa ... Du kannst dabei rhythmisch in die Hände klatschen, das hilft ...«, sagte Anna-Liisa.

Siiri sah an der ersten Tür des langen Büroganges einen Zettel kleben. Da stand »Selbstbedienungs-Erstnothilfe«. Das war das ehemalige Zimmer der Heimleiterin Sinikka Sundström. Siiri wunderte sich darüber, dass ihr dieser Zettel noch nie aufgefallen war, ein solches Wort, mit so vielen Buchstaben hätte eigentlich ihre Aufmerksamkeit erregen sollen.

Sie klopfte leise an, dann öffnete sie die Tür. Das Licht flammte auf, als sie eintrat, aber es gab hier weder Pflaster noch Verbandszeug, es war natürlich ein Maschinenraum. Das Display des größten Computers grüßte freundlich: »Wenn die Sonne glüht, wird Rettung nahen. Erstes Buch Samariter, Kapitel 11, Zeile 9.«

»Na toll, das hilft mir weiter«, murmelte Siiri. »Die Novembersonne scheint gar nicht, in Finnland glüht sie zurzeit nicht mal für Sekunden. Das nächste Mal vielleicht im Juni.« Siiri betrachtete das Gerät dennoch mit Interesse. Es musste sich ja um einen dieser humanen Apparate handeln, die Jerry Siilinpää angepriesen hatte. Er hatte auch gesagt, dass man mit ihnen reden könne.

»Ich. Habe. Nicht. Verstanden. Sprich. Langsamer«, sagte der Computer.

Siiri dachte darüber nach, wie sie dem Automaten klarmachen sollte, dass in der Halle auf einem vergessenen Rollator ein verwirrter Nachmittagstänzer saß, dessen Nase blutete. Die Maschine benötigte ja sicher einfache und klare Anweisungen, keine großen Reden. Sie entschied sich, es mit einem einzigen Wort zu versuchen. Sie beugte sich näher heran, fühlte sich ein wenig lächerlich und hoffte, dass keine versteckten Kameras sie in diesem Moment filmten. Sie sagte, laut und deutlich: »Blut.«

»Blut. Spende. Gehe bitte. Zur. Servicestation. Nummer Zwei.«

»Oh, meine Güte, du Trottel. Wer möchte denn das Blut einer 97-Jährigen haben?«

»Ich. Habe. Nicht. Verstanden. Sprich. Langsamer.«

»BLUT AUS DER NASE!«, schrie Siiri. Sie hatte das Gefühl, im verdammten Vorgarten der Hölle gelandet zu sein.

»Die haben Ohren, aber hören nicht, die haben Nasen, aber riechen nicht. Psalm, Kapitel 115, Zeile 6«, lautete die Textzeile auf dem Bildschirm.

Die erste Maschine war verstummt. An der zweiten hätte Siiri einen Gesundheitscheck absolvieren können, an der dritten wurde eine zahnmedizinische Behandlung angeboten, selbst eine Füllung oder ein Implantat konnten eingesetzt werden. Die Maschine stellte alle benötigten Instrumente zur Verfügung.

In einer Ecke des Raums standen ein Blutdruckmessgerät und eine Waage, daneben lud eine Sitzgelegenheit zum Blutzuckermessen ein. Auf dem Abstelltischchen lagen kleine Wattepads. Siiri schnappte sich eine Handvoll, bedankte sich noch mal beim großen Computer für das ergiebige Gespräch und ging, wobei sie noch den letzten Worten der Maschine lauschte.

»Danke. Gott. Unserem Herrn. Und Jesus. Christus. Seinetwegen.« Beruhigend – die Maschine hatte ihre Stimme wiedergefunden, einen tiefen, ein wenig monotonen Bariton.

Siiri ließ die Tür der Station für Selbstbedienungs-Erstnothilfe zuknallen und eilte zu Aatos, aber die Eingangshalle war menschenleer. Nur der verlassene

Rollator stand da, wo er gestanden hatte, im Zentrum der leeren Eingangshalle. Der verletzte Putzroboter weinte leise in einer Ecke, ansonsten herrschte Stille. Die Smartwand schimmerte rötlich und schien mit dem Roboter im Dialog bleiben zu wollen. »... lass uns Gnade zuteilwerden, und Frieden vom Vater, unserem Gott, und Jesus Christus, in Wahrheit und Liebe – 2. Buch Johannes, 1 bis 3.«

Hilfe war nicht in Sicht, und dieses ständige Bibelgerede brachte Siiri völlig durcheinander. Sie beugte sich hinunter, studierte die Knöpfe des kleinen Roboters und fand auf seinem Rücken einen großen Schalter mit der Aufschrift *Ein/Aus*. Sie schaltete den fleißigen Kleinen einfach ab, tätschelte seine Plastikoberfläche und sagte: »Ich erlöse dich für einen Moment.«

13

An einem dunklen Tag im November, der sich endlos in die Länge zog, saßen Siiri und Irma in aller Ruhe auf Siiris Polsterstühlen beim Mittagessen. Es war ein wenig unbequem, aber weil Abwechslung ja angeblich guttun sollte, hatten sie sich entschlossen, mal nicht am Esstisch zu speisen.

Siiri gönnte sich ein wenig Preiselbeermarmelade zu ihrem Leberauflauf, und Irma bestrich ihren mit Butter. Beide schwiegen. Die Stimmung war angespannt, beide waren ein wenig peinlich berührt. Irma wollte offensichtlich nichts Näheres über ihren Tanzausflug mit Aatos erzählen, Siiri fand, dass zu dieser Geschichte sehr wohl noch einige Worte gewechselt werden mussten.

»Oha, diese Butter ist sehr gut. Keine komische Margarine, sondern echte Butter. Mir kann keiner dieser selbst ernannten Gesundheitsfanatiker erzählen, dass Butter so ungesund sein soll. Was hältst du davon, zum Nachtisch Weißbrot zu essen, mit fett Butter und Zucker drauf? Das knirscht immer schön an den Zähnen.«

Siiri antwortete nicht, beide schwiegen wieder. Sie hatte den Eindruck, dass sich Irma von der üblen Sache mit Aatos schon ziemlich gut erholt hatte. Und es war schön, so gemütlich zusammen zu essen. Diese alltägliche Anwesenheit ihrer lieben Freundin war angenehm und beruhigend, und Siiri fühlte sich plötzlich ganz leicht und glücklich in diesem vertrauten Schweigen, das sie teilten. Als sie aus dem Fenster sah, fand sie keinen Hinweis darauf, ob nun gerade Nacht oder früher Morgen oder was auch immer war, aber es musste tatsächlich Mittagszeit sein.

Ein verglaster Balkon, der wie ein kleiner Wintergarten aussah, leuchtete auf der gegenüberliegenden Häuserfront, grell wie eine Straßenreklame. Die Bewohnerin hatte offenbar vergessen, die festliche Beleuchtung auszuschalten, sodass jeder mitansehen konnte, wie sich auf ihrem Balkon leere Weinflaschen in Plastiktüten stapelten. Daneben standen auch Bierkästen, und neben den Kästen hatte die unbekannte Heimbewohnerin Unterhosen und Büstenhalter zum Trocknen aufgehängt. Siiri überlegte, ob es sich möglicherweise um die Wohnung von Ritva Lehtinen handeln könnte, aber dann erinnerte sie sich daran, dass Ritva zwar im Haus gegenüber, aber ein Stockwerk höher lebte.

Als Siiri den Blick vom Fenster abwendete, sah sie plötzlich auf der Computerwand eine junge Frau in einem weißen Kittel.

»Aha, die Verbindung ist irgendwie … warten Sie mal einen Moment …«, murmelte die Frau.

Das Bild verschwand von der Wand. Leises Knistern und Surren war zu hören, und für einen Moment sah Siiri einen unvollständigen Bibelvers, aber dann füllte wieder diese Dame im weißen Kittel den Bildschirm aus, die ihr mit hochgezogenen Augenbrauen direkt in die Augen sah.

»Aus irgendeinem Grund ist die Verbindung gestört … der Chat-Messenger antwortet nicht. Aber egal, machen wir weiter, das Wichtigste ist, dass Sie mich hören und sehen können. Falls nicht, unterbrechen Sie bitte die Verbindung … also, wir sprachen gerade über die Symptome, die vermutlich Nebenwirkungen der Medikamente sind …«

»Wie spannend! In welcher Sprechstunde sind wir jetzt gelandet? Was glaubst du, ist das echt oder virtuotisch?«, fragte Irma munter.

»Virtuell, meinst du. Ich habe keine Ahnung«, sagte Siiri.

Sie flüsterten zur Sicherheit, aber diese Ärztin schien sie weder zu hören noch zu sehen, und der Patient der Dame, in dessen Termin Siiri und Irma unfreiwillig hineingeplatzt waren, befand sich irgendwo außerhalb des Bildes.

»Vielleicht ist das im neuen *Abendhain* so, dass man mit Ärzten über Video redet?«, flüsterte Siiri. Sie hatte mal in der Bedienungsanleitung geblättert und erinnerte sich, von einem sogenannten »VirtuDoc« gelesen zu haben. Sie hatte das nicht weiter vertieft, denn sie ging grundsätzlich ungern zu Ärzten, da wurden immer nur dieselben Tipps zu Lebensstil und Herzschrittmachern runtergebetet. So was mochte für Leute in jüngeren Jahren interessant sein, für sie jedoch nicht.

Kürzlich waren Siiri und Irma noch mal in diesem mysteriösen Raum gewesen, der Selbstbedienungs-Erstnothilfe, aber mehr aus Spaß als in der Hoffnung auf medizinische Hilfe. Irma betonte, dass die Sachen gar nicht vergleichbar seien.

»In dem Computerraum unten reden wir ja nicht mit echten Leuten, da sind nur diese, na ja, diese Dinger. Einfach Sorgen und Symptome eintippen, und schon löst die Maschine eine Antwort aus. Erinnerst du dich nicht? Du hast damals über deine Verstopfung berichtet, und der Computer hat dir Abführmittel empfohlen, was natürlich ganz vernünftig war. Das ging wirklich schneller als im Gesundheitszentrum, wo man um jeden Termin und jedes Rezept betteln muss.«

»Solche ... also das, was Sie gerade erwähnten, also, mögliche Nebenwirkungen beinhalten eine gesteigerte Libido sowie Hypersensitivität und lang anhaltende Erektionen, die sind in Verbindung mit Ihren Medikamenten leider durchaus üblich«, sagte die Ärztin an der Wand.

»Oh Gott, der Patient da, den wir nicht sehen können, ist ein Mann mit Dauererektion!«

»Sei doch bitte still, Irma, Herrgott!«

»In Ihrem Fall würde ich von den Kombipräparaten abraten und das Risperidon gegen die depressiven Schübe sowie die Medikation zur präventiven Behandlung der Demenz ... nun ja, wir sollten das überdenken.«

»Der Arme hat auch Alzheimer!«

»Irma!«

Die Dame auf dem Bildschirm hatte ihren Blick gesenkt, offenbar, um Unterlagen zu studieren. Sie saß aufrecht, nur ein wenig in Richtung ihrer Lektüre gebeugt. Hinter ihr war ein dickes, giftgrünes medizinisches Fachbuch zu sehen, mit dem Titel »Pharmaca Fennica«, daneben lagen Ordner in verschiedenen Farben und eine Reihe von Fotos, auf denen Kinder lächelten. Die Ärztin war demnach Mutter dreier Kinder.

»Sie ist aber eine junge Mutter gewesen«, sagte Siiri.

»Und eine junge Ärztin«, fügte Irma hinzu.

»Ich halte die Medikation nach wie vor für angemessen«, murmelte die Ärztin kaum hörbar, um anschließend mit Fachbegriffen um sich zu werfen:

Nesselsucht, nervöse Neurologie, schmerzhafter Priapismus, Relaxation der festen Arterien. Siiri und Irma hörten aufmerksam zu, sie beugten sich sogar vor, um besser zu verstehen. »Leiden Sie an Schwindelattacken, Müdigkeit, Sehstörungen, Durchfall, Unwohlsein? Agitation, Aggression? An sonstigen Symptomen im Umfeld dieser ... nun ... Erektionen?«

»Der arme Mann! All das nur wegen dieser Medikamente!«, rief Irma aus.

Plötzlich verschwand die Ärztin vom Bildschirm. Siiri und Irma schwiegen gebannt, sie fühlten sich beobachtet. Irma stellte behutsam ihren Teller auf dem Sofatisch ab und starrte die Wand an, schuldbewusst, als hätte sie eine große Dummheit begangen.

Ein Schlag war zu hören, und Siiri wagte wieder zu atmen, weil sie glaubte, dass dieser ganze unangenehme Zwischenfall mit der Ärztin und ihrem dubiosen Patienten beendet sei. Ihr pochendes Herz schlug gerade wieder im Takt, als plötzlich das überdimensionierte Gesicht von Aatos Jännes an der Wand prangte. Irma schrie auf, und Siiri wurde schwindlig. Sie schloss ihre Augen und zählte langsam bis zehn. Sie hoffte, dass Aatos Jännes, sobald sie ihre Augen wieder öffnete, von dieser Wand und am liebsten auch für alle Ewigkeit aus ihrem und Irmas Leben verschwunden sein würde.

»Kann der uns sehen?«, fragte Irma, die wie erstarrt dasaß, sie presste die Worte zwischen den Zähnen hervor.

»Sehen Sie mich jetzt wieder?«, fragte Aatos. Seine

Stimme klang nicht so selbstgewiss wie sonst, sein Blick ruhte auf Irma und Siiri, die er nicht sehen konnte. Sein Gesicht war so groß, die riesigen Augenbrauen waren jetzt besonders auffällig. Seit dem letzten Treffen war er offensichtlich beim Friseur gewesen und hatte sich auch die Brauen stutzen lassen, sie waren akkurat gekämmt und exakt gleich lang auf beiden Seiten.

»Nein, das tun wir nicht«, sagte Irma.

»Ja, ich sehe Sie«, sagte die virtuelle Ärztin aus dem OFF. Aatos Jännes. Natürlich. Die Ärztin wirkte inzwischen verärgert und nervös. Verständlich. Wer führte schon gerne ein Videotelefonat mit einem dementen, sexuell übereifrigen Kriegsveteranen. Sie sagte gerade, dass sie die Medikation für Aatos anpassen werde, um die störenden Nebenwirkungen zu minimieren, allerdings werde dann auch die erwünschte Wirkung abgeschwächt.

»Also, die Frau Doktorin möchte, dass ich zwischen einer Dauererektion und dem Verlust meines Erinnerungsvermögens wähle?« Aatos lächelte jetzt wieder sein unverwechselbares Casanova-Lächeln. Siiri ahnte, welche Alternative er wählen würde.

»So würde ich es nicht ausdrücken«, entgegnete die Ärztin. »Dieses Medikament hemmt das Voranschreiten der Alzheimer-Erkrankung, und bei Ihnen scheinen sich die Symptome stabilisiert zu haben, wenn man Ihr Alter berücksichtigt. Aber es handelt sich natürlich um eine progressive Erkrankung, die … nun ja, zum Tod führt. Sie ist unheilbar.«

»Lassen Sie mein Alter beiseite, jeder 30-Jährige wäre stolz auf das, was ich habe. Sogar jetzt ist mein Penis steif. Möchte die Frau Doktorin ihn sehen?«

Irma schrie erneut auf und bedeckte ihre Augen. Siiri wünschte sich inständig, dass diese blöde Verbindung endlich abbrechen würde.

»Wie kommen wir raus aus dieser verdammten Sprechstunde?«, fragte sie mehr sich selbst als Irma.

»Gar nicht. Lass uns das in Demut und bis zum bitteren Ende erdulden«, flüsterte Irma. Sie zog ihr Spitzentüchlein hervor und schnäuzte sich die Nase, so laut, dass Siiri fürchtete, sie würden von der Ärztin und ihrem allzu bekannten Patienten ertappt werden. Aber nein, die Szene auf dem Wandbildschirm ging einfach weiter.

Aatos war inzwischen aufgestanden und wurschtelte an sich herum, und die Ärztin hob merklich ihre Stimme an: »Nein, ausziehen ist unnötig. Wir haben hier einen Skype-Termin, bitte behalten Sie Platz!«, schrie sie. Es klang fast panisch.

Die Ärztin forderte Aatos ein weiteres Mal dazu auf, sich wieder hinzusetzen, und informierte ihn dann kurz angebunden über diverse Körperfunktionen, sowohl im Unterleib als auch im Oberstübchen. Dabei nutzte sie wieder jede Menge Fachbegriffe. Es war die Rede von Frontallappen und eingeschränkter Selbstkontrolle sowie unbeabsichtigten Ausfällen mit obszönen Inhalten, fehlgeleiteten Proteinen, Virilität, Frustrationsschwellen und Hirnschlägen.

»Sie sollten im Internet ein ADSC-ADL-Formular

ausfüllen, die CERAD-Aufgabenreihe durchgehen und den MMSE-Test, damit wir einen Status bestimmen können ... Sie haben ja die Passwörter bereits erhalten, nicht wahr?«

Aatos schwieg und sah regungslos an sich hinab. Er schien gar nicht zugehört zu haben.

»Moment, ich sende Ihnen die Passwörter gerne noch einmal zu, Sie müssten sie in wenigen Sekunden erhalten. Sind sie da? Wie ich sagte, dieser Priapismus, also die ... anhaltende Erektion, ist bedauerlicherweise nicht unüblich in Verbindung mit Ihrer Medikation, es kann sich sogar verschlimmern. In Ihrem Fall, wenn wir Ihr Alter in Betracht ziehen, könnte die Medikation stufenweise herabgesetzt werden.«

»Sind von dieser Nebenwirkung eigentlich auch Frauen betroffen? Falls ja, habe ich hier nichts dergleichen bemerkt. Oder die kleinen Teufelchen nehmen ihre Pillen nicht. Könnten Sie bitte zum Beispiel Irma Lännenloimi etwas verschreiben? Sie ist ein verdammt gut aussehendes Weib.«

Irma errötete. Siiri hatte den Eindruck, dass sie das Kompliment erfreute, auch wenn es zweifelhafter Natur war. Dann aber kniff Irma die Augen zusammen. Vielleicht erinnerte sie sich gerade an den gestrigen Zwischenfall im Großraumtaxi. »Sein Oberstübchen funktioniert wirklich nicht mehr richtig. Er erinnert sich nicht mal an meinen Namen. Lännenloimi. So ein Quatsch, ich heiße Lännenleimu. Das wäre doch ein lächerlicher Name, Lännenloimi. Oder was meinst du?«

Siiri lächelte. Diese dementen Sexualfantasien eines Aatos Jännes hatten ihr an ihrem Lebensabend gerade noch gefehlt. Die Ärztin war inzwischen fast wütend. Sie teilte Aatos mit, dass sie die Medikation nun doch deutlich reduzieren werde, der Nutzen sei in diesem Krankheitsstadium ohnehin nicht mehr mit Sicherheit gewährleistet. Sie betonte noch einmal die Unheilbarkeit der Erkrankung und das hohe Alter des Patienten. Es fehlte nur noch, dass sie Aatos im Fachchinesisch den baldigen Tod voraussagen würde.

Siiri spürte plötzlich Mitleid für diesen komischen Aatos Jännes, der ziemlich verdutzt und betrübt aussah. Weil er nicht verstand, warum die junge Ärztin ihm seine letzte Alltagsfreude, die Libido, nehmen wollte.

»Also keinen Steifen mehr?«, fragte er. Es klang verzweifelt, er presste einen Klumpen in seiner geballten Faust zusammen, irgendeinen Stofflappen, ein Tuch, vielleicht ein Glücksbringer oder etwas Ähnliches.

»Bald fängt er noch an, weinerlich nach seiner Mama zu rufen«, flüsterte Irma, die offenbar wenig Mitgefühl mit ihrem ehemaligen Tanzpartner empfand, und dann brach die Verbindung ebenso plötzlich und unerwartet ab, wie sie zustande gekommen war. An der Wand prangte eine weitere Lebensweisheit aus der Bibel:

»Sondern die Knaben sollen hundert Jahre alt sterben und die Sünder hundert Jahre alt verflucht werden. Jesaja 65, 20.«

Sie starrten an die Wand und schwiegen. Siiri hatte

das Gefühl, dass in diesem Zitat irgendein grammatikalischer Fehler enthalten war. Sie dachte an Aatos Jännes, an sein merkwürdig zudringliches Verhalten Irma gegenüber, an seine Krankheit und an seine Medikamente, die offenbar Nebenwirkungen hatten. Sie versuchte sich vorzustellen, was Aatos gerade machte. Ob er in seiner Wohnung denselben Bibelvers las? Ohne zu begreifen, was zum Teufel das mit seinem eigenen Leben zu tun haben sollte?

Die Stille zog sich in die Länge. Es war geradezu mucksmäuschenstill – bis aus der Küche ein leises Rascheln zu vernehmen war. Siiri und Irma blieben regungslos in ihren Sesseln sitzen. Siiri hatte das Gefühl, sich auf einer Erlebnisreise zu befinden, die sie gar nicht gebucht hatte. Eine Überraschung jagte die andere, man musste dafür nur hier im Sessel sitzen.

Das Rascheln aus der Küche war allerdings nicht ganz so überraschend: Sie ahnten beide, dass sich im Restmüll ihre neue Freundin, die fette Ratte, vergnügte. Siiri fand schließlich die Kraft, aufzustehen und in die Küche zu taumeln. Sie öffnete die Tür unter der Spüle und sah gerade noch, wie die liebe Kleine mit einem Schnurrbart aus Früchtepudding in einer Ritze der Küchenwand verschwand.

»Du bist immerhin eine lebendige Ratte, kein virtuelles … Ding«, murmelte Siiri.

Erstaunlicherweise verspürte sie tatsächlich keinerlei Angst oder Ekel, dieses Tier war ihr willkommen, auch wenn es ohne Einladung gekommen war.

Sie legte behutsam ein kleines Stückchen Käse auf einen Teller und stellte ihn neben dem Müllbehälter ab.

14

Anna-Liisa und Irma, beide ehemalige Musterschülerinnen des Gymnastikkurses, hatten in *Abendhain* einen neuen Fitnessraum gefunden, den sie auch Siiri zeigen wollten. Obwohl sie genau wussten, dass diese das Rumgehüpfe und jede Art der körperlichen Ertüchtigung für Zeitverschwendung hielt.

Siiri hatte noch nie begriffen, warum Leute sich in diese Schaufenster stellten und kilometerweit auf der Stelle rannten oder in die Pedale traten, nur um gesund zu bleiben oder zu werden und ihr Leben zu verlängern. Dieser Schaufenstersport war die neueste Mode. Früher waren Fitnessstudios in Kellern oder zumindest hinter dicken Wänden untergebracht gewesen, aber heutzutage wollten die Menschen ganz offenbar ihre schweißtreibenden Aktivitäten auf dem Präsentierteller darbieten.

Auch Juristen und Buchhalter und sonstige Büroangestellte saßen ja inzwischen hinter Glaswänden vor ihren Computern, sodass alle Welt sie bewundern konnte.

Siiri war in ihrem Leben eigentlich immer nur dann gerannt, wenn sie es wirklich eilig gehabt hatte. Oder wenn sie bemerkte, dass die Fußgängerampel auf Grün schaltete, da lohnte es sich ja, ein paar Laufschritte zu machen. Abgesehen davon verspürte sie keinerlei Lust dazu, sich mühsam fit zu halten, nur um am Ende vom Lied ein wenig gesünder zu sterben.

»Aber Siiri, das macht Spaß, und alles, was Spaß macht, ist gut«, sagte Irma. Sie öffnete ein wenig theatralisch die Tür zu diesem geheimnisvollen Raum, indem sie ihren kleinen Türöffner-Knopf gegen den Sensor an der Wand hielt.

Der Raum erstrahlte in grellem Neonlicht, sieben große Flachbildschirme hingen an den Wänden, davor lagen schmale rote Teppiche. Eine zittrige Seniorin, die sich mit einer Hand an ihrem Rollator abstützte und in der anderen einen weißen Stab hielt, vollführte merkwürdige Bewegungen. Sie wedelte herum, als würde sie irgendwelche Insekten vertreiben wollen, oder Dämonen. Die Frau schien völlig durcheinander zu sein.

»Sie spielt Tennis«, erläuterte Anna-Liisa mit gedämpfter Stimme, um die Dame nicht zu stören.

»Aber ich sehe keinen Ball«, sagte Siiri.

»Dummkopf! Der Ball ist da auf dem Bildschirm. Da ist auch ihr Gegner, dieser schöne braun gebrannte junge Mann«, sagte Irma. Sie griff sich beherzt auch einen weißen Stab und betonte, dass sie in ihrer Jugend eine ziemlich gute Tennisspielerin gewesen sei, damals, als die Schläger noch aus Holz gewesen waren und Tennis nur im Juli auf den Privatplätzen der Strandvillen gespielt worden war. Ihr wunderbarer Cousin Kalervo hatte ihr vor dem Krieg Trainerstunden gegeben, und sie hatte leidenschaftlich gespielt, bis das Ganze wegen Kalervos sehr unsportlicher und langweiliger Ehefrau, Ingalill, ein jähes Ende gefunden hatte.

»Die konnte nicht mal den Schläger in der Hand halten, so eine feine Dame war das. Aber wenn du, Siiri, Tennis nicht magst, kannst du dir hier etwas anderes aussuchen. Es gibt alles Mögliche. Badminton zum Beispiel, das ist etwas leichter als Tennis, und wir brauchen keine Sorge zu haben, dass es zu windig wird und der Ball Kapriolen schlägt. Nennt man das eigentlich Ball? Beim Badminton?«

»Du meinst vermutlich den sogenannten Federball, Irma.«

»Ja, genau so heißt das, danke, Anna-Liisa. Aber Siiri, du kannst zum Beispiel auch Slalom fahren, du bist dann in Lappland oder sogar in den Alpen. Stell dir das mal vor!«

Irma schlug mit ihrem Stäbchen Rückhand- und Vorhandbälle wie eine alte Meisterin. Siiri konnte den Ball allerdings noch immer nirgends sehen, sie verstand nicht, was Irmas Verrenkungen und ihre angestrengten Rufe mit den Bildern auf dem Fernseher zu tun haben sollten. Anna-Liisa betrachtete Irma interessiert und erklärte, dass die Technologie dieser Konsole auf Bewegungserkennungssystemen basiere.

»Du kennst doch diese Geräte, die im Laden einen Diebstahl melden können. Das hier ist dieselbe Technologie.«

Anna-Liisa griff beherzt nach zwei Stäben und tat so, als würde sie seilhüpfen. Daraus wurde natürlich nichts, weil Anna-Liisa wirklich hätte springen müssen, und dazu war sie nicht in der Lage. Der Flachbildschirm sendete eine Fehlermeldung.

»Hm. Es wäre wohl besser, die Sportart zu wechseln. Was gibt es denn noch? Boxen, Zumba, Joggen und einen Gleichgewichtstest, aha ...«

Sie suchte sich nach längerem Nachdenken den Gleichgewichtstest aus. Den konnte die in Sachen Sitzgymnastik erfahrene Anna-Liisa dann auch sehr gut bewältigen, ihr sonst so blasses Gesicht lief rot an vor Freude, und sie lachte. »Mach du doch auch mal, liebe Siiri!«, rief sie.

Siiri stellte sich zögerlich auf einen der Teppiche. Auf dem Bildschirm waren jetzt detaillierte Informationen über ihre Größe und ihr Gewicht abzulesen. Sie erwischte den falschen Knopf und meldete sich versehentlich für Yoga an, aber das erwies sich immerhin als angenehm entspannt. Abgesehen davon, dass sie dazu aufgefordert wurde, sich auf den Boden zu legen. Das ließ sie schön bleiben, sie hätte ganz sicher nicht wieder aufstehen können.

Anschließend spielte sie noch eine Runde Golf, ohne die geringste Ahnung von den Spielregeln zu haben. Sie stieß mit dem Ellenbogen gegen den Bildschirm, und die Konsole aktivierte ein Spiel namens »Fitnessbeat« und befahl ihr, einen Usernamen (sie wählte kreativ »Siiri Kettunen«) und ein Land einzugeben (»Finnland«). Und schon ging es los. Das Ganze sah nach einem Spaziergang um die Welt aus, das Angebot an Kontinenten, Gebirgen und Städten war bemerkenswert.

»Dann schlendere ich mal zur Chinesischen Mauer«, verkündete sie mit wachsender Begeisterung, und tatsächlich erstreckte sich vor ihren Augen die Chinesische Mauer, umgeben von wunderbaren Frühlingslandschaften. »Hey, das macht ja wirklich Spaß!«

Nachdem sie eine ziemlich weite Strecke zurückgelegt hatte, beschloss sie, doch noch ein wenig »Disco Dance« zu üben, das war doch lustiger als vermutet. Irgendwann war sie ganz außer Atem und schaltete die Maschine ab. Sie sah sich vorsichtig um. Sie war in dieser digitalen Welt so versunken gewesen, dass sie gar nicht mitbekommen hatte, womit sich die anderen die Zeit vertrieben hatten. Vielleicht starrten alle sie entgeistert an und schämten sich fremd. Aber nein, Anna-Liisa warf konzentriert unsichtbare Dartpfeile auf die Bildschirmscheibe, und Irma schwang wild ihre Hüften.

»Das ist Hula-Hoop! Irre, oder?«

»Müsst ihr beiden euch immer über alles lustig machen?«, fragte Anna-Liisa pikiert.

»Ach, Anna-Liisa!«, sagte Irma lachend. »Ich bin so alt, lass mich doch fröhlich sein!«

Anna-Liisa unterbrach ihr Dartspiel, und ein Lächeln breitete sich auf ihrem Gesicht aus. »Du hast vollkommen recht, liebe Irma. Du bist eine kluge Frau.«

»Ach, Unsinn«, entgegnete diese lachend, und dann

sagte sie noch, vermutlich weil sie wusste, dass Anna-Liisa das nicht mochte: »Döden, döden, döden. Lasst uns eine kleine Pause einlegen. Ich hätte in meiner Handtasche ein Fläschchen Whisky.«

Sie setzten sich auf eine rustikale Bank, die Jerry Siilinpää oder ein anderer Experte für Behaglichkeit an der Wand des Raums platziert hatte, für alle, die nach den Konsolenspielereien ein wenig Ruhe brauchten. Die betagte Tennisspielerin schlug unermüdlich virtuelle Bälle durch die Luft, ihr Gesicht war inzwischen ganz blass, und sie schwitzte sehr.

»Ob das gesund ist?«, fragte Siiri. Sie saßen dicht nebeneinander auf der Bank. Irma nahm einen kräftigen Schluck aus der Flasche, und weil auch Anna-Liisa trank, vergaß Siiri ihre guten Vorsätze und ließ sich den Whisky schmecken. Irma behauptete ja immer, das sei Medizin. Die Tennisspielerin spielte und spielte. Siiri machte sich mittlerweile wirklich Sorgen um sie, sagte aber nichts. Dann rief die Dame plötzlich: »Wie komme ich hier raus? Ich kann dieses ... Ding nicht stoppen! Ich kann nicht aufhören, Hilfe!« Sie wedelte mit den Armen und schlug um sich.

Siiri stand auf und eilte der Frau zu Hilfe. Die Dame zitterte, vor Anstrengung oder Angst oder beidem. Ihre Hand war kalt und nass, sie schnaufte und röchelte. Siiri zog die Frau aus dem Bannkreis des teuflischen Tennismatches und sah ihr ruhig in die Augen.

»So. Alles ist gut, Sie sind draußen. Das ist ein Computer, der Ihren Befehlen folgt, nicht umgekehrt«, sagte sie, obwohl sie selbst von ihrem klugen Gerede keineswegs überzeugt war. Auf dem Bildschirm war das Tennismatch aber tatsächlich nicht mehr zu sehen, stattdessen stand da nun der unvermeidliche Bibelspruch:

»Ich bin euer Gott und ihr seid mit mir; geht immer diesen Weg, den ich euch zeige, und es wird euch gut ergehen! Jeremias 7:23.«

Die Dame sah Siiri verwirrt und entsetzt an und brach plötzlich zusammen. Als sie zu Boden fiel, riss sie Siiri mit sich, und diese befürchtete sofort, dem zarten Geschöpf mit ihrem Gewicht die Knochen zu brechen. 56 Kilo wog die Dame, das hatte sie gerade noch auf dem Bildschirm lesen können, bevor der Bibelspruch eingeblendet worden war. Sie blieb unverletzt, ihr Sturz wurde von der unter ihr liegenden Tennisspielerin abgefedert. Siiri lag auf dem Rücken und war sich nicht sicher, ob die zierliche Frau neben ihr noch atmete.

Irma und Anna-Liisa standen über ihr. Sie starrten sie an, und Siiri hatte Mühe zu verstehen, was sie sagten. Irmas Blick verriet Verärgerung, Anna-Liisas Neugier. Da war noch jemand im Raum, eine dieser freiwilligen Helferinnen, die sich über die alte Dame beugte. Die Helferin suchte am Hals und an der Innenseite des Handgelenks nach einem Pulsschlag. Daran, dass Siiri noch munter und lebendig war, schien niemand zu zweifeln.

»Lieber Herrgott, schenke uns Gnade, Heiliger Geist, höre mein Gebet«, sagte die Helferin, die Siiri noch nie zuvor gesehen hatte. Es war eine grauhaarige alte Frau mit faltigem Gesicht. Vielleicht doch eine Bewohnerin des Hauses?

»Ist dieser Anzug unter ihrem Kleid mit Computerchips ausgestattet?«, fragte Anna-Liisa. Sie artikulierte sehr klar jedes Wort. »Falls dem so sein sollte, ist ihr Sturz in der zentralen Software von *Abendhain* archiviert worden. Es ist auch sehr gut möglich, dass automatisch ein Alarm ausgelöst wurde, möglicherweise werden in Kürze Sanitäter hier eintreffen.«

»Herrgott, schenke uns Gnade, lieber Gott, Heiliger Geist, erhöre mein Gebet.«

Irma öffnete die Tür und schrie im hohen Falsett »Kikeriki! Sind junge Ersthelfer auf der Suche nach uns? Hierher! In den Raum mit den Spielekonsolen! Hilfe!«

Tatsächlich, in der Eingangshalle standen zwei junge Sanitäter mit einer Tragbahre, und ihre Erleichterung war groß, denn Irmas Geschrei führte sie an den richtigen Ort. Siiri versuchte eilig aufzustehen. Keinesfalls wollte sie im Krankenwagen landen, aber es war sehr mühsam. Anna-Liisa versuchte zu helfen, ohne Erfolg. Erst als die freiwillige Helferin endlich aufhörte zu beten und stattdessen mit anpackte, kam Siiri mühsam wieder auf die Beine. Hinter ihrer Stirn war ein Summen und Brummen, das langsam leiser wurde und dann ganz verschwand.

»Möchtest du einen Schluck Whisky?«, flüsterte Irma. Sie drehte der freiwilligen Helferin und den Sanitätern den Rücken zu, während sie diese verfängliche Frage stellte. Die Sanitäter hoben gerade die Tennisdame auf die Trage, und Siiri griff zu dem Fläschchen und trank gierig. Der Whisky brannte herrlich in ihrer Kehle und schien ihren Körper innerhalb weniger Sekunden zu durchdringen. Ja, ihre Gedanken waren schon wieder viel klarer, in ihren verkalkten Venen zirkulierte wieder rauschend das Blut.

»Ahhh. Danke, Irma. Das tat gut.«

Die Sanitäter hatten die Tennisdame auf die Trage gehoben und waren bereit zu gehen, als die freiwillige Helferin noch einmal richtig loslegte: »Du bist ein Schäfchen des Herrn«, erklärte sie. »Die Hirten tragen das Schäfchen über den großen Fluss zu den grünen Wiesen, ins Paradies. Wir alle, auch die, die voller Sünde sind, wir sind unterwegs, auf einer Reise, auf den Schultern der guten Hirten. So einfach ist das.«

Die Männer musterten die Beterin verdutzt. Sie waren vermutlich nicht ganz sicher, ob sie sie als Patientin, als Bewohnerin des Pflegeheimes oder als eine durchgeknallte, aber zu vernachlässigende Außenstehende betrachten sollten.

»Ja ... wir müssen dann los«, sagte einer der beiden und schob so kräftig und abrupt an, dass sein Kollege stolperte. Bald fingen sich die beiden jedoch wieder und machten sich auf den Weg. Vermutlich war es der Weg der guten Hirten.

15

»Liebe Freunde, sagt bitte alle freundlich Hallo zu Oiva!«

Tauno stand seelig lächelnd am Kartenspieltisch und wippte nervös auf und ab. Neben ihm stand ein kleiner Mann.

Der Kleine hatte einen prächtigen Schnurrbart, und seine Brille erinnerte Siiri unmittelbar an den ehemaligen finnischen Präsidenten, Juho Kusti Paasikivi. Siiri, Irma und Anna-Liisa musterten Oiva neugierig, und Siiri stand als Erste auf, um ihn herzlich zu begrüßen. Sein Händedruck war weich, und seine Augen sahen hinter den Brillengläsern unnatürlich groß aus.

»Und ich bin Frau Anna-Liisa Petäjä, Magister der Philosophie, sehr erfreut.«

»Mein Name ist Irma Lännenleimu. Ich bin vor allem Omi. Ich habe sechs Kinder und mehr als fünfzehn Enkelkinder und fünf Urenkel, die ich zum Teil noch gar nicht kenne, weil meine Goldstückchen nicht die Zeit haben, mich hier zu besuchen, was ich sehr gut verstehen kann, was gibt es bei einer so alten und vergesslichen Oma schon zu sehen. Und außerdem haben alle fürchterlich viel Wichtiges zu tun. Meine Goldstückchen leben überall verstreut, in aller Herren Länder, wie man so sagt. Kürzlich hat die Tochter meines Sohnes, von der ich schon dachte, dass sie ewig Single bleiben würde, einen Peruaner geheiratet. Als hätte sie hier keinen Mann finden können! Eines meiner Goldstückchen ist übrigens schwul, er hat einen Hund und einen Freund, sie sind beide sehr süß ...«

Irma verstummte abrupt. Die Stille mischte sich mit einer plötzlichen Erkenntnis. Allen war schlagartig klar, warum Oiva und Tauno in *Abendhain* keine gemeinsame Wohnung hatten beziehen dürfen. In Pflegeheimen waren schwule Paare gar nicht gerne gesehen. Nicht mal Heteros durften ohne Trauschein zusammenziehen, deshalb hatten sich der Botschafter und Anna-Liisa ja so eilig das Jawort gegeben.

»Ja, bitte, setzt euch doch zu uns«, sagte Anna-Liisa, während Irma mit glühenden Wangen in ihrer Handtasche kramte.

»Was suche ich denn eigentlich ... vielleicht Pastillen oder Ersatzstrumpfhosen ...?«

»Möchtet ihr eine Runde Karten spielen?«, fragte Siiri, aber Oiva und Tauno kannten nicht mal die Canastaregeln. Siiri schlug noch Bridge und Skat vor, aber vergeblich, die beiden Herren waren keine Kartenspieler.

»Ich kann nur dieses eine Spiel ... wie heißt das ... ah ja, *Arschloch*«, sagte Oiva entschuldigend und lachte herzlich.

»Na, dann spielen wir das, das passt ja irgendwie hier in unser trautes Pflegeheim gut hinein!«, sagte Irma lachend und mischte die Karten. »Wie viele Stapel? Nur einer? Und für jeden fünf Karten, aha, genau, so ging das, ich erinnere mich ...«

Während sie die Karten austeilte, erinnerte sie alle an diesen merkwürdigen Kinoabend im Heim, an dem ein Film mit dem Titel »Windeln in Action« gelaufen war, allen Ernstes. Oder so ähnlich.

»Aber das ist lange her, da hatten wir noch Bastelanimateurinnen und so was hier bei uns.«

Es entwickelte sich eine gemütliche Runde, auch wenn Anna-Liisa und Siiri das Spiel ein wenig kindisch und einfach fanden. Immerhin war die Stimmung jetzt entspannt. Nachdem sie einige Runden gespielt hatten, waren die Gespräche schon ganz unverkrampft. Nur Anna-Liisa war sehr still geworden, sie saß blass und zurückgelehnt auf ihrem Stuhl. Siiri und Irma fragten Oiva nach dem Pflegeheim, in dem er lebte, und sie waren sehr überrascht zu hören, dass es im besten Sinne altmodisch war: Es gab echte Schwestern und Pfleger und sogar Küchenpersonal aus Fleisch und Blut.

»Also keine Roboter?«, fragte Siiri.

Oiva beteuerte, dass es in seinem Pflegeheim nicht mal Getränkeautomaten gab.

»Alarm! Sodomiten gesichtet!«

Das war Aatos Jännes mit seiner kraftvollen Tenorstimme. Er kam seinen Stock schwingend näher und blieb einige Meter von ihrem Tisch entfernt stehen.

»Wer hat diesen Hermaphroditen hier reingelassen?« Er deutete theatralisch mit seinem Stock auf Oiva. Anna-Liisa wurde sehr böse. Sie lief tiefrot an, streifte ihre Erschöpfung innerhalb von Sekunden ab und sprang auf.

»Genug! Aatos Jännes, du bist ein Urwald-Hottentotte, pfui, das sage ich dir! Du widerlicher, armseliger Inquisitor!«

»Don Carlos, Verdis Oper!«, rief Irma, offensichtlich bemüht, die Situation aufzulockern, aber Anna-Liisa ließ sich nicht im Ansatz bremsen. Sie schrie wild und laut, ihr standen wahrhaftig die Haare zu Berge. Ihre dunklen Augen glühten, während sie Aatos beschimpfte, er sei der Kronprinz von Carl von Linné, sein Schädel sei zu klein und zu kurz, er sei ein übler Verfechter der Euthanasie, der Rassenhygiene, ein untauglicher indoeuropäischer Plattfuß, mit einem widerwärtigen Weltbild und inhumaner als jeder Roboter. »Wie kommst du dazu, dir anzumaßen, hier darüber zu entscheiden, wer wen besuchen darf? Was bildest du dir ein?«

Aatos Jännes sah Anna-Liisa mit freudig funkelnden Augen an. Ja, Siiri kannte diese Männer, die sich anmaßten, die Wut einer Frau als erotische Signale zu deuten. So ein weiblicher Wutanfall hatte ja auch fürchterlich viel mit Erotik zu tun. Aber Anna-Liisa ließ sich nicht irritieren, sie zeterte weiter, mit zittriger Stimme, bis Aatos sie an beiden Händen fasste.

»Liebe Anna-Liisa, beruhige dich doch. Du bist wirklich niedlich, und ich lasse euch jetzt hier allein in Gesellschaft dieser Eunuchen. Du würdest aber auch ganz verrückt werden, wenn du fühlen könntest, was bei mir in der Hose beim Anblick einer so schönen, wütenden Frau passiert.«

Er gab Anna-Liisa einen fetten, feuchten, unverschämten Schmatzer auf die Wange und sagte zu Oiva und Tauno: »Von dieser Herrlichkeit ahnt ihr ja gar nichts!« Dann machte er kehrt und lief zügig zum Aufzug.

Sie waren alle erschüttert. So etwas hatte ja noch niemand erlebt. Anna-Liisa war außer sich: Ihre Hände zitterten, Tränen flossen, und sie presste eine Hand gegen ihre Wange, als wolle sie den frechen Kuss ungeschehen machen. Irma reichte ihr ein Spitzentuch, und Siiri kniff die Augen zusammen, da war wieder dieses Rauschen und Brummen in ihrem Kopf. Nur Oiva und Tauno waren ganz ruhig. Sie bedankten sich bei Anna-Liisa und stellten lakonisch fest, dass das Benehmen dieses Herrn ja fast höflich gewesen sei, sie hätten schon weit Schlimmeres erlebt.

»Noch in den Fünfzigerjahren waren wir Kriminelle, meine Lieben. Und erst im Rentenalter wurden wir davon befreit, als psychisch krank zu gelten. Und die Einstellungen ändern sich noch langsamer als die Gesetze.«

»Und AIDS nicht zu vergessen«, sagte Oiva.

»AIDS? Ist das nicht irgendein Gedächtnistest?«, fragte Irma.

»Nein, Irma, es geht um HIV, das Virus verursacht eine Krankheit, die AIDS genannt wird«, korrigierte Anna-Liisa erschöpft.

»Ja! Auch in *Abendhain* gehen allerlei Viren rum. Die fängt man sich ein, wenn man an diesen modernen Geräten rumfummelt.«

»O. k. Na ja, so manche Fummelei kann tatsächlich

tödlich enden«, sagte Oiva mit einem trockenen Lachen.

16

Siiri sah schon aus einiger Entfernung den Wagen näher kommen, der immer zu denselben Tageszeiten die Gänge entlangfuhr. Das Ding war wohl eigentlich mal ein Gabelstapler gewesen, jetzt war es ein fahrbares Schubladensystem, das den Bewohnern von *Abendhain* Medikamente brachte.

Siiri nahm keine dieser Pillen, sie nahm überhaupt nichts, deshalb machte sie artig Platz und ließ den Roboter den öden Gang entlangtuckern. Das Ding hielt tatsächlich immer direkt vor den Türen, die sofort aufsprangen, sobald dieser Pillen-Roboter sein Lichtlein an die Wände warf.

Es gab noch einen anderen dieser fahrbaren Roboter, dessen Aufgabe war es, die Wäsche aufzuhängen und an die Bewohner zu verteilen, sobald alles trocken war. Wobei dieser Service natürlich extra kostete. Irma beschimpfte die Wagen immer als Plagegeister und machte einen noch größeren Bogen um sie als Siiri.

Siiri war im Übrigen überzeugt davon, dass dem Ding jede Menge Fehler unterliefen. Wie sollte er denn bitte so genau wissen, wer wo wohnte und welche Pillen den Einzelnen verschrieben worden waren.

Anna-Liisa sah das ganz anders. Sie betonte gerne, dass diese Technologie ja gerade deshalb eine enorme Erfolgsgeschichte sei, weil sich Maschinen im Unterschied zum Menschen keine Fehler leisteten. Sie wurden nicht müde, waren niemals schlampig, niemals voreingenommen und nicht mal schlecht gelaunt. Auch der Pillen-Roboter fuhr zügig und zielstrebig weiter den Gang entlang, und wenn er eine Wohnung erreichte, erklang eine einfache Melodie, die an die alten Eiswagen erinnerte, die Siiri als Kind so gemocht hatte.

Die Gänge waren leer. Der simple Song des Roboters dudelte leise, ansonsten war nichts zu hören. Kein Lebenszeichen.

»Und das Lied eines Roboters ist ja nun kein Lebenszeichen, oder?«, murmelte Siiri und lachte kurz. Sie führte in letzter Zeit vermehrt Selbstgespräche, aber das beunruhigte sie nicht weiter. Eine lebende Wand oder eine fette Ratte, die mithören konnte, war ja nie weit.

An vielen Wänden in *Abendhain* waren Fenster eingebaut worden, die gar keine waren, Siiri bezeichnete sie gerne als Pseudofenster. Im Sommer hatten sie tatsächlich ihren Zweck erfüllt und die Flure ein wenig aufgehellt, aber jetzt, an dunklen, regnerischen Dezembertagen, war es sehr merkwürdig, ständig an diesen Sonnenlandschaften aus der Toskana vorübergehen zu müssen. Siiri blieb an einem der »Fenster« stehen, betrachtete das Getreidefeld und den sonnigen, wolkenlosen Himmel.

»Eine. Schöne. Landschaft. Nicht. Wahr?«

Die Stimme in ihrem Rücken kannte sie nicht. Sie drehte sich um und sah ein seltsames lustiges Wesen, das Arme, Beine und einen Kopf besaß, aber nur einen sehr kleinen Körper. Auf seinem Bauch klebte ein Bildschirm. Der Kleine hatte neugierige Glupschaugen und Augenbrauen, die in der Luft zu schweben schienen und die auf und ab hüpften, während er sprach.

»Hallo. Was. Gibt's. Denn. So. Neues?«

Seine Stimme war blechern, noch ein wenig monotoner als die der anderen Maschinen des Hauses. Bei näherem Hinsehen erwiesen sich die Augenbrauen als schmale Lichtstrahlen.

»Das ist mein Pflegeroboter Ahaba. Das ist Hebräisch und bedeutet Liebe.«

Die kleine, zierliche Eila stand neben ihrem neuen Freund und machte einen verlegenen Eindruck. »Ich bin hier wohl das Versuchskaninchen. Es hieß, dass ich für diesen kleinen Kerl gut geeignet bin, weil ich ja Hilfe brauche, aber mein Kopf noch ganz gut funktioniert. Ich soll dann einen Bericht schreiben, damit der Kleine weiterentwickelt werden kann. Er hilft mir bei allerlei Sachen, sogar, wenn ich zur Toilette gehen muss.«

Sie stiegen in den Aufzug, und Eila erzählte, dass sich ihr Zustand rapide verschlechtert hatte und dass sie ohne Ahaba nicht mal mehr aus dem Bett kam. Ahaba sei immer bestens gelaunt, er half ihr natürlich auch beim Waschen und beim Anziehen und fütterte sie, wenn sie wollte.

»Meine Hände sind steif, ich kann Oberteile nicht mehr selbst anziehen, geschweige denn Strumpfhosen oder Schuhe. Kannst du dich noch selbst anziehen?«

»Ja, das kann ich noch. Musst du denn jetzt mit, äh, Ahaba Tag und Nacht …? Wo schläft der Kleine denn, etwa in deinem Bett?«

Eila lachte. Sogar Ahaba gab ein blechernes Geräusch von sich, das nach Lachen klang. Sie liefen durch die Eingangshalle zum Aufenthaltsraum, zum Kartenspieltisch. Ahaba bot Eila seinen schmalen Arm an und stützte sie galant.

»Siehst du, wie wunderbar mein Kavalier mir hilft?«, sagte Eila stolz. Seitdem Ahaba für sie da war, hatte sie den Rollator in die Ecke stellen können. Und als sie sich jetzt an den Tisch setzten, blieb Ahaba hinter Eila stehen, wie ein aufmerksamer Leibwächter.

»Na ja, dass er immer so bei mir steht, ist schon ziemlich merkwürdig«, sagte Eila mit gedämpfter Stimme. Vielleicht wollte sie die Gefühle ihres Kammerdieners nicht verletzen. Sie berichtete, dass sie eine Intensivschulung im Umgang mit Robotern erhalten und gelernt habe, dass Ahaba nicht nur zuverlässiger Helfer war, sondern auch Unterhalter und Beruhiger, Aufmunterer und Tröster. »Allerdings ist sein Wortschatz ein wenig eingeschränkt. Na ja, er sagt immer nur diese Sätze aus der Bibel, und manchmal stellt er mir Quizfragen. Weißt du eigentlich, warum hier überall diese Bibelzitate zu lesen sind?«

Siiri wusste es nicht, aber es wurde natürlich gemunkelt, dass unter den Eigentümern des Pflegeheimes der eine oder andere Sektierer dabei war. Anna-Liisa war diesbezüglich besonders misstrauisch. Genaues wusste niemand.

»Und findest du es nicht auch komisch, dass wir hier gar keine Gäste mehr empfangen dürfen? Also, andere Leute als diese ... Prediger«, sagte Eila. Sie erzählte, dass ihr einziger Enkel kürzlich versucht hatte, sie in *Abendhain* zu besuchen, aber weil er irgendeinen Code nicht gekannt hatte, hatte er unverrichteter Dinge nach Hause gehen müssen.

»Hättest du ihn nicht reinlassen können?«, fragte Siiri verwundert.

»Ich wusste ja nicht, dass er überhaupt an der Tür stand! Er hat mir das erst später gesagt. Ich bin seitdem ziemlich wachsam und stelle fest, dass hier nur Bewohner oder Roboter herumlaufen. Und manchmal diese komischen Bibelheinis.«

»Oder eine Ratte!«, murmelte Siiri.

Eila lachte. »Ich habe auch gar kein Telefon mehr, ich will diese neuen Dinger gar nicht, ich fand die mit Wählscheiben einfacher«, sagte sie.

Siiri war es kürzlich immerhin gelungen, ein äußerst merkwürdiges Videotelefonat mit Tuukka zu führen, dem Exfreund ihrer Urenkelin. Er hatte es tatsächlich geschafft, auf ihrer Wand zu erscheinen, in voller Lebensgröße oder eigentlich sogar noch größer, er war sehr geschickt im Umgang mit diesen ganzen neuen Medien und Computern. Das war schön gewesen, auch wenn ihr einziges Thema eigentlich Siiris Bankangelegenheiten waren, die Tuukka regelte. Er war besorgt gewesen wegen steigender monatlicher Kosten, was Siiri wiederum verwirrt hatte. Eigentlich war den Bewohnern von *Abendhain* versichert worden, die Umstellung von Mensch auf Roboter sei eine Sparmaßnahme.

Tuukka hatte spöttisch gelacht und gesagt, dass Maschinen immer teurer waren als Menschen und dass die Politiker diese Technologien nur deshalb beförderten, weil dann die Märkte heiß liefen. Aktien dieser Unternehmen seien die heißesten überhaupt. Aha. Siiri hatte nicht wirklich begriffen, worauf er hinauswollte, und Tuukka hatte ziemlich arrogant abgewinkt, als sie nachgefragt hatte.

Ahaba trat plötzlich nach vorn und wischte mit einem Taschentuch über Eilas Nase. »Wie. Viele. Söhne. Brachte. Lea. Dem Jakob. Zur. Welt? A) 12 B) 3 C) 6«, fragte er.

Eila studierte müde die drei Alternativen, die auf dem Bildschirmbauch des Roboters prangten, und drückte schließlich Antwort C. Ahaba applaudierte klappernd und trompetete einen Tusch, die Antwort war richtig. Er war eigentlich ein toller Roboter, in Siiris Augen ein ganz besonders gelungener. Der Wagen, der die Medikamente brachte, war im Vergleich ein lächerlicher Kriecher. Siiri listete in Gedanken die Namen der Söhne von Lea auf: Ruben, Simeon, Levi, Juda, Isaschar und Sebulon. Eila hatte in der Tat richtig geantwortet.

Und sie hatte auch recht mit ihren Beobachtungen.

Es waren ja nie viele Besucher gewesen, aber jetzt kam niemand mehr nach *Abendhain*. Irmas Goldstückchen waren eine gefühlte Ewigkeit lang nicht mehr da gewesen.

»Wie. viele. Söhne. Hat. Rachel. Dem. Jakob. Zur. Welt. Gebracht?«

Eila gab eine Antwort ein, die Fanfare erklang. Einem plötzlichen Impuls folgend tippte sie dann weiter und gab selbst etwas ein, die Namen der Söhne von Rachel und auch die der Sklavinnen von Jakob und den Namen seiner Tochter, und Ahaba wurde nervös. »Stopp. Stopp. Frage. Wurde. Nicht. Gestellt. Wurde. Nicht. Gestellt. Stopp. Stopp.«

»Ja, ja, mein Kleiner. Ich möchte mich jetzt mit Siiri Kettunen unterhalten. Ist das in Ordnung, Ahaba?«

»Dann Kann ich. So Gott Will. Froh sein. Bei euch und. In eurer Gesellschaft mich beleben. Römerbriefe. Eins. Kapitel. 12.«

»Also will er damit sagen, dass wir uns unterhalten dürfen und er sein Quiz auf später verschiebt?«, fragte Siiri flüsternd. Eila kicherte albern und ausgelassen wie ein junges Mädchen.

»Sag mal, hast du von diesem Todesfall bei den Spielekonsolen gehört?«, fragte Eila unvermittelt, und Siiri hörte vage einen summenden Ton. »Vor einigen Tagen ist eine Dame irgendwie in einem Spiel stecken geblieben. Also, sie konnte nicht mehr aufhören damit und ist gestorben.«

»Ich war da«, sagte Siiri. »Mit zwei Freundinnen.« Schon wieder war eine Bewohnerin von *Abendhain* gestorben, diesmal in ihren Armen. Warum hatte sie nicht früher reagiert? Sie hatten alle drei nur zugeschaut und an ihren Whiskys genippt, und Irma und Anna-Liisa hatten ja gar nichts kapiert. Eila sah sie ungläubig an.

»Du warst da, als es passiert ist?«

»Der. Von meinem. Fleisch isst. Und. Trinkt. Mein. Blut. Hat. Ewiges. Leben«, sagte Ahaba. Er starrte Siiri mit seinen Glupschaugen an, hob und senkte fragend seine Brauen, und Siiri fühlte sich zutiefst schuldig und fürchtete, in Ohnmacht zu fallen.

»Sie hat Tennis gespielt, und dann ist sie auf mich gefallen, also, wir fielen beide zu Boden.«

Eila hörte aufmerksam zu und sagte, dass über diesen Todesfall alles Mögliche getuschelt worden sei, zum Beispiel, dass die Frau wochenlang unentdeckt um ihr Leben gerungen habe und von einem Roboter gefunden wurde.

»Nein, nein, so war das nicht«, sagte Siiri. »Die Sanitäter waren sogar sehr schnell da, hier hatte die moderne Technik offenbar ihr Gutes.«

Eila nickte lächelnd und sagte: »Das Gute war dann aber höchstens, dass die Tote schnell weggebracht werden konnte, geholfen hat es ihr nicht. Oder?«

»Ja, ja, das stimmt wohl«, sagte Siiri. Sie hielt kurz inne. »Ich habe immerhin gelernt, in Zukunft einen großen Bogen um dieses Spielezimmer zu machen.«

»Es. Ist. Zeit. Für dein. Essen. Eila.«

Ahaba reichte Eila seine Hand.

»Ah. Natürlich, mein Kleiner.«

Eila stand auf, und Siiri begleitete die beiden in die Cafeteria, in der leckere rote Dreiecke und grüne Bällchen zum Mittagessen bereitlagen.

17

»Kunst ist von hoher Bedeutung, auch für Senioren, Schwerbehinderte und Häftlinge«, sagte der elegant gekleidete Mann, der eine neonblaue Fliege und volles lockiges Haar trug. Seine Schuhe hatte er ausgezogen, um keinen Straßendreck in die guten Stuben von *Abendhain* zu tragen. Er kam Siiri entfernt bekannt vor, aber sie konnte sich nicht entsinnen, wo ihr der Mann schon einmal begegnet war.

»Vielleicht ist er dir irgendwann mal im Schlaf erschienen oder an deiner Wand«, sagte Irma lachend.

»Pssst, ich will das hören!«, flüsterte Anna-Liisa, ganz die Lehrerin, die geübt darin war, tuschelnde Schüler zur Ordnung zu rufen. Wenn das »Pssst« nicht reichte, konnte sie auch ihren unverwechselbar stechenden, strengen Blick einsetzen, den Siiri und Irma allzu gut kannten.

Der Mann sprach von der Kunst, die ein Segen sei für das Gesundheitswesen. Kunst sei keineswegs Eigentum der Eliten, sondern könne das Leben eines jeden bereichern, sogar das der Alten, die sonst nichts mehr hatten.

»Ein schönes Gemälde, angenehme Musik, ein liebgewonnenes Buch, das ist Balsam für die Seele. Und je glücklicher der Einzelne ist, desto besser funktioniert die Gesellschaft. Kunst spart Kosten ein, Kunst vermeidet Alkoholismus, Gewalt, Scheidungen und Drogenprobleme. Ein schönes Gemälde, angenehme Musik, ein liebgewonnenes Buch. So einfach ist das.«

»Jetzt weiß ich, das ist dieser Prediger«, flüsterte Irma, und in diesem Moment erinnerte sich auch Siiri. Der Prediger, der mit Freude die Kollekte eingesammelt und vor allem Margit mit seinen hehren Worten begeistert hatte.

Auch jetzt saß Margit wieder in der ersten Reihe und sah sehr zufrieden aus, geradezu selig. Neben ihr saßen Eila und Ahaba, beide hörten aufmerksam zu.

Der Prediger kam vom Verein *Erwachen heute*, ja, genau, Siiri erinnerte sich jetzt. Er setzte seinen Vortrag über die Kunst noch für eine Weile fort, bis er plötzlich beim Teufel und bei den Plagen und Seuchen landete, um sogleich die Kunst als Gegenmittel zu preisen. »In der Kunst ist der Heilige Geist«, sagte er. Seine Stimme klang so lieblich und sanft wie Samt.

Hinter ihm standen eine Dame, die sehr luftig bekleidet war, und ein Mann in dreckigen Jeanshosen und einem lässigen Kapuzenshirt. Das waren wohl Künstler. An der Wand stand in fetten Buchstaben: »Kunstexperiment am heutigen Donnerstag«.

Siiri hatte ja befürchtet, dass sie bei dieser Veranstaltung selbst malen und schauspielern sollten, aber

Irma hatte gleich begriffen, dass es eine Performance werden würde, improvisierter Gedichte-Tanz, dargeboten von echten Profis.

Im Auditorium hatten sich mehr Leute eingefunden als sonst, allein die Tatsache, dass fremde Menschen *Abendhain* besuchten, hatte die Neugier der Bewohner geweckt, wobei sich einige sicher auch für die Kunst interessierten. Tauno hatte Oiva eingeladen, und während sie zusammen auf den Beginn der Veranstaltung gewartet hatten, hatte Oiva erzählt, dass er ein leidenschaftlicher Freund von Theater und Literatur sei. Mit Anna-Liisa hatte er sich schnell in ein angeregtes Gespräch über die Erzählungen von Thomas Mann vertieft. In Manns Werken spielten ja immer entweder eine Geige oder ein einsamer Homosexueller eine tragende Rolle, manchmal sogar beide. Anna-Liisa fragte Oiva, ob die Geige möglicherweise in gewissen Subkulturen als Symbol für Homosexualität gelten könne. Oiva hatte laut gelacht und keine Antwort mehr geben können, weil in diesem Moment der Seminarleiter sein Publikum begrüßt hatte.

Derselbe legte jetzt auf dem Podium eine effektvolle Pause ein und sagte schließlich: »Lasst uns, bevor Taija und Sergei ihre Performance beginnen, alle zusammen beten.«

Er hob seine Arme, schloss die Augen. »Unser Herr, schenk diesen Menschen Kraft. Die Kraft des Heiligen Geistes. Lass ihn ihr Innerstes erneuern, nimm die Sünden und die Angst von ihnen. Nimm ihnen die Fleischeslust.« Er hielt inne, öffnete die Augen, ließ die

Arme sinken und betrachtete mit einem gutmütigen Lächeln die fragenden Gesichter im Auditorium.

»Ihr müsst den Heiligen Geist willkommen heißen. Werdet Teil der göttlichen Natur. Werdet rein, werdet ehrlich. Fernab von Ehebruch und Begierde, fernab von allen Sünden.«

Er schwieg wieder und sah jetzt ganz direkt Tauno und Oiva an. Oiva erwiderte den Blick des Predigers, gespannte Stille breitete sich aus.

»Ich erlöse euch von der Macht des Teufels. Auch ich habe den Teufel gesehen, und ich habe den Heiligen Geist gewählt. Diese Wahl, diese Entscheidung steht auch euch offen. Geht durch die Tür. So einfach ist das. Taija und Sergei, bitte schön.«

Er drehte seinem Publikum den Rücken zu und signalisierte den beiden Künstlern, auf die Bühne zu kommen. Die Dame war doch nicht nackt, sie trug ein eng anliegendes, hautfarbenes Gymnastikkostüm, das leider ihrer Figur nicht schmeichelte. Sie machte kreisende Armbewegungen und warf den Kopf in alle Richtungen, als sie auf die Bühne trat. Sie klammerte sich leidenschaftlich an Sergeis dreckige Jeanshosenbeine, der laut und mit bebender Stimme sprach: »Der Mond mein Freund, die Sonne meine Mutter, die Sterne meine Kinder. Das Universum ist unendlich!«

Die Frau hampelte jetzt noch wilder herum, sie schnaufte und strampelte mit den Füßen, klatschte in die Hände, stöhnte und quietschte. Dann lief sie plötzlich ins Publikum, Siiri fürchtete ernstlich, dass diese Tänzerin sie oder jemand anderen mit auf die Bühne zerren würde.

»Die Dunkelheit, die Stille. STILLE!«, rief der Mann. »Das Herz aus Eis in deiner Seele. IN DEINER SEELE!« Er deutete mit dem Zeigefinger direkt auf Siiri. »Wo Mond, wo Sonne? Deine Sünden haben das alles verschwinden lassen, leeres All, endlose Leere. NAH IST DER TEUFEL!«

»Das hier ist wirklich noch irrsinniger als alle anderen Attraktionen, die wir hier im Haus schon hatten«, sagte Irma, und alle konnten es hören, denn Sergei hatte seine Litanei ausgerechnet in diesem Augenblick unterbrochen. Tauno und Oiva lachten, und Siiri sah, dass auch Anna-Liisa nur mühsam an sich halten konnte. Margit dagegen hatte nur Augen für die bemerkenswerte Performance, sie war wie in Ekstase und nahm den Blick nicht von Sergei und seiner Partnerin.

»Die Leere in deiner Seele, die Härte in deinem Herz!«

»Das hier ist ... also Kunst?«, flüsterte Siiri.

Margit betastete mit den Fingern ihre Schläfen und hob und senkte den Kopf im Rhythmus der Worte. Ein unangenehm beißender Schweißgeruch breitete sich aus, der von den beiden Performance-Künstlern kam.

Taija drehte Pirouetten, Sergei stand wie zur Salzsäule erstarrt. Als er mit seiner Tirade beim Garten von Eden und beim Kreuz von Golgatha angekommen war, kreischte und stöhnte sie, ein im wahrsten

Sinne wahnsinnig glückliches Lächeln war auf ihrem Gesicht, ihr Blick war leer.

Sergei murmelte kaum hörbar: »Auch hier sind solche, die dem Satan dienen. Der Satan trägt sie hinab in die Hölle.« Siiri hatte den Eindruck, dass er jetzt ganz direkt sie ansah und auch Irma und Anna-Liisa.

»DER HEILIGE GEIST, DEN GOTT GESENDET HAT, HAT JESUS CHRISTUS ERLEUCHTET, UND JESUS WARD EIN MENSCH!«, schrie er.

Es waren ganz offenbar seine finalen Worte. Stille breitete sich aus. Das Publikum begann schließlich, höflich und ein wenig zögerlich zu klatschen. Sergeis Wangen glühten, der Schweiß floss in Rinnsalen über seine Stirn und an den Wangen hinab, er zitterte. Taija hechelte so besorgniserregend wie die arme alte Dame, die beim Computertennis ums Leben gekommen war.

»Aber hier mischen wir uns nicht ein. Sie darf ruhig alleine vor sich hin hecheln«, sagte Irma, die mal wieder Siiris Gedanken gelesen hatte. »Wobei ... ein kleiner Whisky würde ihr sicher auf die Beine helfen.«

Plötzlich schrie Taija auf. Die Ratte raste über die Bühne. Das Publikum verstummte. Diejenigen, die schon aufgestanden waren, setzten sich wieder hin, und diejenigen, die eingeschlafen waren, erwachten. Taija stand wie erstarrt, Sergei waren die hehren Worte im Hals stecken geblieben. Die Ratte stellte sich mitten auf dem Podium tot, sie lag regungslos.

»Ich glaube, das ist gar nicht unsere Ratte«, sagte

Irma. Siiri hatte das auch schon gedacht, diese hier war grauer und hatte einen kürzeren Schwanz, sie war überhaupt recht kurz geraten.

»Da ist ja noch eine!«, rief Tauno. Er deutete auf eine Wand neben der Bühne, Siiri sah für Sekundenbruchteile einen Schwanz, der hin und her wedelte. Auf der Bühne fiel Taija in Ohnmacht, sie fiel allerdings weich in Sergeis Schoß, der schon wieder lautstark über Satan räsonierte. Die Ratte, die flach auf der Bühne lag, schrak auf und verschwand blitzschnell in dem Loch, aus dem sie gekommen war.

Das Publikum klatschte wieder, zunächst zaghaft, dann zunehmend frenetisch. Nur Margit sah verstört aus. Vermutlich wusste sie nicht mehr, was zur Performance gehörte und was nicht, und Sergei und Taija hatten sichtlich Mühe, den Beifall zu deuten, der ihnen zuteilwurde.

Allmählich standen dann alle auf und griffen nach ihren Handtaschen, Hörgeräten und Rollatoren, um den Saal zu verlassen. Aber der Prediger mit der Fliege hatte andere Pläne, er eilte auf die Bühne.

»Nein, danke, kein weiterer Bedarf«, sagte Irma und ging zielstrebig Richtung Ausgang.

»Wir wollen uns ganz herzlich bei Taija und Sergei für den lyrischen Tanz bedanken. Bitte denkt immer daran: Ihr müsst nur euren Geist öffnen und beten, dann wird der Heilige Geist in euch dringen und euch aus eurer Sünde befreien. Falls ihr eine Spende an den Verein *Erwachen heute* entrichten möchtet, liegen Überweisungsformulare bereit, auch in bar und via

Onlinebanking sind Überweisungen willkommen. So einfach ist das.«

Der Prediger sammelte die Kollekte ein und blieb vor Anna-Liisa stehen, die dem Blick des Mannes mit geröteten Wangen und verkrampfter Haltung auswich.

»Haben Sie, liebe Witwe, denn schon ein Testament aufgesetzt?« Er sprach samtweich und lächelte, seine Augen waren feucht. Als er dann auch noch nach Anna-Liisas Händen griff, riss sie sich wütend los.

»Mein Testament geht Sie absolut nichts an!«

»Wir wollen helfen. Wir sind Experten darin, Testamente aufzusetzen. Sie verfügen über alles, Sie entscheiden, aber wir von *Erwachen heute* können helfen. Wir helfen nur. So einfach ist das.«

»Gerade haben Sie doch gesagt, dass es nicht einfach ist. Wie wollen Sie mir denn dann helfen?«, entgegnete Anna-Liisa schnippisch. Sie stand auf, und Siiri stellte erstaunt fest, dass Anna-Liisa größer war als der dauergewellte Prediger. Der Mann war demnach recht klein, das war ihr gar nicht aufgefallen, als er wortgewaltig auf der Bühne gestanden hatte.

»Irma und Siiri, folgt mir, wir gehen Whisky trinken und Karten spielen«, sagte Anna-Liisa resolut.

»Jawohl, Zeit, einige kleine Sünden zu begehen«, sagte Irma mit einem Seitenblick auf den Lockenkopf. »Komm, Siiri! Wir können auch Pornos schauen, das Netz ist ja voll davon. Klick, klick, schon geht's los.«

Der Prediger hatte für diese Situation keinen passenden Bibelvers parat. Er stand schweigend da, während die drei betagten Damen lachend den Saal verließen.

18

Einige Tage später erwachte Siiri spät, die Sonne schien schon durch das Fenster und flutete den Raum mit hellem Licht. Sie betrachtete verwundert die tanzenden Staubflöckchen im Sonnenlicht. Das war wirklich ungewöhnlich an einem Tag im Dezember.

Mühsam stand sie auf, schlüpfte in ihre Pantoffeln und erlebte gleich die nächste Überraschung, denn während der Tag hell war, war die Computerwand stockdunkel und verdächtig still. Keine blecherne Stimme informierte sie über Ereignisse der Nacht und die Qualität ihres Schlafs, nicht mal ein Zitat aus der Bibel war zu lesen.

»Es grenzt an ein Wunder«, murmelte sie und ging steifbeinig in die Küche. Weder das Licht noch der Herd ließen sich einschalten. Immerhin funktionierte das Radio noch, ausgerechnet dieses alte Ding, das sie zu Lebzeiten ihres Mannes gekauft hatte. Siiri hatte immer denselben Sender eingestellt, der Kultursender *Yle Radio 1* war ein treuer Begleiter.

Gemeinsam mit ihrem lieben Gatten hatte sie mit diesem Gerät immer den morgendlichen Konzerten gelauscht und dabei am großen Küchentisch Zeitung gelesen. Ihre Kinder hatten sich darüber gewundert, dass die Eltern nebeneinander sitzend Zeitung gelesen und Musik gehört hatten, aber sie selbst hatte diese Morgenstunden immer als wunderbar gemütlich empfunden.

»Aber es gibt ja keine Zeitung und keine schönen Konzerte mehr«, sagte sie leise. »Und natürlich fehlt auch der Mann. Ach ja, meine Güte.«

In der aktuellen Sendung beendete eine junge Moderatorin gerade eine Gesprächsrunde über die Herausforderungen des Elternalltags. Danach erklang sehr zu Siiris Freude eine Melodie aus der Rossini-Oper »Die diebische Elster«. Diese Melodie versüßte den Morgen, der ja eigentlich kein Morgen mehr war. Sie musste fast bis zum Mittag geschlafen haben.

»Siiri! Achtung! Ich breche jetzt die Wohnungstür auf!«

Das war Irma. Sie trommelte gegen die Tür, veranstaltete einen Höllenlärm, und bevor Siiri Zeit fand, sich in Bewegung zu setzen, sprang die Tür schon auf, und Irma trat ein, mit irgendeinem Gegenstand in der Hand, den Siiri noch nie gesehen hatte.

»Herrje, was ist denn in dich gefahren?«, fragte sie.

»Das Ding hing draußen in dem roten Kasten, für Notfälle«, sagte Irma. »Mit dem kann man Türen öffnen, geht einfach. Hier bin ich!«

Siiri rang sich ein Lächeln ab. Sie verzichtete darauf, Irma daran zu erinnern, dass sie auch mit dem Schlüssel-Chip hätte eintreten können.

»Du siehst mit der Kerze aus wie diese Weihnachtsheilige, Lucia«, sagte sie.

»Nicht Lucia. Ich bin Lucifer. Döden, döden, döden!«

Irma setzte sich in einen von Siiris Sesseln und berichtete, dass in *Abendhain* der Strom ausgefallen sei und dass niemand wisse, woran es lag und wie es repariert werden könnte. Alle waren völlig durcheinander. Niemand wusste die Uhrzeit, die Cafeteria war außer Betrieb, ebenso der Aufzug, und natürlich galt das auch für die Roboter und die Heizung, es wurde ja langsam ziemlich kühl im Haus. Ein Teil der Bewohner saß in der eigenen Wohnung fest, manche kamen nicht mal aus den Betten.

»Die wissen nicht mehr, wie sie ohne die Roboter aufstehen sollen. Anna-Liisa hat gleich gesagt, dass die Roboter ohne Strom nicht funktionieren. Sie verlieren sozusagen den Kopf. Also, nichts funktioniert hier, nicht mal mehr die kleinen elektronischen Hunde, die uns jetzt trösten könnten. Verstehst du, was ich sagen will? Es wird hier jetzt lebensgefährlich!«

Irma neigte ja zur Dramatik, und sie wirkte auf Siiri sowohl hysterisch als auch ziemlich erfreut über die Abwechslung vom langweiligen Alltag. Sie hatte sich ein Finnenmesser an ihren Gürtel gehängt.

»Was machst du denn mit dem Messer?«, fragte Siiri.

»Ach, das habe ich von Anna-Liisa. Sie hat immer diese Sachen parat, für den Ernstfall. Woher kommt denn die Rossini-Musik? Aus deinem Radio? Wie geht das denn? Ach so, das hat noch Batterien. Genial. Das muss die Ouvertüre sein. Ich habe kürzlich gelesen, dass in unserem goldenen Zeitalter das batteriebetriebene Radio das einzige zuverlässig funktionierende Gerät ist, das geht noch, wenn alles andere, wie sagt man, abgestürzt ist. So sagt man doch, oder? Anna-Liisa wartet übrigens unten und ist sehr nervös. Ich habe ihr versprechen müssen, bei dir nach dem Rechten zu sehen. Hast du was zu essen? Der Kühlschrank ist ausgefallen, meine Liebe, du solltest also schnell alles aufessen und die Eiscreme aus dem Kühlfach nehmen. Ich habe zum Frühstück drei Eistüten schnabuliert und einen halben Liter Milch getrunken, die leider schon sauer war. Mir grummelt der Magen.«

»Ist denn jemand wegen des Stroms gekommen? Oder jemand, der hilft, während der Strom weg ist?«

Irma lachte und schüttelte ihren Kopf. »Meine Liebe, ich bitte dich, da unten sind nur verwirrte alte Leutchen, die Haferflocken gegen Buttermilch tauschen. Die Stimmung erinnert mich an die Abende, an denen die Russen ihre Luftangriffe über Helsinki flogen.«

Siiri hatte genug gehört. Sie ging ins Schlafzimmer, um sich rasch etwas anzuziehen, dann machte sie erst mal ein kleines Frühstück für Irma und sich selbst, mit Joghurt und Butterbroten. Sie wollte auch ein Ei in die Pfanne werfen, aber ihr fiel noch rechtzeitig ein, dass der Herd seinen Dienst nicht tun würde.

Irma wurde immer munterer. Im Radio lief inzwischen süßlich-romantische Klaviermusik, die Siiri nicht mochte, aber sie ließ das Radio laufen, in der vagen Hoffnung, dass die Nachrichten demnächst etwas über *Abendhain* berichten würden. Immerhin war kürzlich ja auch ein wunderbares Streichquartett von Mozart unterbrochen worden, nur weil an irgendeinem finnischen Waldrand ein Wolf gesichtet worden war. Wie immer in Notfällen war diese Nachricht zweisprachig vermeldet worden.

»Das macht die Sache lustig! Das Schwedisch unserer Radiosprecher ist irrsinnig komisch.«

Sie beendeten ihr karges, aber leckeres Frühstück und beschlossen, nach unten zu gehen. Während Siiri nach ihrer Handtasche suchte, ging ihr durch den Kopf, dass sie tatsächlich ohne Irmas heldenhaften Einsatz hier in ihrer Wohnung erst mal festgesessen hätte.

»Weißt du eigentlich, was genau Strom ist?«, fragte Siiri.

»Äh ... nicht wirklich.«

»Ich auch nicht«, sagte Siiri erleichtert. »Ich habe nie genau verstanden, wie das alles funktioniert. Mit dem Licht und den Geräten. Es ist doch witzig, wir haben das Gefühl, auf einer einsamen Insel zu sein, weil der Strom ausgefallen ist, aber wir wissen nicht mal, was Strom eigentlich ist.«

Irma lachte prustend und pustete dabei versehentlich die Kerze aus. Und im selben Moment gingen plötzlich die Lichter wieder an, im Flur und in der

Küche. Siiri schaltete den Herd an, und auch die unvermeidliche Computerstimme und das Display an der Wand waren wieder da.

»Alles wird gut, sorgt euch nicht. 1. Kapitel Tess. 5, 3. Namenstage heute: keine. Der Weckdienst gratuliert. Störung! Störung! Am hellen Tag wird die Katastrophe über sie hereinbrechen, Dunkelheit wird sie überraschen. 5, 14.«

»Sag mal, glaubst du, dass diese Wand wirklich denken kann?«, fragte Siiri.

»Natürlich nicht. Das ist eine Maschine. Und dieses Bibelgeschwafel zeugt nicht gerade von hohem Intellekt, oder?«

»Na ja, in der Bibel stehen doch viele kluge und schöne Gedanken. Nur irgendwie wählt leider der Zentralcomputer von *Abendhain* immer die falschen aus.«

Sie sahen sich um, noch unsicher, ob der Stromausfall tatsächlich vorüber war. Irma schaltete den Fernseher ein, die Regionalnachrichten liefen gerade. Im Südosten Finnlands wütete ein Sturm, in der Stadt Häme hatten Schneemassen den öffentlichen Nahverkehr lahmgelegt. Das klang alles merkwürdig, und Irma schlug vor, einen Spaziergang zur nächstgelegenen Bankfiliale zu machen, um Geld abzuheben, zur Sicherheit. Sie holte ihren Mantel, doch als sie sich kurz darauf am Aufzug trafen, stand der noch immer still.

Sie liefen also zu Fuß durchs Treppenhaus nach unten. Die Eingangshalle war leer, Anna-Liisa saß nicht, wie so oft, in der Sofaecke, auch die Cafeteria war verwaist. Ein Roboter, der Ahaba sehr ähnlich sah, lag auf dem Sofa, ein Rollator, dessen Besitzer weit und breit nicht in Sicht war, stand mitten auf dem Gang. Es war gespenstisch hell, die elektrischen Lichter brannten mit der wunderbaren Wintersonne um die Wette.

»Vielleicht sind alle nach Hause gegangen, weil sie so lange warten mussten, aufs Essen und aufs Licht. Nicht alle haben einen so gesegneten Schlaf wie du, Siiri, du hast ja fast das ganze Abenteuer verpennt.«

19

Siiri und Irma versuchten, am Automaten in der Parkstraße Geld abzuheben, aber der funktionierte nicht. In der Filiale saßen zwei Frauen und ein Mann, aber die Tür war verschlossen, und auf einem Zettel an der Scheibe stand, dass man nur mit Terminvereinbarung willkommen sei. Irma rief und klopfte gegen die Tür, bis eine der beiden Damen sich schließlich in Bewegung setzte, die Tür einen Spaltbreit öffnete und ihnen mitteilte, dass der Geldautomat defekt sei.

»Eine vorübergehende technische Störung«, fügte sie noch hinzu.

»Aber könnten wir vielleicht bei Ihnen am Schalter Geld bekommen?«

»Nein, bedaure, wir haben hier gar kein Geld. Sie können gerne unseren *Bar-Direkt-Chip* beantragen, mit dem Sie in Supermärkten Bargeld an den Kassen erhalten.«

»Wie bitte?«, fragte Irma, aber dann wollte sie doch keine Antwort hören, sondern verlangte die Kontaktdaten der Mitarbeiterin und kündigte an, Beschwerde beim Kundendienst einzureichen. Die Dame reichte ihr ungerührt eine Visitenkarte und verschloss grußlos die Tür.

Siiri und Irma standen noch für eine Weile vor der Filiale, dann rafften sie sich auf und fuhren mit der Straßenbahnlinie 4 nach Katajanokka. Da gab es einen Geldautomaten, der eigentlich zuverlässig seinen Dienst tat. In der Innenstadt war es ja angeblich gefährlich, Bargeld abzuheben. In *Abendhain* kursierten wilde Geschichten darüber, dass an den Automaten üble Typen lauerten, die mit Vorliebe Senioren niederschlugen und ausraubten.

»Aus dem Stadtteil Katajanokka könnte man eigentlich ein Museum machen«, sagte Irma begeistert. »Da gibt es so schöne alte Häuser, echte Lebensmittelläden, Geldautomaten und sogar noch Telefonzellen, vielleicht sogar lebendige Menschen, aus Fleisch und Blut. Die Stimmung erinnert mich an einen dieser herrlichen schwedischen Kinderfilme, so nostalgisch.«

Hinter dem »Zuckerwürfel«, wie man das Enso-Gutzeit-Haus gerne nannte, glühte ein dunkelrot beleuchtetes Riesenrad, ein seltsames riesengroßes

Ding, das vermutlich russische Touristen anlocken sollte. Es stand still, niemand wollte damit fahren. Auf dem Senatsplatz standen dagegen sogar Erwachsene Schlange, um in einem bunt beleuchteten Karussell zu fahren, und in der Alexanderstraße war ein Weihnachtsmann zu bewundern. Helsinki entwickelte sich in diesen Tagen zu einem großen Vergnügungspark. Irma und Siiri fanden das ganz amüsant.

Sie stiegen in Katajanokka aus und liefen über die Straße zum Geldautomaten. Irma war etwas verwirrt. Sie zog aus ihrer Handtasche den kleinen Chip, der in *Abendhain* Türen öffnen und Maschinen aktivieren konnte, aber dieser Geldautomat blieb ungerührt.

»Ah, Moment, was mache ich da eigentlich?«, rief Irma lachend. »Was für ein dummer Fehler.«

»Bitte. Betrag. Eingeben.«

»Ach, Herrje! Der redet wie mein Kühlschrank.«

Irma entnahm ihrer Geldbörse einen großen Zettel, auf dem sie wichtige Daten notiert hatte. Sie betete klar und deutlich ihr Geburtsdatum, ihre Sozialversichertennummer, ihre Telefonnummer, ihre Blutgruppe herunter. Das Display des Automaten erlosch.

»Nein, wieder ein Stromausfall! Jetzt bleiben auch die Straßenbahnen stehen, und wir sitzen hier in Katajanokka fest«, rief Irma. »Und das verdammte Ding hat meine Karte verschluckt! Nein, Quatsch, ich habe ja gar keine Karte gehabt. Aber … ich habe kein Geld bekommen. Was machen wir denn jetzt?«

»Kann ich Ihnen helfen?«

Die Stimme kam Siiri und Irma sofort bekannt vor, auch die Schuhe der Dame.

»Sirkka, die Predigerin! Ich erinnere mich gar nicht an Ihren Nachnamen«, sagt Irma. »Doch, Lehtinen, nicht wahr?«

»Nieminen«, sagte Sirkka und blinzelte nervös. »Sie sind doch aus *Abendhain*, richtig?«

Jetzt war diese Sirkka schon wieder genau im richtigen Moment auf der Bildfläche erschienen, um ihnen in der Not beizustehen. War die Frau am Ende wirklich vom Heiligen Geist erleuchtet? So eine Art Engel? Allerdings sah sie keineswegs engelsgleich aus.

»Wie viel möchten Sie denn abheben?«, fragte Sirkka.

»Äh ja, 200 Euro?«

»200 Euro?«, wiederholte Sirkka. Sie zog die Augenbrauen hoch, genau wie der liebenswerte kleine Pflegeroboter Ahaba.

»Ist das zu viel? Oder zu wenig? Ich könnte auch 300 nehmen.«

Sirkka schnappte mit einer schnellen Bewegung nach dem Chip, der an Irmas Hals baumelte. Sie hielt ihn vor den Automaten, der prompt wieder ansprang und Sekunden später Geldscheine ausspuckte.

»Ah, dann also doch mit diesem … Das ging jetzt aber schnell.« Irma nahm die Scheine. »Wunderbar. Wie kann ich Ihnen nur danken?«

Sirkka lächelte für den Bruchteil einer Sekunde und begutachtete interessiert das Scheinbündel in Irmas Hand. Mit diesem gierigen Blick hatte sie vor einiger Zeit auch Irmas Katzenfutter bedacht. Eine komische Person war das. Vermutlich war sie arm, sie trug auch immer dieselben Klamotten.

»Könnten Sie denn auch mir helfen?«, fragte Siiri. »Verstehe ich das richtig, dass ich diesen Schlüsselknopf aus *Abendhain* hier auch an diesem Automaten nutzen kann? Ich hätte hier ja auch meine EC-Karte ...«

Sirkka erklärte, dass in der Tat der sogenannte Aktiv-Chip benötigt werde.

»Aha«, sagte Irma.

Sirkka hob für Siiri 150 Euro ab und erklärte, dass auf dem Chip alle wesentlichen Informationen seines Eigentümers gespeichert seien, inklusive der Patientendaten. Deshalb könne der Chip auch die Karten der Krankenkassen ersetzen, wie auch die Bankkarten, die Hausschlüssel, den Personalausweis, eben alles. Auch den Führerschein, falls sie denn noch einen gültigen besitzen würden. Und natürlich den Reisepass, das sei ja klar.

»Oh, aha! Ich bin in meinem ganzen Leben ja nur wenige Male auf Reisen gewesen«, sagte Irma. Sie betastete verträumt ihren Chip, der so viel mehr konnte, als sie gedacht hatte. »Einen Reisepass habe ich zuletzt in den 70ern gehabt, denke ich. Oder in den 60ern, als ich mit Veikko auf Konzertreise in Hamburg war. Oh je, das war eine dieser entsetzlich langen Wagner-Opern. Die Nürnberger Meistersänger oder so ähnlich. Veikko hat das meiste verschlafen, aber ich war hellwach, es war schrecklich zäh, aber auch großartig.«

»Was machen wir denn, wenn wir diesen Chip mal verlieren? Oder wenn er kaputtgeht?«

»Er geht nicht kaputt. Der Chip besteht aus Nanomaterie.«

»Pardon?«

»Nanomaterie. Silizium. Verlieren dürfen Sie ihn natürlich nicht.«

»Haben Sie schon gehört, dass wir in *Abendhain* einen mehrstündigen Stromausfall hatten? Das war dramatisch, also, das geht ja nicht …«, sagte Irma.

Sirkka wusste nichts von dem Stromausfall und zeigte sich auch nicht sonderlich interessiert daran.

»Also, was ich mich frage: Eigentlich müsste doch in so einem Fall sofort jemand eingreifen, wozu ist denn dieses ganze Überwachungssystem sonst gut? Und dieser ganze Computer-Zinnober?«

»Die Alarmsysteme brauchen natürlich Strom«, sagte Sirkka. »Ich bin für diese Dinge ja auch gar nicht zuständig.« Sie war auf dem Sprung, konnte ihren Blick aber nicht von den Geldbündeln abwenden. Sie suchte nach Worten: »Nun ja, falls Sie eine kleine … Spende in Betracht ziehen, könnte ich sicher behilflich sein«, brachte sie schließlich gepresst hervor.

»Sind Sie in Schwierigkeiten?« fragte Siiri. »Haben Sie Geldsorgen?«

»Nun ja, in der Klemme stecken Sie, nicht wahr«, sagte Irma. »So haben wir das in meiner Familie genannt. Meine Mutter hat ihre Rente immer komplett abgehoben und alles für Apfelsinen und Taxifahrten und irgendwelche Sachen ausgegeben, bis sie eben in der Klemme steckte. Dann hat sie für den Rest des Monats im Café Primula in Munkkiniemi Haferbrei gegessen und war zufrieden. Das Primula gibt es übrigens nicht mehr, da ist jetzt ein Maklerbüro oder ein Nagelstudio oder beides. Kürzlich wollte ich zu diesem Bekleidungsgeschäft in der Gartenstraße, ihr wisst schon, dieses Haus mit den Skulpturen, den Schwänen von Mauno Oittinen, aber stellt euch vor, am Fenster hing ein Zettel, auf dem stand, dass sie nur noch online verkaufen.«

»Der zehnte Teil aller Erträge, von der Ernte und von den Früchten der Bäume, gehört dem Herrn. Das ist das heilige Geschenk«, sagte Sirkka, ohne ihren Blick von den Geldscheinen abwenden zu können. »Drittes Buch Mose, Kapitel sechs, Zeile zwanzig. Ich bitte nicht um meinetwillen, ich bitte um Spenden für unsere Stiftung.«

Siiri und Irma dachten darüber nach, wie viel eigentlich der zehnte Teil des von ihnen abgehobenen Geldes war. »Oder sollten wir vielleicht gleich zehn Prozent unserer gesamten Barschaft abheben?«, fragte Irma. Sie wollte natürlich nur einen Scherz machen, aber Sirkka mangelte es an Humor, und sie streckte fordernd die Hände aus.

»Sie wollen also vermutlich von mir 15 Euro und von Irma 30 Euro? Insgesamt 45 Euro? Allerdings haben wir die Summe nicht passend parat.«

»Ein Geschenk öffnet dem Schenkenden die Tür, bringt ihn zu den mächtigen Männern. Sprichwörter,

Kapitel 18, Zeile 16«, sagte Sirkka. Sie sprach inzwischen so monoton wie die Roboter in *Abendhain*.

Irma lächelte und sagte: »Aber ein Geschenk Gottes ist auch, dass ein Mensch Speis und Trank genießen und von den Früchten des Lebens kosten darf! Das ist aus der Bibel, da staunen Sie. Das ist von den Predigern, denke ich, sagen wir mal: Kapitel 3, Zeile 13.«

Sirkka glotzte Irma an, es fiel ihr sichtlich schwer zu begreifen, dass Siiri und Irma den wohltätigen Verein »Erwachen heute« nicht unterstützen wollten, obwohl sie doch tagtäglich im voll automatisierten *Abendhain* die Früchte seiner Arbeit genossen. Sie schnappte mit einer schnellen, ruckartigen Bewegung nach einem 50-Euro-Schein in Irmas Hand.

»Ha! Wenn du nicht auf der Stelle loslässt, soll die Froschplage dich heimsuchen«, zischte Sirkka, ihre Augen waren schmale Striche. »Zweites Buch Mose, Kapitel 8, Zeile 2.«

»Da, nimm dein Geld und geh! Erstes Buch Mose, Kapitel 12, Zeile Abrakadabra«, sagte Irma. Sie öffnete ihre Hände, sodass Sirkka ein wenig zurücktaumelte, mit dem Geldschein in ihren Händen.

»Gesegnet seien eure Getreidekörbe. Gesegnet seid ihr, sobald ihr nach Hause zurückkehrt. Gesegnet seid ihr, wenn ihr euch auf den Weg macht. Fünftes Buch Mose.«

Irma und Siiri wendeten sich ab und eilten zur Straßenbahnlinie 4. Der Fahrer sah sie schon von Weitem und wartete freundlicherweise auf ihre Ankunft. Siiri vermutete, dass er sie erkannt hatte, sie waren ja längst Stammgäste in dieser Bahn.

»Tausend Dank!«, sagte Siiri.

Der Fahrer nickte lächelnd, und sie setzten sich auf ihre Lieblingsplätze, noch ganz außer Atem und auch ein wenig erschüttert über den Auftritt dieser Sirkka. Gläubige Menschen waren ja oft gierig, aber dass diese erwachsene Frau sie vor ihren Augen ausgeraubt hatte, war dann doch unerhört.

»Ich wusste gar nicht, dass du so bibelfest bist«, sagte Siiri, als sich die Bahn träge in Bewegung setzte.

»Mit den Wölfen muss man heulen und mit den Feinden eine Sprache sprechen«, sagte Irma. »Ich habe aber auch ein wenig geflunkert. Im ersten Buch Mose spricht niemand über Geld, da geht es eigentlich darum, dass sich Männer eine Frau aussuchen und abhauen sollen. Aber mein lieber Gott wird sicher Verständnis dafür haben, dass ich seine Worte ein wenig freier ausgelegt habe.«

20

Siiri und Irma feierten bei Anna-Liisa Weihnachten, die sich nach den Erbschaftsstreitereien noch ganz schwach fühlte. Deshalb servierten sie das Weihnachtsessen, Steckrübenauflauf mit gebratenem Schinken, an ihrem Bett. Irma hatte auch ihre wundersame flache Scheibe mitgebracht, das iPad. Sie sagte, dass man damit ein multivirtuelles Weihnachtsfest feiern könne.

»Was um Himmels willen ist das denn?«, fragte Anna-Liisa. Sie war blass und, obwohl sie ja immer schon schlank gewesen war, deutlich abgemagert, ein Hungerhaken, wie Irma gerne sagte. Auf ihrem Nachttisch lagen der »Zauberberg« von Thomas Mann, ein kleines Heft und ein Bleistift.

»Liest du gerade den ›Zauberberg‹?«, fragte Siiri. Sie hatte den Roman mehrfach gelesen, sie liebte die Gedanken und den Humor dieses Buches.

»Ja, ein wunderbares Werk«, sagte Anna-Liisa. Sie richtete sich auf und atmete tief ein und aus. »Ich mache mir Notizen, weil der Roman voller kleiner brillanter Ideen ist. Und in gewisser Weise ist ja unser *Abendhain* dem Sanatorium im ›Zauberberg‹, in dem der liebenswerte Castorp seine Ruhe findet, durchaus ähnlich.«

Anna-Liisa schien den Roman fast auswendig zu kennen, so behutsam las sie Satz für Satz, auf jeder Seite hatte sie Bemerkenswertes unterstrichen, Ausrufezeichen gesetzt und Anmerkungen gemacht. Eigentlich kritzelte sie ja ungern in Bücher, aber bei diesem machte sie eine Ausnahme. Zumal sie sicher war, dass niemand diesen Wälzer nach ihr würde lesen wollen.

Sie blühte im Gespräch über Thomas Mann und seine Werke auf, zitierte sogar einige Passagen. »Hört mal her: ›Die Zeit hatte keine Bedeutung für die Patienten des Lungensanatoriums. Drei Wochen waren wie ein Tag ...‹ Ja, und dann zieht sich der Kurzbesuch von Hans Castorp in die Länge. Er kommt als gesunder Mensch an, und dann spürt er das Rasseln in den Lungen, und das ist der Anfang vom Ende. Interessant ist, dass letztlich in der Schwebe bleibt, ob seine Erkrankung hypochondrisch oder real ist. Die Gesellschaft formt sich ihre Menschen, nicht wahr ... Wie bei uns, wir siechen dahin, und die Zeit hat keine Bedeutung mehr.«

»Ich bin aber kerngesund. Bei mir gibt es kein Rasseln«, sagte Irma. Sie griff nach ihrem iPad. »Und wir sind hier auch nicht im Gebirge.«

»Ja. Nun ja. Ich denke gerade an diese Passage, in der so wunderbar vom Stillstehen der Zeit erzählt wird. Da finde ich mich wirklich wieder«, beharrte Anna-Liisa.

»Und sie trinken auch Rotwein schon am Mittag, daran kann ich mich erinnern«, sagte Irma. »Wo wir gerade davon sprechen, ich habe eine fast volle Flasche Rotwein dabei. Aus Italien, samtig und rund. Ich muss jetzt aber noch auf meinem Dingsda das multivirtuelle Weihnachtsfest finden.«

Anna-Liisa seufzte, legte den »Zauberberg« zurück auf das Nachttischchen und tätschelte das Buch wie einen guten Freund. Irma war aufgestanden und lief nervös auf und ab, den Blick konzentriert auf ihr iPad gerichtet.

»Seht mal! Hier ist es!«

Sie sahen Irma fragend an.

»Moment noch. Gleich werdet ihr staunen. Das ist

eine Weihnachts-App. Meine Goldstückchen haben mir das gezeigt, habe ich schon erzählt, dass ich sie getroffen habe? In einem Café in der Kluuvistraße. Natürlich haben sie wieder Flusskrebssandwiches und Weihnachtspasteten auf meine Kosten gegessen, die Lieben«, sagte Irma. »Aber sie haben eben auch diese App auf mein Dingsda geladen. So heißt das, eine App draufladen. Dann hatten sie es wieder ziemlich eilig, sie waren ja auf dem Sprung zur gemeinsamen Feier auf der anderen Seite der Erde. Sind sie dieses Jahr in Vietnam? Ja, ich denke, ja. Ist es da eigentlich sicher? Bei Vietnam fallen mir immer nur die Kriege ein, die die Amerikaner und die Russen da geführt haben, ohne Sinn und Zweck. Also jedenfalls sind alle dahin geflogen, und um mich darüber hinwegzutrösten, dass keiner von ihnen an Weihnachten bei mir sein wird, haben sie mir dieses lustige Spiel, diese App, geschenkt. Jetzt! Es geht! Hat geklappt. Seht mal her!«

Auf Irmas Tablet war Anna-Liisas Wohnung zu sehen, in der sie gerade saßen. Und in dieser Wohnung saß ein junger dunkelhaariger Mann in Militäruniform. Er saß gemütlich auf einem Stuhl, neben Irma. Siiri kannte diesen Mann nicht, der nur auf dem Bildschirm zu sehen und nicht wirklich da war. Dann kamen sogar noch mehr Leute aus Anna-Liisas Küche.

Siiri hob verwirrt den Blick, aber in Wirklichkeit war da niemand, nicht mal die Ratte. Auf dem Bildschirm waren jetzt zwei gut aussehende junge Männer zu sehen, Hand in Hand, wahrscheinlich waren das Irmas schwule Goldstückchen, von denen sie immer in höchsten Tönen schwärmte. Auch einige junge Frauen, mit kleinen Kindern auf dem Arm, waren dabei. Irma drehte das Gerät zum Balkon, und wie durch Zauberei stand da tatsächlich rauchend Irmas Tochter Tuula, die Ärztin im Ruhestand.

»Was soll das denn?«, fragte Anna-Liisa eher erbost als beeindruckt.

»Das ist ein multidimensionales Spiel, das es meinen Goldstückchen ermöglicht, an Weihnachten bei mir zu sein, obwohl sie gar nicht da sind. Sogar Veikko ist hier, obwohl er vor langer Zeit gestorben ist. Veikko ist der junge Soldat, so hat er ausgesehen, als ich mich in ihn verliebt habe. Oh, ein prächtiger Mann, ein echter Mann. Und er sitzt hier neben mir.«

»Ist das nicht ein wenig makaber?«, fragte Anna-Liisa.

»Keineswegs! Eines meiner Goldstückchen, Jeremias, ist ein Computergenie, es ist sein Beruf, solche Spielereien zusammenzubasteln. Von so was kann man heutzutage sogar sehr gut leben, er hat immer teure Autos und jede Menge Kohle.«

»Nur dann nicht, wenn er der lieben Oma Flusskrebssandwiches und Weihnachtsgebäck spendieren sollte«, sagte Siiri. Irma ließ die Anmerkung unkommentiert.

»Wenn reale und virtuelle Welt zusammentreffen, nennt Jeremias das *erweiterte Wirklichkeit*«, sagte sie stattdessen.

»Aha«, sagte Anna-Liisa.

»Jeremias sagt auch, dass ich mich mit Veikko unterhalten könnte, aber so albern bin ich natürlich nicht.«

Irma drehte und wendete ihr Tablet und schien durchaus begeistert, ihre Goldstückchen um sich zu haben, ohne mit ihnen reden zu müssen. Laut Jeremias waren Parallelwelten und Wirklichkeitserweiterungen eine ganz heiße Sache am Markt, Heilsbringer im neuen Universum, mit den Sinnen, die sie bislang kannten, kaum noch zu begreifen.

»Gute Güte, du sprichst wie eine, die gerade zum ersten Mal die Sonne und das Licht gesehen hat. Ich halte von diesem Unsinn rein gar nichts«, sagte Anna-Liisa.

»Siiri, stell dir vor, meine Goldstückchen haben auch von einem Spiel erzählt, mit dem man Straßenbahn fahren kann, ohne die Wohnung zu verlassen. Du kannst durch Landschaften aus den Dreißigerjahren gondeln, und wenn du willst, Waggons aus den Achtzigern wählen. Versteht ihr? Dann wären wir gleichzeitig im Jetzt, in den Dreißigern und in den Achtzigern.«

»Nein, sind wir nicht«, entgegnete Anna-Liisa. »Du bist, liebe Irma, immer nur hier, genau hier und genau jetzt, auch wenn du dir zehn Geräte anschaffst, um deine Gedanken zu verwirren. Und Zeit ist sowieso Illusion, das habe ich euch schon des Öfteren dargelegt, wollt ihr noch einmal eine Erläuterung?«

Irma war beleidigt und sogar traurig, und Siiri fühlte unmittelbar mit ihr. Sie hatte sich so viel Mühe gegeben, dieses virtuelle Fest mit fernen und verstorbenen Menschen von Herzen zu genießen, und dann kam Anna-Liisa und machte barsch und besserwisserisch alles kaputt.

»Vielleicht könnten wir ja ... was haltet ihr davon, wenn wir unseren Literaturzirkel neu beleben?«, schlug Siiri vor, um der gedrückten Stimmung ein Ende zu setzen. »Wir könnten zusammen lesen und unsere Lektüre diskutieren, so wie früher.«

»Fein, fein, aber nicht am Heiligen Abend«, sagte Irma grimmig. »Perlen vor die Säue«, murmelte sie, während sie ihr iPad in der Handtasche verstaute. Sie ging in die Küche und stellte demonstrativ geräuschvoll ihre Portion Steckrübenauflauf mit Bratschinken zum Aufwärmen in die Mikrowelle.

Anna-Liisa nahm Siiris Hand. Es schien, als habe sie nur auf einen Moment gewartet, in dem sie zu zweit waren. »Du musst mir helfen, Siiri. Ich habe keine Kraft mehr, um Onnis Eigentum zu streiten. Das Ganze ist furchtbar seltsam geworden.«

Während Irma laut in der Küche werkelte, brachte Anna-Liisa Siiri auf den neuesten Stand in Bezug auf die unangenehmen Ereignisse. Eine Gruppe der potenziellen Erben hatte die andere angezeigt, und Anna-Liisa wusste nicht mal, ob diese Anzeige auch ihr galt. Sie hatte sich geweigert, einen Anwalt einzuschalten und war auch zu einem ersten Gerichtstermin nicht erschienen. Ihr seligster Wunsch war inzwischen, sämtliche Erbansprüche einfach von sich zu weisen, und diesbezüglich war die Stiftung »Erwachen heute« zu einem auffällig aktiven Mitstreiter geworden. Gleich mehrere Herren mit Anzug und Krawatte waren bei ihr vorbeigekommen, um sie darauf hinzuweisen, dass es ein Leichtes war, das Erbe in eine wohltätige Spende umzuwandeln.

»Dieser säuselnde Lockenkopf, der immer diese lächerliche Fliege trägt, ist der Allerschlimmste. Er saß hier vorgestern so lange bei mir rum, dass ich ihm schließlich mit dem Tag des Jüngsten Gerichts und den Flammen der Hölle drohen musste. Dann ist er endlich gegangen. Ich habe mich danach sofort ins Bett gelegt, völlig ermattet. Wie Hans Castorp im ›Zauberberg‹, und auch ich bin irgendwann mal als gesunder Mensch in dieses Haus gekommen.«

»Wie kann ich dir denn helfen?«, fragte Siiri. Sie war ratlos und spürte wieder dieses unangenehme Stechen hinter der Stirn und sanften Schwindel.

»Ich weiß es nicht. Ich schaffe es einfach nicht mehr allein. Erst dachte ich, dass ich euch mit dieser Sache nicht behelligen sollte, aber in den letzten Wochen ist es so schlimm geworden, dass ich es wirklich nicht mehr schaffe. Du hilfst mir schon, indem du bei mir bist und mir zuhörst. Viele Dinge werden leichter, wenn man sie jemandem anvertraut, man beginnt dann auch, klarer zu sehen.«

»Ja, das stimmt, aber ich muss gestehen, dass ich die Streitereien dieser Erbengemeinschaft gar nicht begreife. Sehr durchschaubar ist dagegen natürlich das Interesse dieser unsäglichen Stiftung. Die solltest du anzeigen, Anna-Liisa!«

»Da magst du recht haben. Aber, ehrlich gesagt, das möchte ich lieber sein lassen, es wäre zwecklos. Aus dieser Falle, unserem Wunderwerk der Technik, das mal *Abendhain* war, kommen wir sowieso nicht mehr raus.«

Anna-Liisa hatte in letzter Zeit so einiges herausgefunden. *Abendhain* war mit staatlichen Fördermitteln zu einem Musterheim der digitalen Revolution umgestaltet und inzwischen anteilig an mehrere börsennotierte Unternehmen verkauft worden. Die Stiftung »Erwachen heute« gehörte demnach nicht zu den Eigentümern, und Anna-Liisa hatte nach wie vor nicht begriffen, auf welcher Basis und mit wessen Erlaubnis sie eigentlich in *Abendhain* ihr Unwesen trieben.

»Es ist alles merkwürdig, und jeder Tag kann neue Überraschungen bringen. Aber wir haben ja uns, das hilft, meine Liebe.« Anna-Liisa lächelte und drückte fest Siiris Hand. In ihren Augen schimmerten Tränen, und Siiri spürte ein warmes, wohliges Stechen im Magen, als Irma mit einem Tablett schwungvoll und offenbar besänftigt aus der Küche kam. Auf dem Tablett brachte sie drei weiße Teller, drei Rotweingläser und zwei Kerzen. Der Steckrübenauflauf und der leckere Schinken waren auf den Tellern bereits fein angerichtet, wie im Restaurant.

»Oh, der Schinken ist gut geraten, wie schön. Frohe Weihnachten, ihr Lieben!« Irma lachte, und als sie ihr Glas in die Höhe hob, um einen Toast auszusprechen, sah sie für Sekunden aus wie die Freiheitsstatue.

»Döden, döden, döden!«, sagte sie.

21

Der Stromausfall wirkte in *Abendhain* noch nach. Viele Geräte verweigerten ihren Dienst oder taten seltsame Dinge.

Wobei es ja noch zu verschmerzen war, dass der Kantinenautomat statt Dreiecken nun Klumpen produzierte, und auch damit, dass die allmorgendlichen Grußbotschaften aus der Bibel immer sinnloser wurden oder dass die Kühlschränke wirres Zeug erzählten, konnten alle leben. Dass aber der Pflegeroboter Ahaba Eila getötet hatte, hatte dann doch jeden im Heim erschüttert. Es war ja kaum zu glauben. Wie war so etwas überhaupt möglich?

»Auch ein Roboter ist ein Geschöpf Gottes«, sagte Margit. Das war ein durchaus merkwürdiger Kommentar, und Margit war ohnehin etwas wunderlich geworden. Sie färbte ihre Haare nicht mehr pechschwarz, sondern ließ das offenbar reale Weiß herauswachsen und sah damit aus wie eine Comicfigur aus dem Fernsehen, Siiri wusste nicht genau, welche Serie das war, aber es war eine gemeine Frau, die Hunde hasste und immer viel zu schnell mit ihrem Cabrio durch die Gegend raste.

»Was redest du nur für einen Unsinn, Margit? Roboter sind Menschenwerk. Deshalb sind auch Menschen für Eilas Tod verantwortlich«, sagte Anna-Liisa leise und langsam, mit brüchiger Stimme.

Sie saßen in ihrer kleinen Wohnung und hatten

eigentlich ihren Literaturkreis zum »Zauberberg« abhalten wollen, aber es wurde kaum gelesen. Das beherrschende Gesprächsthema war der plötzliche Tod von Eila. Sie stolperten dann auch noch über eine Passage im Roman, die von Religionen und von der Technikgläubigkeit des Menschen handelte, was sie natürlich wieder zum erschütternden Thema des Tages zurückführte.

Schockierend waren auch die Umstände, denn Eila hatte allem Anschein nach ziemlich lange in der Umarmung des Roboters gelegen, bevor sie tot aufgefunden worden war. Ahaba hatte nach der Tat den Geist aufgegeben, eine Meldung war von ihm nicht mehr abgesetzt worden, und auch alle anderen Sensoren hatten auf das Ereignis nicht reagiert. Tatsächlich war die Leiche erst entdeckt worden, als sich ein Gutachter vom Gesundheitsamt im Januar einen Überblick über den Rattenbefall in *Abendhain* hatte verschaffen wollen.

»Natürlich hat dieser Gutachter keine Spur von Ratten gefunden«, sagte Irma, die die kleinen Schädlinge weit weniger unterhaltsam fand als Siiri. Das Ganze hatte sich zu einer Plage ausgewachsen, und Irma hatte einen Brief an die Stadt Helsinki geschrieben und dazu aufgefordert, die Angelegenheit schleunigst zu klären. Sie waren alle überrascht gewesen, als eine Woche später tatsächlich der Gutachter vor der Tür gestanden hatte.

Aatos Jännes hatte zufällig gerade in der Eingangshalle herumgestanden und aus seinem Leben schwadroniert. Er hatte den Gutachter hereingelassen, allerdings erst, nachdem der Mann glaubhaft hatte versichern können, keiner von Taunos schwulen Freunden zu sein.

»Wahrscheinlich ist einfach in einem verhängnisvollen Moment ein Kurzschluss bei Ahaba passiert«, sagte Siiri. Sie glaubte im Gegensatz zu vielen Bewohnern des Heims keineswegs, dass dieser Roboter darauf programmiert worden war, Senioren zu attackieren. »Vielleicht ist ihm einfach nur der Saft ausgegangen, ein Stromausfall, und dann ist er auf Eila draufgefallen. Und sie ist dann in ihrem eigenen Bett gestorben.«

»Zum Glück im Bett und nicht auf dem Boden. Das wäre ja ein Skandal gewesen, dann hätte es *Abendhain* mal wieder in die regionalen Abendnachrichten geschafft.«

»Es war in jedem Fall ein schlimmes Ende eines langen Lebens«, sagte Anna-Liisa. Ihre Lippen waren ganz schmal, sie sah ernst und traurig aus.

Margit lachte plötzlich laut. Sie brabbelte vor sich hin, offenbar in ein Gebet vertieft. Nun war schon der dritte Heimbewohner durch Einwirken einer Maschine zu Tode gekommen, vermutlich war es da sogar verständlich, dass Margit Jesus Christus oder den lieben Gott oder den Heiligen Geist um Hilfe bat. Früher war der Tod im Heim Alltag gewesen, zuweilen eher eine gute Nachricht als eine schlechte, aber die Todesfälle der jüngsten Zeit waren schwer zu ertragen und schwer zu begreifen.

Es war unwürdig und beängstigend, dass Mitbewohnerinnen in den Armen eines Roboters oder im Bannstrahl einer Spielekonsole sterben mussten. Die Dame mit dem Kuscheltier mochte ja vielleicht sanft und glücklich in ihrem Elektrorollstuhl entschlummert sein, aber auch diese Erinnerung war für Siiri eine zutiefst unangenehme. Sie fragte sich schon seit einiger Zeit, ob der Tod dieser Frau doch auf irgendeine rätselhafte Weise mit Maschinen zu tun gehabt haben könnte, mit dem Rollstuhl zum Beispiel oder diesem Elektrotierchen, das immer in ihrem Schoß gelegen hatte. Vielleicht hatte auch dieses Tierchen einen Kurzschluss erlitten, und der Dame einen Stromschlag verpasst. Eilas Tod war ganz sicher der allerschrecklichste. Sie war immer so glücklich in der Gesellschaft ihres Pflegeroboters gewesen, hatte Siiri von ihm vorgeschwärmt, wenige Tage vor dem schrecklichen Unglück.

»Nun ja, Eila hatte wohl keine Schmerzen, es ging schnell. Und sie war nicht allein, ihr persönlicher Pfleger war ja bei ihr«, sagte Irma bemüht fröhlich.

Anna-Liisa verzog das Gesicht und schien eine harsche Erwiderung auf den Lippen zu haben. Doch sie lachte nur leise auf und sagte: »Ach, Irma, was soll ich da noch sagen? Döden, döden, döden.« Sie richtete sich unvermittelt auf und streckte sich, bis sie ganz aufrecht saß. Ihre Haare hatten sich in einem wirren Dutt verheddert, ihre Lesebrille saß etwas schief auf der Nase. Siiri betrachtete das mit einiger Sorge. Der Erbschaftsstreit und die allzu helfenden Hände der

Stiftung »Erwachen heute« hatten Anna-Liisa wirklich erschöpft. Sie sah ja aus wie Oblomov.

Siiri stiegen plötzlich Tränen in die Augen, aber die anderen dachten, dass sie um Eila trauere und schenkten ihrem Gefühlsausbruch keine Beachtung. Anna-Liisa griff nach ihrem Buch und las mit schwacher Stimme: »Den Patienten wurde um die Mittagszeit dieselbe dünne Suppe serviert wie gestern und morgen.«

»Dünne Suppe! Na ja, aber so ein Süppchen ist doch lecker, ich esse das gerne mit Kohlrouladen. Solche Köstlichkeiten werden wir hier ganz sicher nicht …«

Irma wurde in ihrem Redefluss von dem Lockenkopf gestört, der plötzlich in der Wohnung stand, in Begleitung zweier junger Männer. Die waren eher noch Teenager, auch sie trugen Anzüge und zogen im Flur ihre Schuhe aus. Die Jungs hatten Aktenkoffer dabei und standen geduckt hinter dem Lockenpastor.

»Gott sei mit euch«, sagte der und schenkte den anwesenden Damen sein liebenswertes Lächeln mit dem unverwechselbaren Blitzen in den Augen. »Ja, ja, da sind ja alle versammelt. Und Margit ist auch da. Wie schön, dich zu sehen, Margit. Stören wir dein Gebet?«

Siiri und Irma betrachteten verdutzt die merkwürdige Delegation, und Anna-Liisa seufzte leise auf. Margit lächelte glückselig und lief dem lockigen Sektierer so frisch und fröhlich entgegen wie eine junge Frau.

»Gott segne dich, Pertti!«, sagte sie und umarmte ihn.

Die jungen Männer hatten zwischenzeitlich ihre Aktenkoffer geöffnet und breiteten auf Anna-Liisas Esstisch Unterlagen und Formulare aus. Vermutlich hatten alle in irgendeiner Weise mit ihrer Erbschaft zu tun. Die schmierigen Gesellen von »Erwachen heute« hatten den Gedanken, Anna-Liisas Eigentum ihrem dubiosen Verein zuzuführen, demnach keineswegs aufgegeben. Oder war es denkbar, dass sie noch weitergehen wollten? Wollten diese Leute sie in irgendeine geschlossene Abteilung abschieben, um in aller Ruhe das Erbe einzustreichen?

Pertti, der Lockenpriester, blätterte in den Unterlagen, die seine beiden jungen Assistenten bereitgelegt hatten und hatte zugleich noch die Muße, die euphorisierte Margit mit einigen kernigen Bibelzitaten zu versorgen. Er ging an Siiri und Irma vorüber, ohne sie eines Blickes zu würdigen, und setzte sich an Anna-Liisas Bett. Er tastete nach ihrer Hand, die Anna-Liisa ihm natürlich augenblicklich entzog.

»Anna-Liisa. Liebe Anna-Liisa …«

»Ich bin nicht Ihre Liebe. Ich bin für Sie Magister Petäjä.«

»Ja, nun gut. Lass uns doch friedlich und freundschaftlich sein.«

Pertti warf den beiden Jungen einen schnellen Blick zu. Er erklärte, die Unterlagen zusammengestellt zu haben, ganz so, wie es ja vereinbart gewesen sei. »Ich möchte noch hinzufügen, dass nun, wie auch schon erwähnt, von dir einige Unterschriften benötigt werden. So einfach ist das.«

Anna-Liisa sah den Mann an, sehr ruhig, bedrohlich ruhig, wie Siiri fand, mit funkelnden Augen.

»Wenn ich noch einmal dummes Zeug aus Ihrem Mund höre, werde ich wahnsinnig. So einfach ist das!«

Sie war in diesem Moment wieder die Alte, die kraftvolle Lehrerin, sogar der dozierende Ton war in ihre Stimme zurückgekehrt. »Nichts ist einfach! Nicht das Leben, nicht der Tod und ganz sicher nicht die Religion. Wenn hier irgendetwas einfach ist, dann sind Sie das. Einfach zu durchschauen sind Sie. Sie glauben, mit Ihrem Geschwurbel alte Menschen in die Irre führen zu können? Sie denken, dass wir nicht merken, dass es Ihnen nur ums Geld geht? Sie sind ein schmieriger, unmoralischer Mensch, wahrscheinlich sind Sie sogar kriminell, vielleicht sogar ein Atheist im Gewand eines Predigers, und ich werde niemals so dement sein, dass ich Ihnen irgendetwas anvertraue, nicht mal meine alten Wollunterhosen. Wenn Sie nicht umgehend damit aufhören, mich zu belästigen, werde ich Sie anzeigen. Ich werde ein Kontaktverbot erwirken. Das ist einfach, ganz einfach!«

»Klare Worte. Bravo, Anna-Liisa!«, rief Irma triumphierend, sie klatschte in die Hände, und auch Siiri war richtig stolz auf ihrer mutige Freundin. Die beiden Adjutanten des Lockigen betrachteten interessiert und angestrengt ihre Füße, und Margit stand der Mund offen. »Sie ist schon recht alt und zeitweise wirr«, sagte sie. »Nimm dir bitte nicht zu Herzen, was sie sagt, Pertti. Sei bitte nicht beleidigt. Ich weiß, wie gut du bist. Und vor allem, Gott weiß es. Das ist das Wichtigste, nicht wahr?«

»Gott, Gott, wir brauchen hier keinen Gott«, sagte Pertti. »Lasst uns gehen, Jungs. Nehmt alle Unterlagen mit, kein einziges Papier bleibt hier! Nicht der kleinste Fetzen, ist das klar?«

Die stummen Paladine des Lockenkopfs verstauten ihre Formulare wieder in den Aktenkoffern. Pertti wandte sich noch einmal Anna-Liisa zu, er hatte seine samtige Stimme wiedergefunden: »Anna-Liisa, du brauchst ein wenig Ruhe. Ich verlasse dich nicht, ich vergebe dir. Du siehst das große Ganze nicht. Du hast Angst, das ist ganz natürlich. Aber wir helfen dir. Ich wünsche dir und euch allen einen schönen Tag. Einen sehr schönen Tag, Anna-Liisa.«

22

Nachdem die Männer gegangen waren, herrschte Stille. Nicht mal eine Ratte wuselte am Mülleimer herum, und der Computerwand fiel kein Bibelvers ein. Anna-Liisa war völlig ermattet und blass, und Siiri fragte, ob sie ihr etwas zu trinken geben solle. Irma bot an, einen Rotwein aus ihrer Wohnung zu holen, aber Anna-Liisa lehnte das entschieden ab. Sie trank mühsam einige Schlucke Wasser aus einem Glas, das Siiri ihr anreichte.

Dann schwiegen sie wieder, alle hingen ihren eigenen Gedanken nach. Draußen war es stockdunkel, ein ganz normaler Januarnachmittag in Helsinki. Anna-Liisas alte Wanduhr schlug leise knacksend und unermüdlich vor sich hin, und es war schließlich Margit, die das Schweigen brach.

»Pertti ist ein guter Mann«, sagte sie und hielt inne, als wolle sie erst mal herausfinden, wie diese gewagte Behauptung entgegengenommen werden würde. Alle sahen sie müde, aber doch auch ein wenig erwartungsvoll an, und sie erzählte, unter welchen Umständen sie sich mit Pertti angefreundet hatte und wie sie habe feststellen dürfen, dass er ein empathischer und kluger Mensch sei. »Ich bin nie besonders gläubig gewesen«, sagte sie. »Ich bin eine Gewohnheits-Christin gewesen. Aber Einos Krankheit und sein Tod und der Schmerz und meine Überlegungen zur Sterbehilfe und das Gefühl, dass der Tod Eino Erleichterung gebracht hat, all das hat mich verunsichert und verängstigt, und bei Pertti, in seinen Gebeten, habe ich Ruhe und Geborgenheit gefunden. Und dann, ganz plötzlich, ist es passiert. Ich bin erleuchtet worden, also wirklich, so wie es in Büchern geschildert wird.«

»Hast du etwa mit Zungen sprechen können? Unbekannte Sprachen? Oder bist du in Ohnmacht gefallen?«, fragte Irma, und das war natürlich eine Provokation, aber Margit lächelte nur. Sie kam richtig in Schwung und berichtete weitschweifig von Perttis Buß- und Betstunden und von ihrer Erweckung.

Eine warme Welle war durch ihren Körper geschwappt, in der Tat hatte sie das Bewusstsein verloren und war in Perttis starken Armen wieder erwacht. Der Heilige Geist hatte sie berührt. »Ich bin erlöst von meinen Sünden und habe mein Herz dem Messias anvertraut. Er kennt mich besser, als ich mich jemals selbst kennen werde. In Perttis Armen habe ich mich so wohlgefühlt, so geborgen, dass ich zugleich weinen und lachen musste. Es war himmlisch.«

»Wenn du das so erzählst, klingt es sehr schön«, sagte Siiri. Sie meinte das ganz ehrlich. Sie hatte sich gewünscht, dass Margit etwas Derartiges erleben würde, denn sie war nach Einos Tod in tiefe Trauer und Lethargie abgeglitten. Weder Siiri noch die anderen Freundinnen hatten ihr einen Halt geben können. Jetzt waren es also der Heilige Geist und der lockige Prediger, die das taten.

Anna-Liisa ließ sich allerdings von Margits offenherzigen Darlegungen keineswegs blenden. »Wie viel Geld hast du denn deinem Wohltäter und seiner Organisation seit deiner Erleuchtung zukommen lassen?«, fragte sie.

»Das ist doch ganz unwichtig«, sagte Margit. »Meine Spenden kommen von Herzen. Ich habe ja keine Kinder, ich darf tun und lassen, was ich will. Und du kannst das auch, Anna-Liisa. In den Himmel werden wir ohnehin nichts mitnehmen, im Himmel brauchen wir auch keine Erdendinge. Im Himmel werden wir an unseren Taten gemessen.«

Wieder herrschte peinliche Stille. Siiri ahnte, dass Anna-Liisa eine spitze Bemerkung auf den Lippen hatte, vielleicht über einen Geldfluss, der direkt in den Himmel führte, aber Margits Frömmigkeit war so aufrichtig, dass selbst Anna-Liisa jetzt schwieg. Siiri bat Margit, doch ein wenig mehr über die Aktivitäten dieses Vereins *Erwachen heute* zu berichten, und Margit ließ sich natürlich nicht zweimal bitten.

»Nun ja, ich bin ja eigentlich kein aktives Mitglied. Ich habe ganz egoistisch nur die Hilfe dieser lieben Menschen in Anspruch genommen. Aber diese großartige Dame, ihr kennt sie ja, Sirkka heißt sie, die hat mir ein wenig erzählt. Pertti dagegen ist sehr schweigsam, er spricht in den Gebetsstunden ausschließlich über den rechten Glauben, und das ist auch gut so.«

»Mit mir hat er nur über Erbschaftsangelegenheiten gesprochen«, merkte Anna-Liisa kühl an.

»Also, *Erwachen heute* ist ursprünglich eine amerikanische Bewegung«, sagte Margit. »Sirkka hat mir erzählt, dass sie in den 80ern hier nach Finnland gekommen sind und dass sie sich seitdem hier wohltätig und ehrenamtlich nicht nur um uns Menschen kümmern, sondern auch im Tierschutz aktiv sind, vornehmlich für Hunde und Wale. Und *Abendhain* ist in Finnland das erste Pflegeheim, das die Organisation mit ihrer Arbeit beglückt, zu unserem Wohle. Und sie wollen natürlich dieses Engagement weiter ausbauen.«

»Aha. Hunde und Wale«, sagte Anna-Liisa. »Du weißt sicher auch, dass sich mit uns Alten gutes Geld machen lässt.« Sie hatte ihre alte Schärfe schnell wiedergefunden.

»Liebe Anna-Liisa, wie ich schon sagte, bin ich sehr froh, mein Geld in den Händen dieses wohltätigen Vereins zu wissen.«

»Aha. Und weißt du, wofür dein Geld verwendet wird? Ich bitte um genaue Angaben.«

Darauf hatte Margit keine Antwort. Anna-Liisas Kreuzverhör machte sie nervös, sie begann plötzlich zu weinen. Irma, die den Wortwechsel ungewöhnlich schweigsam begleitet hatte, reichte Margit ihr Spitzentuch und tätschelte sie am Arm. Siiri fühlte sich hilflos, sie wollte etwas sagen, wusste aber nicht, was.

»Ja, also, ich denke, dass unser Lesekreis für heute beendet ist«, sagte Irma. »Es ist ja eigentlich lustig, die alten Bücher noch einmal zu lesen, ich erinnere mich kaum noch, obwohl ich es ja schon mal gelesen habe. Es ist merkwürdig, das gilt nicht für Musik. Habt ihr das mal überlegt? Die Musik dringt tiefer, zum Beispiel die Kompositionen von Mozart sind immer da. Das Klarinettenkonzert von Mozart werde ich noch mitsummen können, wenn ich längst dement bin. Bitte denkt daran, mir das vorzuspielen, wenn ich nicht mehr bei Sinnen bin, ja? Jetzt rede ich wieder ohne Punkt und Komma. Magst du mit zu mir kommen, Margit? Wir könnten Rotwein trinken und Leberauflauf essen, glaub mir, das hilft. Kommst du auch mit, Siiri? Und Anna-Liisa kann hier ausruhen, du siehst sehr müde aus, Anna-Liisa. Ist ja auch kein Wunder, wenn diese Leute hier reinspazieren, mit ihren frechen Formularen. Entschuldige, Margit, ich möchte dich nicht verletzen, aber dieser Pertti war zu

Anna-Liisa nicht ganz so freundlich wie zu dir. Anna-Liisa, möchtest du auch Wein und Auflauf? Ich bringe dir gerne eine Portion. Gibst du mir bitte mein Taschentuch zurück, Margit? Es ist ein Erbstück meiner Mutter.«

Margit war gerade dabei gewesen, Irmas Tüchlein ihrer Handtasche anzuvertrauen, gab es aber nun doch ein wenig widerwillig zurück. Sie lehnte den Wein dankend ab. Seit sie zum guten Glauben gefunden hatte, trank sie keinen Alkohol mehr. Sie warf einen Blick auf ihre goldene Armbanduhr, die ihr verstorbener Gatte Eino ihr einst in Spanien geschenkt hatte.

»Oh, ich muss zur Bibelstunde«, sagte sie. »Bis später.« Sie ging eilig und vorfreudig los und ließ ihre Freundinnen ein wenig ratlos und schweigsam zurück.

»Wisst ihr, was ich gerade denke?«, sagte Anna-Liisa schließlich. »›Der Zauberberg‹ ist wirklich ein zeitlos aktuelles Buch, und eines, das wunderbar in unser Leben passt. Allein schon deshalb, weil es in der Zeit vor der großen Katastrophe spielt.«

23

Der allgegenwärtige Projektleiter Jerry Siilinpää hatte die Bewohner *Abendhains* zu einer Informationsveranstaltung eingeladen, das Thema lautete: »Sind die Ratten unter uns?«

Anwesend waren so ziemlich alle, die sich noch bewegen konnten, das Interesse am Thema war groß.

»Hallo an alle, wie schön, dass ihr so zahlreich erschienen seid«, eröffnete Jerry munter wie immer. Er machte allerdings auch einen etwas nervösen Eindruck, fuchtelte mit seinen Händen herum, strich sich übers glatt gebügelte Jackett und verrenkte merkwürdig den Hals. »Ja, die Ratten. Ja, ihr hört richtig, hier, bei uns in *Abendhain,* sind Ratten gesichtet worden. Es wurde sogar Meldung bei der Gesundheitsbehörde gemacht. Aber keine Panik: Ratten sind ja bekanntlich ganz unbedenkliche kleine Tierchen.«

»Unbedenklich? Die Pest und Ebola halten Sie für unbedenklich?«, rief Ritva mit rauer Stimme aus der letzten Reihe.

Siiri hatte Ritva schon vermisst und war erleichtert, sie wieder unter Leuten zu sehen. Sie hatte nur ihre Kopfbedeckung gewechselt, trug jetzt eine Schirmmütze und sah aus wie ein Bauarbeiter in der Mittagspause im Tankstellen-Bistro.

»Wir haben hier auch Magen-Darm-Infekte. Vielleicht von den Ratten?«, sagte Ritva.

Es rumorte im Auditorium. Zu Durchfall und Magengrippe hatten viele etwas zu sagen. Einer behauptete, jemand sei nach einer Magengrippe gestorben, andere berichteten von ihren Erfahrungen mit Ratten, wobei sie betonten, dass damals Jerry Siilinpääs Großeltern noch Kinder gewesen seien und er selbst rein gar nichts.

»Nun gut. Leute, ja … haaalllooo, könnte ich wieder um ein wenig Aufmerksamkeit bitten?«, rief Siilinpää. »Okay, Ratten sind also gesichtet worden. By the way, der Kontrolleur hat keine gesehen. Aber gut, jemand von euch vielleicht, das ist nun keine Katastrophe, und Magengrippe ist so ziemlich das Normalste, was es gibt, in Einrichtungen wie dieser hier.«

Margit richtete ihren massigen Körper in der ersten Reihe auf und berichtete, dass sie von einer riesigen, schmutzigen Ratte attackiert worden sei, als sie den Hausmüll rausbringen wollte.

»Sie sprang mir in den Schoß, als ich den Deckel der Tonne geöffnet habe. Ich hätte einen Infarkt bekommen können! Aber Gott war mit mir.«

Auch Aatos Jännes wollte etwas beitragen, er hob an, einen kurzen Vortrag über das Fortpflanzungsverhalten der Ratten zu halten und war dabei auch recht überzeugend, bis er ins Triebverhalten der Säugetiere abschweifte und davon fantasierte, dass nur der Mensch jederzeit und aus purer Freude Geschlechtsverkehr haben könne.

»Was für ein Unsinn!«, raunzte Tauno. Er erinnerte Aatos an die Löwen in den Savannen, die nichts anderes taten, als es mit vorbeilaufenden Löwinnen zu treiben, und zwar ohne jede Fortpflanzungsabsicht.

»Sogar hier in Finnland haben viele Tiere Sex einfach nur so, aus Spaß«, sagte Anna-Liisa. Das war eine Aussage, die aus ihrem Mund sowohl Siiri als auch Irma sehr überraschte.

Sie hatten nicht erwartet, dass Anna-Liisa heute dabei sein würde, weil sie zuletzt so erschöpft war – und jetzt saß sie da und parlierte über das Sexualverhalten der Säugetiere! Sie trug heute ihre Haare streng zurückgekämmt und dazu passend ein elegantes dunkelblaues Kleid. Sie saß alleine in der letzten Reihe, und ihre Stimme durchdrang kraftvoll den Saal: »Studien zufolge kennen Tiere keine Monogamie, das deutet darauf hin, dass unsere Vorstellung von Sexualität grundsätzlich zur Romantisierung neigt, wir bewegen uns da in den Kategorien des christlichen Familienbildes. Ich habe kürzlich gelesen, dass zum Beispiel unter Meisen sexueller Verkehr zwischen Männchen durchaus üblich ist. Da geht es nun offenbar nicht um die Fortpflanzung, nicht wahr?«

»Ja, ganz richtig! Wir kommen der Sache näher!«, rief Tauno.

Jerry Siilinpää hatte sich abgewendet und war mit seinem Smartphone beschäftigt.

»Man hat uns hier mit Robotern und Sektierern in einer künstlichen Welt eingesperrt, und wer anders ist, wird ausgegrenzt. Sind doch sowieso alles Roboter hier, diese Bibelheinis reden doch auch wie Maschinen«, sagte Tauno.

»Ja, wir notieren das ... im Geiste gewissermaßen ... Wir beobachten das und kommen später darauf zurück«, sagte Jerry Siilinpää, der den Blick von seinem Smartphone genommen hatte und Tauno ansah.

»Beobachten ist falsch. Falscher Begriff«, sagte Anna-Liisa. »Ein Ornithologe beobachtet, Sie nehmen lediglich zur Kenntnis, Herr Siilinpää.«

»So sind die jungen Leute heute«, flüsterte Irma Siiri zu. »Auch meine Goldstückchen können alles gleichzeitig machen, im Internet surfen und zur selben Zeit an fünf verschiedenen Gesprächen teilnehmen. Und fernsehen natürlich und essen und was weiß ich. Ich habe keine Lust, mich darüber aufzuregen, weil sie ja sehr lieb zu mir sind, obwohl ich so eine ... na, wie sagt man ...«

»Obwohl du eine vergessliche alte Omi bist?«, half Siiri.

»Ja, genau. Eine vergessliche alte Omi. Wie konnte ich das vergessen?« Irma lachte.

»Gut, ihr Lieben. Alle hier im Saal haben ja nun bereits Grundkenntnisse bezüglich der Ratten. Wir wollen uns also diese Case Study nun einmal ein wenig näher ansehen, wir zoomen uns gewissermaßen an den Kern des Problems heran. Ha.« Jerry zeichnete einen Kreis oder eher einen Klumpen auf sein Flipchart. Siiri fragte sich, ob das eine Ratte sein sollte oder ein Action Item, wie er ja seine Zeichnungen gerne nannte.

»Was sehen wir hier im Kern?«, fragte Siilinpää.

Er sah sein Publikum erwartungsvoll an, bekam aber keine Antwort. Margit war in der ersten Reihe eingeschlafen, sogar Anna-Liisa wirkte inzwischen eher gelangweilt und müde. Aatos Jännes schrieb eifrig in ein Notizheft, das er aus seiner Brusttasche gezogen hatte. Er riss ein Blatt ab, faltete es zusammen und bat seinen Sitznachbarn, es weiterzureichen.

»Wie kindisch dieser Aatos ist!«, sagte Irma ungnädig.

»Na ja, er ist ein wenig wie Graf Almaviva«, sagte Siiri beschwichtigend.

»Unsinn. Der Graf in ›Figaros Hochzeit‹ schreibt keinen einzigen Brief, er bekommt welche. Einen von Figaro und einen von Susanna, obwohl den Brief seine Frau diktiert hat.«

»Wie wäre es, wenn wir die Sache ein wenig vereinfachen? Was ist denn überhaupt an Ratten so schlimm?«, fragte Jerry Siilinpää.

Der Zettel war inzwischen bei Siiri angekommen, und zu ihrer Erleichterung las sie Irmas Namen darauf, sie war die Adressatin dieser vermutlich obszönen Reime, und nicht Siiri. Sie reichte Irma den Zettel, und diese lief augenblicklich knallrot an.

»Gute Güte«, sagte sie. Sie atmete tief aus und presste den Zettel mit beiden Händen gegen ihre Brust. Siiri spürte Aatos Jännes' gierige Blicke in ihrem Nacken.

»Ja, so ist es, Ratten erscheinen uns, nun, ekelhaft, aber bei Lichte besehen ist das gar nicht … nun ja, sinnvoll. Ich meine, come on, people, es gibt Menschen, die Ratten als Haustiere halten. Das ist up to date. Aber ich spüre hier negative vibes den Ratten gegenüber. Wir sollten daraus also einen case machen. Wie wollen wir weiter vorgehen, ihr Lieben?«

»Ich rate Ihnen, jetzt endlich still zu sein, bevor ich

richtig böse werde«, schrie Tauno. »Wir töten die Ratten. So einfach ist das!«

»Genau. Ich zeichne hier ein Kreuz ein, das ist also Taunos Beitrag, gewissermaßen der Blickwinkel des Kriegsveteranen. Ha! Ja, die Ratten töten, da sage ich mal: warum nicht?«

»Was soll das heißen, warum nicht?«, fragte Anna-Liisa müde und zugleich herausfordernd.

Irma war abgelenkt, sie hatte nur noch Augen für Aatos' Zettel. Sie lugte hinein, darum bemüht, Siiri nicht mitlesen zu lassen. Aber Siiri war sowieso auf Jerry Siilinpää konzentriert, der über Fallstudien sprach und wohl »Knallstudien« meinte, denn den kleinen Nagern sollte ja offenbar mit Waffengewalt der Garaus gemacht werden. Aus den Augenwinkeln heraus versuchte Siiri natürlich, einen Blick auf den Zettel zu erhaschen. Irma war schon wieder knallrot im Gesicht, sie lächelte wie ein junges Mädchen und nickte Aatos Jännes beifällig zu, zum Zeichen ihrer Dankbarkeit. Himmel hilf, dachte Siiri. Irma hatte ganz offenbar sämtliche Zweifel, die sie eben noch an Aatos gehegt hatte, im Handstreich abgelegt.

»Warum zum Teufel stehlen Sie unsere Zeit, wenn Sie ebenso gut den Kammerjäger rufen könnten?«, krakeelte Tauno. Er war völlig außer sich, aber Jerry Siilinpää ließ sich nicht aus der Ruhe bringen. Er versprach, den Staffelstab aufzunehmen, man werde eine einvernehmliche Lösung finden.

»Wir sind ja nicht in der russischen Pampa, nicht wahr? Ha! Das Gemeinschaftsgefühl ist der Schlüssel für die Zufriedenheit aller hier bei uns in *Abendhain*. Wichtig ist, dass die Betroffenen die Stimme erheben dürfen. Die Betroffenen, das seid ihr. Eure Sicht der Dinge soll im Fokus stehen.«

»Was soll dieses Gerede?«, fragte Ritva schroff.

»Und wie ist es mit den Ratten? Wäre es nicht angemessen, auch deren Sicht der Dinge zu betrachten?«, fragte Tauno und erntete Applaus und schallendes Gelächter.

»Guter Punkt, Tauno, guter Punkt«, sagte Jerry Siilinpää. »Meine Lieben, wie wäre es, wenn wir unser schönes Beisammensein hier nun langsam beenden würden.« Siilinpää packte zügig seine Sachen zusammen, winkte noch einmal fröhlich allen zu, rief »Tschüsschen!« und eilte davon.

Dann betrat unvermittelt Sirkka, die Predigerin, das Podium und animierte alle, mit ihr zu beten und für den wohltätigen Verein »Erwachen heute« zu sammeln.

Die meisten der Anwesenden erwiesen sich plötzlich als überraschend vital, weil Sirkka eine Fürbitte für irgendeinen alkoholkranken Sohn anstimmte, den niemand kannte. Auch Siiri, Irma und Anna-Liisa beeilten sich, den Ort des Geschehens zu verlassen, nur Margit blieb in der ersten Reihe sitzen. Die Geldscheine für die Kollekte hielt sie bereits abgezählt in der Hand.

»Kommt ihr mit zum Lyrikkreis?«, fragte Aatos, wobei er Irma unverhohlen lüstern begutachtete. Er stand bereits am Ausgang des Auditoriums und verteilte schmale Flyer an die Vorübergehenden. Siiri nahm einen der Zettel, las einen furchtbar hinkenden Reim, und in ihr keimte der Verdacht, dass ausgerechnet Aatos der Initiator des Lyrikkreises sein könnte. Kluges Kerlchen, dachte Siiri. Die Anzahl der weiblichen Heimbewohner, die in Richtung von »Aatos' Salon« schlenderten, war beträchtlich. Bei dem neu getauften Salon handelte es sich übrigens um die ehemalige Zeitungsecke im Aufenthaltsraum.

»Ich weiß ja, dass ihr eher Freundinnen der deutschsprachigen Prosa seid, aber ich werde doch mal kurz rübergehen«, sagte Irma hastig und entfernte sich, bevor Siiri und Anna-Liisa Gelegenheit fanden nachzuhaken.

»Mir wird das alles langsam zu viel, was hier an Merkwürdigkeiten passiert«, sagte Anna-Liisa müde.

Siiri begleitete sie bis zu ihrer Wohnung und half ihr auch dabei, sich ins Bett zu legen. Anna-Liisa schloss die Augen und schlief sofort ein.

Siiri betrachtete lange ihre schlafende Freundin, die abgemagert und blass war. Das war nicht mehr die alte Anna-Liisa. Aber sie waren ja alle nicht mehr sie selbst. Auch wenn Siiri sich im Spiegel sah, erschrak sie unwillkürlich vor dieser verschrumpelten, gebückt stehenden Frau.

Als sie gerade gehen wollte, sah sie auf dem Nachttisch einen Stapel Unterlagen liegen. Da war auch ein Testament, auf dessen Deckblatt das prächtige Logo von »Erwachen heute« prangte. Siiri überlegte gar nicht lange: Sie nahm die Papiere und erfasste schon beim schnellen Durchblättern, dass Anna-Liisa mit ihrer Unterschrift ihr Eigentum und das ihres verstorbenen Gatten dem Verein überschreiben würde. Immerhin wurde ihr »auf Lebenszeit« das Nutzungsrecht für ihre Wohnung in *Abendhain* zugesprochen. Siiri hielt kurz inne, aber die Entscheidung fiel ihr gar nicht schwer. Sie nahm das unsägliche Testament und auch alle weiteren Formulare vom Nachttischchen und ließ Anna-Liisa allein, in der Hoffnung, dass sie im Schlaf und in ihren Träumen keine Sorgen hatte.

24

Aus dem Speisesaal drang fürchterlicher Lärm. Das war erstaunlich, denn meistens war dieser Bereich von *Abendhain* verwaist und still, viele Bewohner verzichteten inzwischen darauf, in der voll automatisierten Kantine ihre Mahlzeiten einzunehmen. Aber jetzt war die breite Eingangstür verschlossen und drinnen lärmten Menschen. Siiri und Irma lauschten, begriffen aber nicht, worum es da ging.

»Ich höre die Stimme von diesem Locken-Prediger«, flüsterte Irma.

»Pertti«, sagte Siiri. »So heißt er doch, oder?«

Die übliche Bibelstunde fand dort nicht statt und auch keine Teufelsaustreibung – so etwas wurde ja auch angeboten. Margit hatte kürzlich bei einer Sitzung im Aufenthaltsraum versucht, Dämonen in ihrem Innersten aufzuspüren, das war ziemlich beängstigend gewesen. Pertti und einer seiner Lakaien hatten sie angefeuert wie beim Fußball, hatten sie animiert, mehr und lauter und schneller zu beten und mit aller Kraft die Aufrichtigkeit ihres Glaubens unter Beweis zu stellen. Margit war irgendwann völlig hysterisch geworden, hatte geschrien wie unter Folter. Die Männer hatten sie gepackt und mit beiden Händen wild hin und her geschüttelt. Es hatte ganz schrecklich ausgesehen, aber Margit hatte später steif und fest behauptet, dass es ihr ausgezeichnet gehe und dass es wunderbar gewesen sei. Sie sei vom Satan erlöst.

Was auch immer gerade im Speisesaal vor sich ging, eine Teufelsaustreibung war es nicht.

»Es ist eine Wahrheit, eine erschreckende allerdings, dass einige von uns mit diesem Problem zu kämpfen haben.« Das war Perttis Stimme. »Sie fühlen sich zum eigenen Geschlecht hingezogen. Homosexualität ist eine Intrige, die der Teufel spinnt. Ein böswilliger Versuch, uns in die Flammen der Hölle hinabzustoßen! Gott wird bei dir sein, wenn du ihm schamvoll und reuig dein Gesicht zuwendest!«

Irma schrie auf und hielt sich sofort die Hand vor den Mund. Sie sah Siiri mit weit aufgerissenen Augen an und presste das Ohr, mit dem sie besser hören konnte, fest gegen die Tür. Eine Stimme erklang, in merkwürdigem Singsang: »Sende ihm ein Zeichen, weise ihm den Weg. Die Erde, in der die Toten ruhen und in der die Asche der Opfertiere verstreut liegt, sei eine heilige Gabe an den guten Gott.«

»Es geht um jemand Bestimmten, um irgendeine bestimmte Person«, sagte Irma. »Es muss Tauno sein! Sie sprechen von Tauno, oder?«

»Sei doch endlich mal still«, zischte Siiri. Auch sie presste ihr Ohr gegen die Tür, konnte aber nichts hören, wenn Irma ständig dazwischenfaselte.

Da standen sie also, zwei alte Damen mit weißen Haaren, neugierige Lauscher an der Tür zum Speisesaal. Ansonsten war weit und breit niemand zu sehen, die Zeit schien stillzustehen, während hinter der verschlossenen Tür höchst Rätselhaftes vor sich ging.

»Hat dein Vater dich nicht geliebt? Vielleicht nicht. Aber was in die Brüche geht, kann repariert werden. So einfach ist das.«

Eine Frau begann, ein Gebet anzustimmen, und dann sangen tatsächlich Menschen im Chor: »Heiliger Geist, mach Tauno gesund! Mach ihn heil! Öffne ihm die Tür, lass ihn die Wahrheit erkennen!«

Irma wollte die Tür öffnen, Siiri hielt sie zurück.

»Wir können da jetzt nicht rein. Das würde für ein schreckliches Durcheinander sorgen.«

Drinnen schwoll der Gesang an wie in einem Opernfinale. Die ineinander verwobenen Stimmen hätten ein Genuss für die Ohren sein können, wenn nicht die Aussagen gar so grauenhaft und absurd gewesen wären.

»Lass nicht die Sünde im Fleisch des Sterblichen gären, erlöse ihn von der Lust, lass ihn ein Löwe sein, schenke ihm Männlichkeit, spüle den Schmutz aus seiner Seele ...«

Siiri und Irma hatten Tauno selbst noch nicht sprechen gehört. Vielleicht war das Ganze eine Art Generalprobe? In diesem Fall würden sie ihren Freund noch warnen können.

»Dieser Mann hat sein schmutziges Dasein nicht verborgen, nein, wahrlich nicht!« Das war eine Stimme, die sie nur zu gut kannten.

»Aatos!«, sagte Siiri. »Das ist doch Aatos Jännes!«

Dieser sexistische Amateurpoet hatte sich also dem Lager der durchgeknallten Religiösen angeschlossen. Das war ja fast schon tragikomisch. Siiri suchte Irmas Blick, Irma schwieg. Sie schien verwirrt zu sein. Der Tumult hinter der Tür wurde immer lauter. Am lautesten war jetzt Aatos zu hören.

»Ihr gehört doch in die Bahnhofsmission und in die hinterste Ecke, nicht unter Leute. Wir Steuerzahler dürfen uns nicht mal hier im Pflegeheim vor euch in Sicherheit fühlen. Ihr Homos seid doch eine Schande. Es gibt ja nichts Schlimmeres als euch!«

»Ja, das ist Aatos«, sagte Irma geknickt. »Dass er hier der Kranke ist, das wissen wir ja. Er redet sogar in seinem Lyriksalon dieses dumme Zeug, er hat da gar keine Kontrolle über sich. Einige finden das witzig, aber ich kann es absolut nicht verstehen. Der spinnt doch. Ich bin übrigens nicht mehr hingegangen. Das wusstest du sicher schon, oder? Mir wurde von den Salongesprächen genauso übel wie von den Prophezeiungen und Faseleien dieser versponnenen Beter.«

»Richtig, Aatos. Wahre Worte.« Das war nicht Pertti, diese zustimmenden Worte hatte ein anderer gesprochen. »Aber wir wollen Tauno nicht verschrecken. Wir von ›Erwachen heute‹ bieten ihm Hilfe an. Wir reichen Tauno die Hand und machen ihn wieder gesund und heil.«

Jetzt war es ganz still. Siiri und Irma lauschten gespannt. Tauno musste doch da drin sein, das war ja klar. Aber warum sagte er dann nichts? Er verteidigte sich eigentlich immer bissig und schlagfertig, und während der großen Sanierung in *Abendhain* hatte er als letzter Mohikaner beharrlich mitten im Chaos ausgeharrt.

»Gib nicht auf. Lass Gott den Teufel in dir besänftigen.«

»Meide die Flammen der Hölle, Tauno!«

Irma hatte genug gehört. Ohne Siiri noch mal zurate zu ziehen, riss sie die Tür zum Speisesaal auf und betrat den Raum. Siiri zuckte zusammen. Sie folgte der resolut vorangehenden Irma geduckt, auf der Hut, und wagte kaum, den Blick zu heben.

Tauno war da, er seufzte erleichtert und verzweifelt, als er seine Freundinnen sah. Sein Seufzen mündete in einen leisen Schrei voller Trauer und Wut. Er saß mitten im Raum, an einen Stuhl gefesselt. Eine orangefarbene Wäscheleine war mehrfach um seine Hände und Füße gezogen worden, sein Mund mit einem Stofftuch bedeckt. Sein Gesicht war dunkelrot, die Venen an der Stirn pochten bläulich, seine Schirmmütze war auf den Boden gefallen, die schneeweißen Haare leuchteten. Er zerrte an den Fesseln und weinte zornig. Siiri setzte sich auf einen Stuhl am Rand des Raums, sie fürchtete, ohnmächtig zu werden.

Um Tauno herum standen Aatos in seinem braunen Jackett, vier Männer, die Siiri nicht kannte, sowie die unvermeidliche Sirkka und natürlich Pertti, der Lockenkopf. Sie standen still und stocksteif und bedachten Irma und Siiri mit eisigen Blicken. Siiri war inzwischen speiübel, Irma dagegen lächelte.

»Verzeihung, stören wir?«

Niemand antwortete.

»Wir dachten nämlich, Siiri und ich, dass Essenszeit sei, aber da haben wir uns wohl getäuscht. Könnt ihr uns denn sagen, wie spät es ist? Ist heute Dienstag? Wir sind schon ganz wirr in unseren Köpfen, und wenn man hier so tagaus, tagein vor sich hin lebt und kaum noch die Sonne zu Gesicht bekommt, gerät man ganz durcheinander. Unser lieber Wandcomputer will uns ja immer pünktlich um neun in die Federn bringen, aber da mache ich ja nicht mehr mit, ich strecke meinem Computer genau um neun die Zunge raus. Das sieht dann etwa so aus!«

Irma streckte ihre Zunge raus und lachte schallend. Sie trat näher an die starr stehende Gruppe heran und fuhr im gleichen beschwingten Ton fort: »Ja, nun denn. Heute ist Mittwoch, nicht wahr? Und es ist ... ja nun, hat denn niemand die Uhrzeit parat?«

Pertti kramte mit einer Hand in seiner Anzugstasche, wurde aber auf der Suche nach einer Uhr nicht fündig und breitete hilflos seine Arme aus. Sirkka sammelte sich als Erste und sagte: »Es ist sieben nach zehn. Zehn Uhr morgens. Oder vormittags, wie auch immer ihr das nennen wollt.«

»Danke, Sirkka! Aus welchem Kapitel der Bibel hast du denn da gerade zitiert? In der Bibel steht ja alles, sogar wie viel Uhr wir gerade haben.« Irma lachte wieder und wendete sich jetzt dem Mann zu, der gefesselt auf dem Stuhl im Zentrum des Raums saß, als habe sie ihn bisher nicht bemerkt. »Nein, du liebe Güte, Tauno! Was machst du denn da?«

Irma beugte sich zu Tauno herunter und begann seelenruhig, die Knoten zu lösen. Tauno sah sie Hilfe suchend an, wie ein verwirrtes Kind, seine hellblauen Augen waren immer noch mit Tränen gefüllt. Siiri löste sich aus ihrer Erstarrung und eilte Irma zu Hilfe.

»Warum um Himmels willen sitzt du hier? Habt ihr hier ein albernes Spiel gespielt? Meine Goldstückchen haben früher immer Räuber und Gendarm gespielt, und einmal haben sie ein Nachbarskind in einen Teppich eingewickelt, dass es fast zu Tode gekommen wäre. Das arme Ding konnte kaum noch atmen und auch nicht um Hilfe schreien. Ich habe meinen Kindern immer gesagt, dass man niemanden in einen Teppich wickeln und auch niemanden festbinden darf, nicht mal im Spiel, weil man nie wissen kann, ob man zu fest zieht, sodass das Blut nicht mehr ordentlich fließen kann. Und was wäre denn gewesen, wenn die Kinder ihre eigenen Knoten später nicht mehr hätten öffnen können? Ich konnte ja nicht immer danebenstehen und aufpassen. Ich war eine einfache Hausfrau, und weil ich sechs Kinder hatte und einen Gatten, der hart fürs Geld gearbeitet hat, hatte ich jede Menge im Haushalt zu tun. Ach ja, aber das war eigentlich trotz allem eine schöne Zeit.«

Irma schüttelte den Kopf, offenbar in Erinnerungen schwelgend. Sie hatte aus ihrer Handtasche ein Finnenmesser hervorgeholt, das sie sich kürzlich von Anna-Liisa geliehen hatte. »Räuber und Gendarm. Oder eher Cowboy und Indianer. Ist dieser Stuhl hier etwa ein Totem, und Pertti und seine Freunde sind die Indianer? Habt ihr etwas in dieser Art gespielt, ihr bösen Jungs und Mädchen? Verdammt, ich kann diese Knoten nicht mal mit dem Messer öffnen. Kannst du mir helfen, Pertti, du großer Häuptling?«

Pertti starrte die rundliche Irma, an deren Handgelenken die Armreifen klirrten, während sie an Taunos Fesseln zerrte, vollkommen verdutzt an. Dann trat er gehorsam wie ein Schuljunge nach vorn, nahm aus Irmas Händen das Messer in Empfang und schnitt die Schnüre, die Tauno an den Stuhl fesselten, durch. Siiri hatte inzwischen den Knebel aus seinem Mund entfernt. Tauno schwieg. Er saß zitternd und mit gesenktem Kopf auf dem Stuhl.

»Aha, na gut, so läuft das hier. Die charmanten Damen packen ja ordentlich an, so ist das. Dann werde ich jetzt mal gehen, diverse Dinge erledigen. Danke schön an alle, wir sehen uns wieder, falls wir nicht gestorben sind!«, sagte Aatos Jännes. Er drehte sich auf der Türschwelle noch einmal um. »Habe die Ehre. War ja alles nur Spaß«, sagte er. Und schickte noch ein nervöses Lachen hinterher, bevor er auf dem Absatz kehrtmachte und verschwand.

»Kannst du aufstehen, Tauno?«, fragte Irma. Sie griff ihm unter die Arme, um ihn anzuheben. »Alles ist gut, mein lieber Freund. Wir sind bei dir und schützen dich. Musst keine Angst haben. Du bist ein wunderbarer Mann, bleib so, wie du bist. Auch meiner Cousine wurde ja, als bei ihr Diabetes diagnostiziert wurde, gesagt, dass sie ihren Zuckerkonsum verringern solle. Mit 92 Jahren. Ich sagte ihr, dass sie nur nach Kuchen und Eis eine Amaryl-Pastille einwerfen muss, dann bleibt der Blutzucker stabil. Ach du meine Güte, es gibt viele Verrückte auf dieser Welt. Sei nicht traurig, Tauno, wegen dieses lächerlichen Indianerhäuptlings und seiner Gefolgschaft.« Irma wendete sich Pertti zu, schnitt eine hässliche Grimasse: »Hugh!«, rief sie. Es sollte wohl der Indianergruß sein.

Gemeinsam gelang es Siiri und Irma schließlich, Tauno vom Stuhl hochzuheben und in Bewegung zu bringen. Die Bibeltreuen standen still und sahen zu, während die drei langsam aus dem Speisesaal taumelten. Als sie schon ein Stück weit den Gang entlanggegangen waren, hörten sie noch Sirkkas energische Stimme: »Lasst uns singen! Gesang hat heilende Kräfte …«

25

»Ich halte es in diesem Gefängnis nicht mehr aus!«, sagte Irma.

Sie stand an Siiris Wohnungstür. »Wann haben wir zuletzt etwas von der Welt gesehen? Das war damals, als wir in Hakaniemi in der Wohnung des Botschafters gewohnt haben, weil hier in *Abendhain* renoviert wurde«, sagte Irma. »Ich werde wahnsinnig, wenn wir nicht sofort ein kleines Abenteuer haben, und wenn es nur eine Straßenbahnfahrt durch die Stadt ist.«

Irma trug ihre Baskenmütze und eine winterfeste Jacke, sie war bereit, der arktischen Kälte des Winters die Stirn zu bieten.

Siiri verstand sie sehr gut, die vergangenen Tage waren wirklich trist gewesen. Tauno hatte sich in seine Wohnung zurückgezogen. Anna-Liisa lag viel in ihrem Bett und las den »Zauberberg«, und Margit eilte von einem Gebetskreis zum nächsten. Nur Ritva kam noch zum gemeinsamen Kartenspielen, wenn sie nicht gerade im »Alten Mönch« weilte.

»Beruhige dich, Irma. Wir fahren in die Stadt, das ist eine gute Idee«, sagte Siiri.

Sie zog ihren Mantel an und fand nach kurzem Suchen auch ihre Handtasche, setzte ihre Mütze auf, nahm den Gehstock und sah im Spiegel eine sehr alte, krumme Dame. »Also los«, sagte sie. »Nimmst du deinen Stock nicht mit?«

»Mein lieber Kalle hat mich mal wieder verlassen«,

sagte Irma. »Du weißt ja, dass ich meinen Stock Kalle nenne, nicht wahr? Ich weiß nicht, wo er ist. Vielleicht bei Anna-Liisa, ich war gestern bei ihr, und sie hat ziemlich lange über ein Kapitel aus dem ›Zauberberg‹ gesprochen. Irgendein Streit zwischen Settembrini und Naphta. Wollen wir nicht bei ihr vorbeischauen? Vielleicht hat sie Lust mitzukommen. Sie liegt ja fast nur noch im Bett. Im Radio habe ich kürzlich gehört, dass speziell alte Menschen und Erwerbslose ermutigt werden sollen, sich zu bewegen. Ich glaube, es ging darum, Krankenhausbetten einzusparen.«

Siiri lachte. »Ja, ja, wir gehören nicht zum produktiven Teil der Gesellschaft.«

»Aber als Versuchskaninchen sind wir sehr willkommen. Zum Beispiel in dieser Computerhölle hier«, sagte Irma.

Sie liefen zu Anna-Liisas Wohnung und klopften, aber sie öffnete nicht. Vermutlich schlief sie noch. Irma vermutete, dass es mit der Lektüre von Thomas Mann zu tun hatte. Siiri hatte eher den Eindruck, dass es an diesem Pertti und den anderen Leuten von diesem Predigerverein lag, die Anna-Liisa mit ihren dreisten Belästigungen erschöpften.

Umso überraschter waren sie, als sie diese im Aufenthaltsraum antrafen, sie spielte Karten mit Margit, Tauno und Ritva.

»Kikeriikiii«, rief Irma. »Wir wollen eine Spazierfahrt mit der Straßenbahn machen. Wer kommt mit?«

Niemand teilte ihre Begeisterung. Draußen regnete es in Strömen, und eisiger Wind wehte.

»Na gut«, sagte Irma. Sie streifte ihre Jacke ab und setzte sich zu den anderen. Siiri hatte eigentlich trotz des schlechten Wetters immer noch Lust, nach draußen zu gehen und ein wenig durch die Stadt zu fahren. Wenn es draußen dunkel und kalt war, fand sie es besonders schön, in die warmen Wohnstuben hineinzusehen. Auch sie zog ihren Mantel aus und setzte sich neben Irma an den Tisch.

»Es ist schön, dass ihr alle da seid«, sagte sie. »Es ist so wichtig, in Gesellschaft zu sein.«

»Wohl wahr«, sagte Irma. »Das haben die Trottel, die dieses Computer-Pflegeheim geplant haben, vergessen. Die einzigen Lebewesen, die man hier zuverlässig trifft, sind Ratten. Wo habt ihr denn die ganze Woche lang gesteckt?«

»Du warst doch erst gestern bei mir, Irma«, sagte Anna-Liisa. Sie war in eine Partie Streit-Patience mit Margit vertieft und rümpfte die Nase. »Margit, du passt gar nicht auf, du lässt dauernd Chancen liegen.«

»Ja?«, fragte Margit.

»Ja. Ich habe heute schon im ›Zauberberg‹ gelesen«, sagte Anna-Liisa zu Siiri und Irma. »Und ich habe einen Film gesehen, Ritva hat mir erklärt, wie man auf unserer Wand Filme abrufen kann. Das ist gar nicht schlecht. ›Rampenlicht‹ von Charly Chaplin.«

»Wirklich? Ich hätte gar nicht gedacht, dass du Charly Chaplin magst«, sagte Irma.

»Dieser Film ist äußerst sehenswert. Nur vordergründig eine Komödie, in Wirklichkeit die berührende Geschichte eines Zauberkünstlers, der in den

Kulissen eines Theaters einen einsamen Tod stirbt, überfordert von einer Moderne, in der das Varieté seine Bedeutung verliert. Wie gesagt sehenswert. Und es hat viel mit dem ›Zauberberg‹ zu tun.«

»Ja? Inwiefern?«, fragte Siiri. Sie hatte den Film gesehen, aber das musste etliche Jahrzehnte her sein. Mit ihrem Mann, im Kino *Blauer Mond* in Töölö, das schon vor fünfzig Jahren dichtgemacht hatte, weil keine Leute mehr gekommen waren.

»Stimmt, und in Munkkiniemi gab es das Kino ›Kent‹, erinnert ihr euch? Da ist heute eine Moschee. Und beim alten Nahkaufmarkt gab es das Kino ›Riitta‹.«

Die anderen nickten, aber wohl eher aus Höflichkeit. Niemand erinnerte sich so genau wie Irma, die darauf bestand, dass im Kino Riitta noch lange Filme gezeigt worden seien. »Da habe ich auch Chaplin-Filme gesehen, ganz sicher. Aber sag mal, Ritva, wie funktioniert denn das mit dem Filmeschauen an der Wand?«

»Das ist recht einfach. Du hast im Menü ›Medien‹ verschiedene Auswahlmöglichkeiten, Filme, Musik ...«

»Musik? Ich kann also Mozart hören?«

»Im Prinzip ja. Wobei wohl eher andere Sachen im System gespeichert sind, also eher alte finnische Schlager. Unterhaltungsmusik eben. Es gibt aber auch gute Sachen, einiges von den Rolling Stones zum Beispiel und von Peter, Paul and Mary.«

»Aha.« Irma war enttäuscht. »Da bleibe ich lieber bei meinem CD-Player, der spielt Musik nach meinem Geschmack. Wie geht es dir, lieber Tauno?«

Tauno schwieg. Siiri las Angst in seinem Blick, vermutlich wollte er auf keinen Fall, dass zur Sprache kam, was vergangene Woche im Speisesaal passiert war.

Auch Irma begriff, was los war. »Kommt denn Oiva mal wieder zu Besuch?«, fragte sie, um ihn aus den trüben Gedanken zu reißen. »Wie geht es ihm denn? Und was ist eigentlich mit den Ratten so los? Und, ja, wollen wir nicht noch ein wenig über den Film reden, ›Rampenlicht‹ von Charles Chaplin, nicht wahr?«

Anna-Liisa ließ sich nicht zweimal bitten. Sie sprach wie eine Lehrerin und hielt einen kleinen Vortrag über die Parallelen zwischen dem »Zauberberg« und »Rampenlicht«, über die dunklen Jahre vor dem Ersten Weltkrieg und über tragische Helden, die im Tod Erlösung fanden.

Am Ende war Anna-Liisa ganz erschöpft. Sie wollte noch etwas sagen, aber dann verließ sie die Kraft. »Ja, so ist es«, sagte sie nur.

Sie saßen gemeinsam in der Stille, Anna-Liisas Worte klangen noch nach. Siiri genoss den Moment. Es war schön, gemeinsam zu schweigen, in einer Welt, die immer nur in Bewegung war. Sie sah die Menschen, die am Tisch saßen, an, und ihr wurde warm ums Herz. Der Zufall hatte diese lieben Freunde in ihr Leben geworfen, nur Irma hatte sie schon vor ihrem Umzug nach *Abendhain* gekannt. Anna-Liisa hatte sie erst wirklich kennengelernt, als Irma vor einigen Jahren erkrankt war. Damals war die energische, frisch verliebte Anna-Liisa eine wichtige

Stütze gewesen. Und Margit hatte Siiri lange als eher merkwürdige Frau wahrgenommen, bis sie unverhofft, während der Renovierung des Heims, in derselben Wohnung gelandet waren. Und plötzlich war Siiri Margits engste Vertraute gewesen, in der schweren Zeit, in der deren Mann Eino schwer an Demenz erkrankt war.

Auch sie war eine gute Freundin geworden, natürlich war sie das. Aber sie hatte sich auch verändert. Sie wirkte nicht mehr so resolut und wuchtig, sondern eher verloren und hilfsbedürftig. Deshalb klammerte sie sich ja auch an diesen Pertti und seine Sekte.

»Du sprichst von einer Katastrophe, Anna-Liisa. Willst du damit sagen, dass uns der Dritte Weltkrieg bevorsteht?«, fragte Ritva. Sie schien der Idee gar nicht abgeneigt zu sein.

»Oh, nein, das weiß ich nicht. Ein Krieg ist ja nicht mehr dasselbe wie früher, als ich in Karelien Leichen gewaschen habe. Heute wird ein Krieg virtuell geführt, nicht wahr? Das wisst ihr ja. Man spricht dann von Cyberattacken und Ähnlichem.«

»Woher weißt du denn so was?«, fragte Siiri erstaunt.

»Ich gehe mit der Zeit, liebe Siiri, das ist alles. Aber was anderes, habt ihr schon gehört, dass während dieses Stromausfalls drei Patienten der Demenzabteilung verstorben sind? Sie waren allein und haben ihre Medikamente nicht rechtzeitig bekommen. Aber keinen interessiert es, dass sie tot sind. Für die Bürokraten im Gesundheitsamt wird es wahrscheinlich ein Grund zur Freude sein, Kostensparen, ihr versteht.«

»Anna-Liisa! Es ist schrecklich, wenn du so sprichst«, sagte Irma.

Über die Todesfälle in der Demenzabteilung waren Gerüchte im Umlauf gewesen, aber Genaues hatte eigentlich niemand gewusst. Die Demenzabteilung war ein geheimnisvoller, beängstigender Ort, niemand wusste genau, wer dort eigentlich lag, deshalb wusste auch niemand, wer nun dort gestorben war.

»Was bedeutet das eigentlich, alt zu sein?«, fragte Anna-Liisa. Die Frage kam etwas abrupt, alle schwiegen.

»Na ja, vielleicht ist das die Zeit, in der wir begreifen, dass am Ende alles sinnlos ist?«, sagte Siiri schließlich.

»Genau. Und wir begreifen es, weil wir nichts anderes mehr tun, als auf den Tod zu warten«, ergänzte Margit.

Irma rutschte unruhig auf ihrem Stuhl hin und her. »Soso, jetzt hört mal gut zu, ihr Apostel des Todes«, sagte sie. »Wir haben sehr wohl noch die Wahl. Wir müssen nicht jeden Tag ans Jüngste Gericht denken. Ich finde, wir sollten über das nachdenken, was wir gerade besprochen haben. Stichwort Katastrophe, Stichwort Krieg. Es ist an der Zeit, einen Krieg zu erklären. Das ist es. Warum noch länger warten?«

Die anderen starrten Irma ratlos an, während diese plötzlich voller Tatendrang war. Sie wischte auf ihrem iPad herum, und Siiri musste unwillkürlich an Ronald

Reagan denken und an den roten Knopf, mit dem der amerikanische Präsident ja angeblich die finale Katastrophe auslösen konnte. Vielleicht hatte Irma auf ihrem iPad ja auch so einen roten Knopf.

»Was machst du da, Irma? Und was soll dieses Gefasel vom Krieg?«, fragte Anna-Liisa.

»Das ist kein Gefasel. Ich spreche davon, dass wir lange genug von irgendwelchen Robotern behelligt worden sind. Dieser Stromausfall hat dem Irrsinn nur die Krone aufgesetzt. Die Idee, den Menschen durch Maschinen zu ersetzen ist Unfug, eine Totgeburt. Und niemand tut was. Niemand interessiert sich dafür.«

»In der Tat«, murmelte Tauno leise. Seine Stimme klang traurig. »Über die Todesfälle in *Abendhain* habe ich weder in den Nachrichten noch in der Presse irgendetwas gesehen oder gelesen.«

»Niemand interessiert sich dafür, dass hier alte Damen von Robotern zu Tode gepflegt werden. Es ist ein Tabu, überhaupt darüber zu sprechen. Die neuen Technologien, so heißt es doch, oder? Die sind heilig wie eine Religion, Kritik ist tabu. Humor ist tabu. Fragen sind tabu.«

»Das ist sicher richtig, Irma«, sagte Siiri. »Aber was meinst du, wenn du sagst, dass du einen Krieg führen willst?«

Das wusste Irma auch nicht so genau. »Was weiß ich. Wir sollten einfach die Stecker ziehen. Im Technikraum, unten im Keller. Wir ziehen die Stecker, und das war's!«

»So einfach?«, fragte Siiri.

»Du meinst sicher den Server, oder? Und der befindet sich im Keller?«, fragte Ritva.

»Aha. Tolle Idee, Irma«, spöttelte Anna-Liisa. »Und wenn dann die nächsten vier alten Damen das Zeitliche segnen, weil du uns hier den Saft abdrehst? Wie geht es dann weiter?«

»Dann retten wir alle Bewohner und werden als Helden gefeiert«, sagte Irma.

»Klingt alles im Ansatz gut, aber sämtliche Türen in diesem Heim sind elektronisch, ohne Strom können wir sie nicht öffnen«, merkte Tauno an.

Siiri nickte und suchte Irmas Blick. Diese lächelte fest entschlossen. Siiri war ja ihrer Meinung, so wie bisher konnte es in *Abendhain* nicht weitergehen. Der Gedanke, eine große Katastrophe herbeizuführen, fühlte sich tatsächlich gut an, aber das konnte wohl kaum gelingen, indem man irgendeinen Stecker zog.

Während die anderen sich neuen Themen zuwendeten und die Kriegsplanungen vertagten, schloss sie Augen und Ohren und versuchte nachzudenken.

»Denk nach, denk nach«, murmelte sie vor sich hin. Jetzt führte sie also schon wieder alberne Selbstgespräche, wie Puh der Bär.

26

Der »Alte Mönch«, eine Kneipe, die wie geschaffen war für sinnlose Besäufnisse, befand sich in der Laajasalostraße, in unmittelbarer Nachbarschaft einer Gesamtschule.

Siiri war an dieser Kneipe schon in den Fünfzigerjahren des vergangenen Jahrhunderts von Zeit zu Zeit vorübergelaufen. Jetzt ging sie, begleitet von Irma, zum ersten Mal zielstrebig hinunter ins Kellergeschoss dieser zweifelhaften Lokalität, die einen besonders schlechten Ruf genoss. Im Obergeschoss befand sich ja immerhin ein halbwegs normales Restaurant, einmal hatten sie hier einer Trauerfeier beigewohnt, die ein wenig aus dem Ruder gelaufen war, mit viel Wein und einem Pfarrer, der mit einer Säge musiziert hatte.

Im Untergeschoss blieben Siiri und Irma auf der Türschwelle stehen, wie zwei verängstigte Mumin-Trolle, und betrachteten die Barbesucher, die schweigend vor ihren Getränken saßen. Manche blätterten halbherzig in Abendzeitungen, jemand hämmerte auf einen Spielautomaten ein. Das bunte Licht des Automaten war der einzige schmale Freudenstrahl in diesem düsteren Raum.

Obwohl es noch früh am Vormittag war, waren erstaunlich viele Leute da, junge Männer vor allem, die verstreut standen und saßen, die Zeit schien hier stillzustehen. Ritva saß auf einem braunen Sofa am Rand des Raums. Sie winkte Siiri und Irma zu und rief: »Kikerikii!« Aus ihrem Mund klang das merkwürdigerweise viel unanständiger als aus Irmas. Die schweigsamen Männer hoben ihre Blicke und musterten skeptisch die alten Damen, die auf der Schwelle standen.

»Ja. Guten Tag. An alle«, sagte Siiri.

»Hier ist wohl zuletzt vor hundert Jahren geputzt worden«, sagte Irma. Sie wischte kräftig mit ihren behandschuhten Händen über die Kissen des Sofas, bevor sie sich neben Ritva setzte.

Siiri zögerte, sie wusste nicht recht, wohin sie sich setzen sollte, denn auf dem Hocker, der vor ihr stand, klebte ein schwarzer Kaugummi. Am Tisch nebenan erspähte sie einen Stuhl und erkundigte sich höflich bei dem Herrn, der an dem Tisch saß, ob sie den Stuhl ausleihen dürfe.

»Hä?«, fragte der Mann.

Siiri bedankte sich eilig und schleppte den Stuhl die paar Meter zu Irma und Ritva hinüber.

»Hier wurde erst kürzlich renoviert«, sagte Ritva lachend. Sie rief den Barkeeper heran, der die Damen nach ihren Wünschen fragte und kurz darauf Irma einen Cidre und Siiri ein Bier brachte, das war ein besonderer Service, denn eigentlich holten sich die Gäste ihre Getränke selbst an der Bar. Irmas Cidre wurde in einem schön geformten hohen Glas serviert, Siiri musste sich mit einem großen Becher begnügen, den sie auch mit beiden Händen nur mühsam anheben konnte. Sie konnte sich kaum daran erinnern, wann sie zuletzt Bier getrunken hatte. Wahrscheinlich in irgendeinem fernen Sommer nach der Sauna, als ihr lieber Mann noch gelebt hatte.

»Ja, ja, Veikko hat nach der Sauna auch immer gerne ein Bierchen getrunken«, sagte Irma. »Er hat auch immer eins getrunken, wenn die Nachrichten liefen … aber nie mehr als drei am Abend. Ah, jetzt vermisse ich wieder meinen lieben Veikko, den Goldigen! Wir hatten ja viel Spaß zusammen. Kennt ihr dieses herrliche Stück von Sibelius, ›Första kyssen‹? Das höre ich immer wieder gerne, ich habe es in der Version von Soile Isokoski. ›Första kyssen‹ beschreibt ganz genau unseren ersten Kuss, das war in der Holländerstraße, während der Waffenruhe. Habe ich euch mal erzählt, wie fest Veikko geküsst hat? So richtig männlich eben.«

»Ja«, sagte Ritva missmutig. »Du erwähntest auch, dass er wie ein Rohrspatz geflucht hat, als ihm der Bücherschrank auf den Kopf gefallen ist.«

»Habe ich das?«, fragte Irma überrascht. »Aber wer würde sich denn …«

»Wer würde sich für so einen Unsinn interessieren?«, vervollständigte Ritva. »Tja …«

»Ach, entschuldigt bitte. Ich bin eine vergessliche Omi. Ich sage ja auch immer zu meinen Goldstückchen, dass ich …«

»Irma, bitte nicht jetzt.«

Ritva wollte zur Sache kommen. Siiri hatte sie um Rat gefragt, weil Ritva einiges von Computern zu verstehen schien.

»Du hast kürzlich in unserem Gespräch mal das Wort Server verwendet. Was bedeutet das eigentlich?«

»Ein Server ermöglicht den Zugriff auf ein Netzwerk«, erläuterte Ritva.

»Aha. Ist das also so etwas wie Service?«, fragte Irma.

»Na ja, irgendwie«, sagte Ritva. Sie erzählte, dass es in *Abendhain* wirklich eine Art Allerheiligstes gab, also einen Ort, an dem die gesamte Technologie, die das Heim steuerte, ihren Ursprung hatte. Alle Computer und auch die Roboter funktionierten mithilfe dieses zentralen Servers. Ritva referierte über Komponenten, was Irma erst an Obstkompott und dann an Kompost denken ließ.

»Das war ja damals auch ein Kampf gegen die Ratten. Die Ratten haben sich im Kompost nur so getummelt. Also, im Sommerhaus, in der Stadt hatten wir natürlich gar keinen Kompost.«

Ritva räusperte sich, leerte ihren Bierkrug und holte sich einen weiteren. Dann erzählte sie ziemlich ausführlich über Anwendungssoftware und Datenbanken. Siiri hörte aufmerksam zu und verstand es so, dass dieser zentrale Server Buchstaben zu Wörtern machte und in irgendein Netz wickelte, sodass ein eigenes kleines Universum entstand, und das war ihr *Abendhain*.

»Alles wird auf die Bedürfnisse des Auftraggebers, in diesem Fall des Pflegeheims, zugeschnitten.«

»Zugeschnitten? Bah!«, unterbrach Irma. »Ich finde

das schrecklich, heutzutage ist ständig davon die Rede, dass alles zugeschnitten wird. Ich glaube kaum, dass unser Jerry Igelkopf in seinem Leben jemals einen Schneider gesehen hat.«

»Hm«, murmelte Ritva. Sie hatte ihren zweiten Krug bereits zur Hälfte geleert. Sie wirkte nachdenklich und sagte plötzlich: »Ich wollte früher ja so gerne Geige spielen, aber meine Mutter lief immer in Hosen rum und hat Musik gehasst. Und der Hausmeister hatte schöne Haare, und ich durfte nicht mal Fahrradfahren. Ich habe immer nur lernen müssen, für die Schule, fürs Studium.«

Irma und Siiri verstanden nicht ganz, was das jetzt sollte. War Ritva schon im Vollrausch? Oder etwa dement? Aus ihren Schlachtplänen würde nichts werden, wenn die Computerspezialistin Ritva jetzt schon schwächelte.

»Sie ist immer mal wieder etwas wirr«, sagte ein Mann mit Pferdeschwanz, der am Nebentisch saß und sich zu ihnen hinüberbeugte. »Das wird schon wieder.«

»Aha. Danke«, sagte Siiri. »Dann warten wir ab.«

»Wir könnten eine Runde Darts spielen«, schlug der Mann vor. Er erhob sich schwankend von seinem Stuhl.

»Meine Güte, ist das nicht lebensgefährlich? Mit Pfeilen werfen, wenn man Alkohol getrunken hat?«, flüsterte Irma. Aber dann stand sie doch auf und folgte dem Mann in einen noch düstereren Bereich der Kneipe, während Ritva wirres Zeug vor sich hin brabbelte.

Die Dartscheibe sah ziemlich alt aus, ganz anders als die kunterbunte, die Irmas Goldstückchen an der Wand des Sommerhauses angebracht hatten. Der Mann gab ihnen Ratschläge und erklärte lang und breit, in welchem Sektor wie viele Punkte zu ergattern waren, obwohl Irma und Siiri noch nicht mal wussten, wie sie die Pfeile halten sollten. Der Mann wollte ihnen zeigen, wie es ging, und warf alle Pfeile mit Schwung an der Scheibe vorbei.

»Hm. Du bist dran«, sagte er zu Irma, die jetzt richtig Lust bekam. Sie nahm die Pfeile und bat den Mann, ihre Handtasche zu halten.

»Ah, die sind ja ganz klebrig«, sagte Irma lachend. Der Mann bot an, dass sie ein wenig näher an die Scheibe herantreten sollten, das sei nur fair, denn sie seien ja Frauen. Irma machte einen Schritt nach vorn, kniff die Augen zusammen, streckte ihre Zunge heraus und warf dann in schneller Abfolge alle Pfeile. Alle waren ziemlich zentrale Treffer. Der Mann lachte schallend, sein Pferdeschwanz wackelte hin und her. »Zum Teufel, Sie sind ein Profi, Lady!«

Irma lachte, und einige Gäste näherten sich träge, aber interessiert, um zu sehen, was da in der Spielnische vor sich ging. Ein untersetzter Mann schrieb Irmas Punktestand auf eine Kreidetafel. Die jubilierte und sang vor sich hin. »Jetzt du, Siiri«, sagte sie und reichte ihr die Pfeile. »Das ist ganz einfach.«

Siiri nahm ihren Mut zusammen und konzentrierte sich. Sie suchte festen, breitbeinigen Stand, atmete tief ein und aus, hob ihren rechten Arm. Sie wollte ein

Auge schließen, schloss aber versehentlich beide und warf. Zu ihrer Überraschung jubelte ihr Publikum, sie hatte offenbar eine besonders hohe Punktzahl erzielt, warum auch immer. Die Scheibe hatte sie tatsächlich getroffen. Sie schloss wieder beide Augen, das schien ja bestens zu funktionieren, und warf die restlichen Pfeile, begleitet vom Jubel der Zuschauer. Sie war also auch ein Dartprofi, genau wie Irma.

»Das macht wirklich Spaß«, rief sie Irma zu. »Viel besser als diese dämlichen Spielekonsolen bei uns in *Abendhain*.« Der korpulente kleine Herr umarmte sie und gratulierte ihr zu dieser herausragenden Punkteausbeute.

»Eine Runde auf die Siegerinnen!«, rief ein anderer.

Siiri und Irma lehnten dankend ab, ihnen war nicht nach Bier, und bei Ritva standen ja ihre Getränke bereit. Aber der Mann wollte sich nicht von seiner Idee abbringen lassen.

»Dann danken wir dir herzlich und spendieren unserem verehrten Publikum, das uns zu Höchstleistungen angetrieben hat, Kaltgetränke«, sagte Irma.

Dieser Vorschlag wurde angenommen. Die Männer standen grölend und trinkend an der Theke, während Siiri und Irma ein wenig erschöpft an ihren Tisch zurückkehrten. Ritva war nicht mehr da.

»Ihr Bier ist noch fast voll. Sie wird also sicher zurückkommen«, sagte Irma.

Und tatsächlich, einige Minuten später erschien Ritva, und wirkte gut erholt. Sie war nur kurz auf der Toilette gewesen und hatte sich darüber gewundert,

Siiri und Irma dort nicht anzutreffen. »Ich dachte, dass ich euch da finde. Wo wart ihr denn? Aber egal, das hier ist vielleicht doch nichts für euch, diese Ecke hier ist etwas schmuddelig. Wollen wir gehen?«

»Ach, Ritva, wenn du wüsstest, wo wir schon gesessen haben, bei minus 30 Grad Celsius, im Krieg!«, sagte Siiri und lachte. »Wo waren wir denn stehen geblieben? Wir waren doch mitten im Gespräch unterbrochen worden ...«

»Richtig«, sagte Ritva. Sie war wieder vollkommen bei sich, sprach jetzt klar und verständlich über die Aktivitäten der Stiftung »Erwachen heute« in *Abendhain* und kam zu dem Schluss, dass möglicherweise sensible Daten in einer Cloud abgespeichert worden seien, zu der nur Mitglieder Zugang hatten.

»Eine was?«, fragte Siiri.

»Cloud. Wolke«, sagte Ritva.

»Ah ...«

»Nicht so wichtig. Also, langer Rede kurzer Sinn: Wir brauchen Informationen, wir müssen an den Server ran.«

»Was ich nicht verstehe, ist, dass niemand eingreift. Wo ist eigentlich die Polizei? Es gab Todesfälle bei uns in *Abendhain*, und alles wird doch irgendwie gespeichert und aufgezeichnet. Oder?«

»Das stimmt. Der Router befindet sich im Keller des Heims, der Server kann natürlich überall sein, vielleicht irgendwo an der Elfenbeinküste.«

»Oh je, Elfenbeinküste. Und ich hatte gehofft, dass wir nur einem Kabel folgen und am Ende den Stecker rausziehen müssen«, sagte Irma. Sie griff nach ihrem Glas und trank einen Schluck von ihrem Cidre. »Ui, schön bitter«, sagte sie und verzog das Gesicht.

Ritva kam jetzt richtig in Schwung, sie fabulierte von Verschwörungen und von den Zwillingstürmen in New York.

»Die Amis sammeln alles. Einfach so, die machen, was sie wollen. Jeder, der nicht Amerikaner ist, gilt als Bedrohung, als potenzieller Terrorist.«

»Aha«, sagte Siiri. Sie hatte den Faden verloren, und von der Theke riefen die Männer herüber, hoben ihre Krüge und prosteten ihnen zu.

»Äh, ihr kennt die Herren?«, fragte Ritva überrascht.

»Flüchtig«, sagte Siiri lächelnd. »Aber zurück zu unserem Thema. Dass wir überwacht werden, dass Informationen weitergeleitet werden, ist sicher schlimm, aber nicht das Hauptproblem, oder?«

»Das ist durchaus ein Problem, liebe Siiri«, entgegnete Ritva. »Unsere Gesetzgebung in Finnland gilt nicht für Server, die sich außerhalb der Landesgrenzen befinden.« Sie stand plötzlich auf, als sei ihr etwas Wichtiges eingefallen, und ging zur Theke, wo ein großer Bierkrug für sie bereitstand. Als sie zurückkehrte, fiel Siiri auf, dass sie schon ziemlich schwankend lief. Siiri hatte nur ein paar Schlucke getrunken, Bier war wirklich nicht ihre Sache.

»Das alles ist interessant, aber kommen wir denn damit weiter?«, fragte sie. »Wir wissen nicht, wie genau diese Server und diese Wolken oder was auch immer in *Abendhain* funktionieren. Oder?«

»Irgendwo ist ein Kabel. Wir müssen dem Kabel folgen und den Stecker ziehen!«, beharrte Irma.

»Das wird nicht reichen, ein System bricht nicht wegen eines Stromkabels zusammen«, merkte Ritva an. Sie hob ihren Krug an die Lippen und trank gierig.

»Ich sage euch, alle Kabel führen in den Keller. Oder nach Rom.«

»Ja?«, fragte Siiri.

»Ja.«

»Die Generäle haben sich geirrt!«, sagte Ritva. »Sie lagen falsch, vollkommen. Wieder hatte mir niemand zugehört. Die Lehrer wussten nicht mal, wie ich hieß, obwohl der Rübenauflauf meiner Großmutter unschlagbar gut war. Und ja, bei den meisten Kindern waren die vorderen Zahnreihen voller Löcher, verdammt.«

Irma und Siiri wechselten Blicke. Beide hatten das Gefühl, dass es an der Zeit war zu gehen. Sie wollten Ritva auf die Beine helfen, aber diese redete wirr und wollte vor ihrem Bierkrug sitzen bleiben. Irma rief die Männer zu Hilfe. Der mit dem Pferdeschwanz und sein dickbäuchiger Freund eilten herbei und griffen Ritva unter den Achseln, sie schienen geübt darin zu sein.

»Wie lieb von euch. Könnt ihr uns vielleicht sogar auf dem Weg nach *Abendhain* begleiten?«, fragte Siiri. »Ich fürchte, wir schaffen das nicht.«

»Sie ist völlig fertig. Ja, klar kommen wir mit«, sagte der korpulente Mann.

Also liefen sie los, auf Wegen, die ein wenig vereist

waren. Ritva konnte kaum noch gehen, ihre Beine knickten ein, die beiden Männer hatten alle Mühe, sie festzuhalten und voranzubringen. Der Schnee knackte unter ihren Füßen. Siiri und Irma liefen Arm in Arm und stützten sich mit den freien Händen auf ihre Stöcke. Zu allem Überfluss bekam Irma noch einen schrecklichen Schluckauf.

Die Sonne stand schon tief, und als sie endlich in *Abendhain* ankamen, ging sie gerade unter.

27

An der Eingangstür des Pflegeheimes war irgendjemand mächtig am Fluchen. Siiri versuchte zu erkennen, wer da stand, aber draußen war es dunkel, und in den Scheiben sah sie sich selbst gespiegelt.

»Seltsam, dass jemand versucht, hier reinzukommen, statt das Weite zu suchen«, murmelte sie vor sich hin. Sie trat näher heran, jetzt konnte sie den großen, kahlköpfigen Mann sehen.

»Ach du meine Güte. Kann das wahr sein?«

Nein, sie glaubte, ihren Augen nicht trauen zu dürfen. Ganz ruhig, dachte sie. Sie hielt ihren Chip gegen den Sensor und öffnete ruckartig die Tür.

»Bist du das wirklich?«, fragte sie.

Er war es. Mika Korhonen, Siiris ganz persönlicher Höllenengel, der wahlweise Taxi oder Motorrad fuhr. Da stand er, durchnässt vom Schneesturm. Er sah angestrengt aus, sein Gesicht hatte Falten bekommen, aber seine Augen waren immer noch himmelblau und sein Lächeln so liebenswert, wie Siiri es in Erinnerung hatte. Sein Händedruck war fest und männlich, wie damals, und sein Kopf war natürlich kahl rasiert, aber statt seiner damals unvermeidlichen Lederjacke mit den Totenköpfen und den gelben Engelsflügeln trug er heute eine schlichte schwarze Steppjacke. Siiri wäre ihm am liebsten um den Hals gefallen, aber irgendetwas hielt sie zurück.

»Es ist lange her, Mika. Ich dachte schon, dass wir uns nie wiedersehen würden. Wo bist du denn gewesen?«

»Im Gefängnis«, sagte Mika.

Siiri zuckte zusammen.

»Nichts Schlimmes. Kleinigkeiten«, sagte Mika.

»Das ist traurig. Aber auch schön, denn jetzt bist du wieder frei und gekommen, um mich zu besuchen. Oder?«

Mika zögerte. »Nicht ganz«, sagte er.

»Na gut, das hatte ich auch nicht wirklich geglaubt«, sagte Siiri. Sie lächelte, um ihre Enttäuschung zu verbergen. Warum auch immer er da war, es fühlte sich gut an. Wie lange war das her, seitdem sie sich zum ersten Mal getroffen hatten? Damals war unter dubiosen Umständen der Koch gestorben, und Mika Korhonen war für Siiri, Irma und Anna-Liisa ein echter Segen im Chaos gewesen. Mika erwiderte ihr Lächeln nicht. Er wirkte beunruhigt, und sie fragte sich, ob er sich überhaupt über das Wiedersehen freute.

»Ich bin gekommen, um zu töten«, sagte er. »Die Ratten. Gemeinnütziger Dienst, das kann sich strafmildernd auswirken.«

»Dann kommst du, um unser Rattenproblem zu lösen? Hast du selbst darum gebeten, weil du dich ja hier auskennst? Aber hier ist alles renoviert worden, alles ist anders. Möchtest du, dass ich dich ein wenig herumführe?«

»Nein, danke.«

Mika hatte einen zusammengefalteten Zettel aus seiner Jackentasche gezogen, der aussah wie der Grundriss eines Hauses, vermutlich *Abendhain*. Er ließ die schwere Kiste, die er unter einem Arm trug, zu Boden fallen. Margit, die nicht weit entfernt in einem der Massagestühle eingenickt war, erwachte kurz, schnarchte nach Sekunden aber schon wieder.

»Jetzt hör mir mal zu, Mika Korhonen!«, sagte Siiri. Ihr Herz pochte, und sie spürte, wie ihr die Röte ins Gesicht stieg. »Du tust ja so, als würden wir uns zum ersten Mal begegnen! Du bist immerhin mein eingetragener Vormund, schon vergessen? Und auch der von Anna-Liisa, wenn ich mich richtig erinnere. Du warst hier bei uns, wir saßen gemütlich zusammen, und du hast uns darum gebeten, Formulare zu unterzeichnen, nachdem du diese schreckliche Chefin hier, diese Virpi… Virpi…« Wie peinlich, Siiri war der Name der Dame entfallen, die hier, gemeinsam mit ihrem Gatten, einst ihr Unwesen getrieben hatte. Sie war so wütend, und jetzt fiel ihr der blöde Name nicht ein, und sie stand da wie eine hilflose Omi.

»Virpi…«

»Hiukkanen«, vervollständigte Mika.

»Sehr richtig, danke«, sagte Siiri. »Mein Hirn hat anscheinend alles getan, um sie aus der Erinnerung zu löschen. Jedenfalls, wir haben dich zu unserem gesetzlich bestellten Vormund gemacht, Anna-Liisa und ich. Du erinnerst dich doch, ja? Anna-Liisa könnte übrigens sehr wohl deine Hilfe brauchen, jetzt, wo hier diese gierigen Prediger herumlungern. Uns ist klar, dass wir etwas unternehmen müssen. Irma plant einen Krieg, aber diese Idee ist natürlich nur eines ihrer Hirngespinste, und mir fällt nichts ein, was wir tun können. Und in dem Moment stehst du plötzlich hier in der Tür. Als wärest du wieder vom Himmel geschickt worden, um uns zu retten. Wir brauchen dich, Mika, und ich hoffe, dass du dieses mürrische Getue jetzt mal sein lässt. Komm, wir gehen einen Kaffee trinken.«

Mika stöhnte leise auf und kratzte sich am kahlen Kopf. Als er nach seiner Kiste griff, rutschte sein Hemd nach oben, sodass Siiri an seinem Bauch eine große Tätowierung sehen konnte, eine Schlange umgeben von Flammen.

»Liebe Siiri«, sagte Mika, da war auch wieder sein gutes altes, liebenswürdiges Lächeln. »Die Lage ist ein wenig kompliziert. Ich bin hier im Rahmen einer Rehabilitationsmaßnahme, ich trage eine Fußfessel. Alles, was ich mache, wird registriert. Mein Auftrag besteht darin, Ratten zu töten. Bitte hör also auf mit dem Gejammer.«

»Ich jammere gar nicht. Ich möchte nur in Ruhe mit dir reden, ich habe dich vermisst. Ich war ehrlich gesagt sogar in großer Sorge um dich, weil du einfach so verschwunden bist.«

»Gut, klar. Aber das reicht jetzt, ich muss mich um die Ratten kümmern. Wo wurden die denn zuletzt gesehen?«

»Bei mir kommt eigentlich jeden Tag eine vorbei, ich gebe ihr dann immer was zu fressen«, sagte Siiri. Sie fand den Gedanken, dass Mika dieses kleine Tier töten wollte, sehr unschön. Dennoch ging sie voran zu ihrer Wohnung, Mika folgte ihr und schnaufte angestrengt, weil seine Kiste, in der er wohl Rattenvernichtungsutensilien wie Gift und Fallen transportierte, so schwer war.

»Und du hast also die Ratte gefüttert?«, fragte er im Gehen. »Ich bin etwas erstaunt, denn es hieß, dass sich die Bewohner des Heims von den kleinen Tierchen gestört fühlen würden.«

»Na ja, viele haben sich beschwert, auch Irma. Aber ich habe nichts gegen Ratten.«

»Ah ja, o. k.«

»Übrigens, Mika, wegen dieser Fußfessel musst du dir keine Gedanken machen. Das ist doch heute ganz normal, wir werden alle beobachtet, jeder Schritt, den wir hier machen, wird irgendwo abgespeichert. Hier, wir haben diese ovalen Dinger um den Hals hängen, das sind Sensoren. Damit kann ich sogar Geld abheben, Auto fahren und verreisen.«

»Hm, aha, klingt gut«, sagte Mika.

Er betrat Siiris Wohnung mit schlammigen Stiefeln und ging zielstrebig in die Küche. Er suchte unter der Spüle nach der Ratte, aber da stand nur die Untertasse mit dem Stückchen Käse, die Siiri heute Morgen dort platziert hatte.

»Oh je, sie mag wohl keinen Schimmelkäse«, sagte sie enttäuscht.

Mika schob sie zur Seite, öffnete seine Kiste, entnahm ihr ein Ding, das wie ein Feuerlöscher aussah, und sprühte wild mit blauem Schaum um sich.

»Meine Güte! Was machst du da? Du vergiftest uns ja! Und hier ist weit und breit keine Ratte zu sehen.«

»Ach, Quatsch, das Zeug macht uns gar nichts. Hält Ratten und Insekten fern.«

Mika stand auf und lief mit langen Schritten durch den Flur ins Wohnzimmer, er hatte seine Steppjacke gar nicht abgelegt und hielt nach geeigneten Stellen in Siiris Wohnung Ausschau, wo er sein Gift versprühen konnte. Siiri folgte ihm zunehmend besorgt.

»Das geht so nicht, Mika. Sei bitte jetzt mal ganz ruhig und setz dich hin.« Sie war selbst überrascht über die Autorität, mit der sie das sagte, und tatsächlich ließ sich Mika brav in einen Sessel fallen. Sie setzte sich ihm gegenüber und erzählte ein wenig vom schönen neuen Leben in *Abendhain*. Mika schien kaum zuzuhören, er saß still und starrte die Wand an, die prompt zu sprechen begann: »Der Teufel ist ein Mörder gewesen, von Anbeginn an. Er ist fern der Wahrheit, sie ist ihm fremd. Er ist der Vater der Lüge. Johannes, 8, 44.«

Siiri listete die jüngsten Todesfälle auf und berichtete auch von Pertti und Sirkka und den Strenggläubigen von »Erwachen heute«, sie erzählte vom armen Tauno, von Margits neuer Frömmigkeit und landete schließlich bei Anna-Liisas Testament, das sie gerade in der Hand hielt. Es hatte auf dem Tisch gelegen, und Siiri war sich nicht sicher, wie sie damit umgehen sollte. Anna-Liisa hatte es unterschrieben, obwohl Siiri wusste, dass sie keineswegs ihr Eigentum an diese Prediger abtreten wollte.

»Du bist Anna-Liisas Vormund, du solltest das lesen und mit ihr sprechen«, sagte sie.

Sie überreichte Mika das Testament. Der nahm es widerwillig und überflog halbherzig die erste Seite. Er murmelte, dass die Pflichten eines Bevollmächtigten erst einträten, wenn der Betreffende nicht mehr selbst in der Lage sei, seine Angelegenheiten zu regeln.

»Wie fit ist Anna-Liisa denn?«

»Wie fit, na ja, sie ist ziemlich fertig mit den Nerven.« Siiris Stimme zitterte, als sie Mika von den Erbschleichern und dem Tod des Botschafters erzählte und von den dubiosen Geschäften, die Anna-Liisas Gatte vor seinem Ableben getätigt hatte. »Anna-Liisa liegt viel im Bett und liest schwermütige deutsche Literatur«, sagte sie. Nicht mal Irma wagte ja inzwischen, in Anna-Liisas Beisein scherzhaft den Tod auf Schwedisch heraufzubeschwören, mit ihrem ewigen *döden, döden, döden.*

»Aha. Na, es klingt aber, als sei sie durchaus Herrin ihrer Sinne.«

»Natürlich. Sie ist klar im Knopf, wie Irma sagen würde.«

»Dann müsst ihr die Sache in die Hand nehmen. Anna-Liisa braucht keinen Vormund.«

Mika stand auf und packte schon seinen Gift versprühenden Feuerlöscher ein. Siiri rutschte nervös in ihrem Sessel hin und her. Er musste ihr helfen. Aber es schien fast so, als sei er böse. Vielleicht hatten sie ihn damals, als sie hier gemeinsam in *Abendhain* für Recht und Ordnung gekämpft hatten, in Schwierigkeiten gebracht.

»Warte doch mal. Bitte warte.«

Mika, dieser große, breitschultrige Mann, blieb an der Tür stehen und drehte sich um. Siiri glaubte, zumindest einen Anflug seines unverwechselbaren Lächelns sehen zu können. Waren sie doch noch Freunde?

28

»Hinüber sind sie. Alle«, sagte ein korpulenter Mann, der einen roten Overall und eine neongelbe Weste trug. Er telefonierte draußen im Hof von *Abendhain*, als Siiri gerade zurückkam vom Einkaufen. Sie hatte ihren täglichen Leberauflauf erworben und fragte sich, ob sie richtig gehört hatte.

Sie sah sich nervös um. Ein Krankenwagen war nicht zu sehen, nur ein blauer Kleintransporter. Vielleicht war der Krankenwagen schon abgefahren. Der blaue Transporter sah jedenfalls nicht aus wie ein Leichenwagen.

»Nein, kein Lebenszeichen, nichts.«

Siiri fühlte ihr Herz schnell schlagen. Warum war niemand zu sehen, nur dieser unbekannte Mann im roten Overall? Auf der Straße liefen gerade Kindergartenkinder vorüber, sie trugen ähnliche Westen wie der merkwürdige Mann. War das ein Feuerwehrmann? Die Kinder waren in jedem Fall zum Spielplatz unterwegs. Siiri mochte den nahe gelegenen Kindergarten, sie blieb immer für einen Moment dort stehen, wenn sie spazieren ging, und sah den Kindern beim Spielen zu.

Sie lehnte sich an der kühlen Fassade des Hauses an, in ihrem Kopf waren das vertraute Rauschen und das Summen. Einen Stromausfall hatte es offenbar nicht gegeben, an der Wand in der Eingangshalle leuchtete grellrot ein Bibelspruch, gut zu erkennen bis nach draußen auf den Hof.

»Was heißt denn das: Alle sind gestorben?«, fragte Siiri den Mann. »Also ich lebe ja noch. Denke ich.«

»Ah, Sie können mir vielleicht helfen«, sagte der Mann. »Haben Sie einen Schlüssel? Ich muss da rein.«

Dieser Mann wollte also rein, um irgendwelche Toten zu holen? Wollte er die ganz alleine tragen? Wo war eigentlich Irma? Sie hatte doch zu diesem Literaturkreis ihrer Schwiegertochter gehen wollen. Ja, genau, Irma war vielleicht noch am Leben. Und was war mit Anna-Liisa?

»Ist denn ein Unfall passiert? Mit Gas? Irgendein Leck? Oder wieder ein technisches Problem mit den Robotern?«

Der Mann starrte Siiri fragend an. In seiner Hand baumelte ein Schlüsselbund, an dem auch einige dieser komischen Sensoren-Türöffner hingen. Er wollte rein, also suchte Siiri in ihrer Handtasche verzweifelt nach ihrem Schlüssel, nach diesem ovalen Chip, und dann fiel ihr ein, dass sie den an ihrem Arm befestigt hatte, an der Armbanduhr. Sie hielt den Arm vor den Sensor, ihre Hände zitterten. Die Tür blieb verschlossen.

»Ja, Himmel! Verdammt noch mal«, fluchte der Mann und kramte wieder sein Mobiltelefon aus dem Overall. »Ist Ihr Knopf auch hinüber oder was? Das gibt's doch nicht.«

»Ich weiß nicht, was los ist, normalerweise kann ich mit dem Ding hier wunderbar die Tür öffnen«, stammelte Siiri. »Moment, ich versuche es noch mal.« Sie hob ihren Arm ruckartig an das Gerät, und tatsächlich, die Tür wurde wie von Geisterhand zur Seite geschoben. »Abrakadabra! So geht das!«

»Bestens«, sagte der Mann.

»Und ich verstehe jetzt: Sie haben von den Türöffnern gesprochen, als Sie sagten, dass die hinüber seien, richtig? Ich dachte nämlich, dass …«

Der Mann im Overall lachte schallend.

»Sie dachten, die Bewohner des Heims seien gemeint? Sehr gut, ein echter Kalauer!«

Auch Siiri lachte erleichtert. Sie fragte sich, warum

sie sich überhaupt sofort dieses unsinnige Schreckensszenario ausgemalt hatte. Sie war durcheinander, die jüngsten Ereignisse in *Abendhain* hatten sie ganz kirre gemacht. Der Mann im Overall, vielleicht irgendein Hausmeister, betrachtete konzentriert Bilder des Heims auf seinem Laptop.

»Was wollen Sie denn eigentlich hier?«, fragte sie. »Es kommen nämlich sehr selten Außenstehende hierher, deshalb frage ich.«

Der Mann lachte wieder. »Gute Frau, ich komme, um an einigen Schrauben zu drehen und Kabel zu verlegen. Der Server wird aktualisiert.«

»Der Server? Dieses Allerheiligste, nicht wahr? Ist damit etwas nicht in Ordnung? Heute Morgen wurde ich nämlich gar nicht mit Bibelzitaten geweckt, das fiel mir auf.«

»Nein, alles gut, das ist ein Routine-Update, aber für die Dauer der Aktualisierung muss ein Ersatzsystem aktiviert werden.«

»Ah. Wie interessant!«, sagte Siiri, vielleicht eine Spur zu begeistert.

»Es gibt Aufregenderes«, murmelte der Mann. »Sagen Sie, wie komme ich denn zu Haus C?«

Er schritt eilig voran und fand schnell den langen Gang, der zu Haus C führte. Siiri musste fast rennen, um mit dem Mann Schritt halten zu können.

»Hallo, Verzeihung! Einen Moment bitte! Was machen Sie mit dem Server?«

»Gar nichts, ich kümmere mich nur um die Kabel. Eins kommt weg, ein anderes dran, das ist keine große

Sache«, rief er über seine Schulter hinweg und lief schnell die Treppe in den Keller hinunter. Siiri lauschte noch, bis seine Schritte im Treppenhaus verklungen waren. Sie spürte plötzlich brennende Neugier. Irma hatte wohl doch recht gehabt: Unten, in den Katakomben, befand sich das Allerheiligste.

»Warum stehen wir denn hier so herum? Sind wir etwa verloren gegangen?«

Sirkka. Die hatte ihr gerade noch gefehlt.

»Können wir denn sagen, welcher Tag heute ist? Erinnern wir uns an unseren Namen?«

»Danke der Nachfrage, heute ist Donnerstag, der 19. Februar, ihren Namenstag feiern heute nach dem finnischen Kalender Eija, nach dem schwedischen Kalender Fritjof und nach dem orthodoxen Arhi und Arhippa, auch wenn ich nie Menschen dieses Namens begegnet bin. Mein Name ist Siiri Kettunen und Ihrer Sirkka Nieminen, wir sind uns schon mehrere Male begegnet. Sie haben eine Neigung, mir in seltsamen Momenten über den Weg zu laufen. Habt ihr gleich euren Götzendienst oder sind Sie gekommen, um arme alte Männer zum rechten Glauben zu führen?«

Sirkka glotzte Siiri nur an.

»Wollen Sie Geld? Almosen oder Ablass?«, fragte Siiri. Sirkka schwitzte, vermutlich weil sie diesen türkisfarbenen Synthetikpullover trug.

»Wer ist da im Keller? Stehst du hier Wache?«

Aha, dass jemand im Keller war, beunruhigte Sirkka. Siiri kam eine Idee, eine teuflische. Sie lächelte.

»Irma Lännenleimu ist im Keller. Ich halte hier tatsächlich Wache. Aber du hast mich erwischt, nicht wahr?«

Sirkka riss hinter ihren Brillengläsern die Augen auf und stand da mit offenem Mund. Dann öffnete sie ruckartig die Tür zum Treppenhaus und eilte hinunter.

Siiri lauschte gespannt. Ein gellender Schrei war zu hören, das war Sirkka, dann wurde es wieder still. Siiri wartete. Sie bereute zum ersten Mal in ihrem Leben, kein Mobiltelefon zu besitzen. Sie wollte mit Irma sprechen und ihr erzählen, dass etwas Lustiges passierte. Es war jetzt ganz still, kein Ton kam aus dem Keller, deshalb ging Siiri langsam zum Aufenthaltsraum, der ebenso still und leer war. Wie schade.

Sie hätte jetzt wirklich gerne jemandem von ihrem Abenteuer erzählt, sie hatte fast vergessen, wie schön es sein konnte, Unsinn zu treiben.

Sie drehte sich um und sah, dass der Hausmeister und die weinende Sirkka aus dem Keller zurückgekehrt waren. Der Mann war wortkarg, die Frau hysterisch, und Siiri wurde jetzt doch etwas mulmig zumute. Sie hatte Sirkka angelogen. Ob sie im Keller den Ratten begegnet war?

»Du, Moment mal, du da!«, rief Sirkka. Siiri stand wie erstarrt und presste ihre Handtasche fest an sich.

»Was hast du denn da gemacht? Warum hast du mich in den Keller geschickt? Was sollte das denn?«

»Eigentlich ist dieser Bereich nur für das Servicepersonal zugänglich«, sagte der Mann im Overall.

»Ja, ja, aber ich war sicher, dass eine alte Dame unten ist, eine gefährliche alte Dame«, stammelte Sirkka. »Denn diese Bewohnerin hier behauptete, dass ... ich dachte, dass hier irgendeine Spionagesache ...«

»Wartungsarbeiten«, sagte der Mann. »Auf Wiedersehen, die Damen.« Der Mann blinzelte Siiri zu und hob einen Daumen, als er an ihr vorbeiging. An einem Mülleimer blieb er kurz stehen und warf seine defekten Chips, die an der Eingangstür nicht funktioniert hatten, hinein.

Sirkka sah ihm nach und zitterte am ganzen Körper.

»Ich habe diese alten Leute so satt«, sagte sie. »Ich schaffe das nicht mehr. Ich habe Pertti schon mehrmals um eine Versetzung gebeten, aber er willigt nicht ein. Und wir sind schlecht bezahlt.«

»Bezahlt? Wir dachten immer, dass Sie aus freien Stücken hier sind. Sie sind also angestellt? Was ist denn Ihr Aufgabenbereich?«, fragte Siiri überrascht.

»Aufgabenbereich. Meine Aufgabe ist es, vom Heiligen Geist zu reden, das ist meine Berufung, ich kann gar nichts anderes. Aber ich habe gesündigt. Ich muss ganz unten anfangen, also bei euch, bei den Alten. Wir werden Freiwillige genannt, weil das einfach besser klingt. Ich habe ja gar keine Ausbildung, ich bin hier falsch, ich gehöre hier nicht hin. Du kannst dir ja nicht vorstellen, wie schwierig das alles für mich ist.«

»Ja, das kann ich wohl nicht. Aber es ist sicher schwer, mit den Alten zu arbeiten, deshalb gibt es hier bei uns ja auch nur noch Maschinen.«

Sirkka brach plötzlich in Tränen aus. Sie sackte in sich zusammen, glitt an der Wand hinab und winselte leise vor sich hin. Siiri hielt nach einem Stuhl Ausschau, konnte aber keinen entdecken. In die Knie gehen wie Sirkka konnte sie nicht, sie hätten beide mit Sicherheit nicht wieder aufstehen können, und der Pflegeroboter Ahaba war ja nun nicht mehr verfügbar. Sie beugte sich zu der zittrigen Frau hinab und tätschelte sie an der Schulter.

»Beruhigen Sie sich. Sie sind sicher eine sehr sensible Frau. Was macht Ihnen denn das Leben so schwer? Ist es am Ende vielleicht die Religion?«

»Nein, um Gottes ... Ich bin vielleicht in meinem Glauben nicht stark genug. Gnade sei mit uns, aber ich bin ... Ich habe Übergewicht, ich finde einfach die richtige Diät nicht. Ich bin schwach, das ist ein Zeichen von Schwäche, meint Pertti. Ich muss für unsere Vereinigung arbeiten, als Freiwillige, obwohl meine Berufung doch eine ganz andere ist. Ich habe Schulden, wissen Sie, und mein früheres Leben ist eine Bürde, so sagt Pertti das immer, aber ich schaffe es einfach nicht, genug Spenden zu sammeln. So ist das. Aber ich bin ... ich fühle mich so unzureichend, verstehen Sie? Und dann diese ... Sexorgien ... na ja, das soll ja Gottes Wille sein, aber manchmal, in schwachen Momenten, habe ich das Gefühl, dass ich niemals den Weg zum Herrn finden werde ... ja ... Was rede ich nur? Ich rede mit einer unbekannten alten Dame, Jesus Christus, vergib mir meine Schwäche! Ich darf gar nicht im Beisein der Bewohner über diese

Dinge sprechen. Können Sie mir zusichern, keinem davon zu berichten?«

Sirkkas Hände zitterten, die Haare standen ihr zu Berge, das Make-up war zerflossen, und sie sprach krächzend, als hätte sie einen dicken Kloß im Hals. Siiri suchte ihren Blick und zog sie auf die Beine. Sie wühlte einen Moment in ihrer Handtasche, bis sie den Kamm fand, den sie ihr reichte.

»Sie müssen nichts tun, was sich nicht gut anfühlt. Besonders dürfen Sie sich nicht zwingen lassen, nun ja ... Sex zu haben. Sie sind eine moderne Frau, wie können Sie sich derartig erniedrigen?«

Sirkkas Atmung beruhigte sich langsam. Sie kämmte sich ihre Haare und sprach jetzt sehr schnell: »Die Frau ist ein Behältnis des Mannes. Ein Keramikkrug. Jede Öffnung, die nicht verschlossen ist, ist unrein. Die Frau ist das Eigentum des Mannes, und er nutzt sein Eigentum. Das Fleisch lechzt nach Fleisch, so wie der Geist nach dem Geist. Die Frau ist das Fleisch des Mannes. Die Frau ist eine Falle, ihr Herz ist eine Attrappe, ihre Hände sind die Fesseln. Ich bin eine unglückliche Frau und habe mein Herz in Gottes Hände gelegt. Die Frau soll dem Manne gefallen, die Frau soll schweigen.«

Siiri schwieg tatsächlich, aber nur für einige Sekunden. »Was reden Sie? Ohne Sinn und Verstand! Sie leben in Finnland, in Zeiten der Gleichstellung, Sie können selbst entscheiden, was Sie tun und was Sie sein lassen.«

Ein merkwürdiger Rollentausch war das, jetzt

musste sich also Siiri um diese »Freiwillige« kümmern. Eigentlich hasste sie es, anderen ihre Sicht der Dinge aufzudrängen, aber diese Frau war ja nicht mehr bei sich.

»Du verstehst nicht. Ich möchte nichts entscheiden, ich möchte Teil der Vereinigung sein. Ich gehorche. Ich bin gläubig, und wenn ich mich bemühe, wenn ich mich anstrenge, wird mein Glaube stärker, und ich werde belohnt. So ist das.«

Sirkka richtete sich auf, strich ihren Pullover glatt und warf Siiri einen nervösen, verhuschten Blick zu. Dann ging sie eiligst los, ein wenig schwankend wegen der unpraktischen grünen Stöckelschühchen. Nach einigen Metern drehte sie sich noch einmal um, ihre Stimme war jetzt verändert, sie war eisig: »Warum hast du behauptet, dass Irma Lännenleimu im Keller ist? Und dass du an der Tür Wache hältst?«

Siiri rang sich ein Lächeln ab und versuchte, so sorglos zu klingen, wie nur Irma es konnte. »Habe ich das gesagt? Oh, ich bin ein Dummerchen. Nehmen Sie bitte nicht ernst, was ich sage, ich bin 97 Jahre alt und manchmal ganz wirr im Kopf.«

29

»Du musst dieses Testament zu Anna-Liisa zurückbringen«, sagte Irma, nachdem sie den letzten Rest Preiselbeermarmelade von ihrem Teller geleckt hatte.

Siiri hatte das Testament einige Wochen lang aufbewahrt. Und sie wusste noch immer nicht, was sie damit machen sollte. Mika hatte damit nichts zu tun haben wollen. Und je mehr Zeit verging, desto schwerer fiel es Siiri, mit Anna-Liisa über diese Sache zu reden.

Aber Irma hatte natürlich recht. Sie musste den Bullen bei den Hörnern packen. Sagte man so? Wie auch immer, sie musste die Papiere zurückbringen. Sie würde Anna-Liisa freundlich, aber unmissverständlich mitteilen, dass sie ihr Eigentum keinesfalls an diesen seltsamen Predigerverein überschreiben dürfe. Es war doch offensichtlich, dass das nicht ihr Letzter Wille sein konnte. Alleine hatte sie dem Druck dieser Leute kaum standhalten können, umso wichtiger war es, dass Freundinnen da waren, die ihr halfen. Das Gerede von Sirkka, der Predigerin, hatte ja nur bestätigt, was Siiri und Irma von Anfang an vermutet hatten: Diese Vereinigung, die nichts anderes war als eine Sekte, war gefährlich, und es galt, sich von diesen Leuten fernzuhalten.

»Obwohl ich ja da im Keller sehr gerne ein wenig herumwühlen würde«, sagte Irma.

Sie machten sich auf den Weg zu Anna-Liisa, Siiri hatte das Testament unter dem Arm. Es war ein ganz gewöhnlicher Vormittag in *Abendhain*: Die Gänge waren menschenleer. Ein einsamer Reinigungsroboter drehte seine Runden. Siiri vermisste die Ratten, seit Tagen war sie keiner begegnet. War es Mika gelungen, sie alle zu verjagen? Oder hatte er sogar alle um die

Ecke gebracht? Einige Tage nach Mikas Besuch war Siiris Lieblingsratte noch da gewesen und hatte ihr Käsestück verspeist, aber zuletzt war der Käse zu Siiris Enttäuschung unangetastet geblieben.

»Jedem das Seine. Ich unterhalte mich lieber mit meinem Kühlschrank, anstatt Ratten zu füttern«, sagte Irma.

Auf dem Gang vor Anna-Liisas Wohnung lag ein Pflegeroboter am Boden, er sah so ähnlich aus wie Ahaba. Siiri strich ihm über den Kopf, aber der Roboter reagierte nicht.

»Hm, wird schon wieder«, murmelte sie. »Der Kleine hier ist anscheinend nicht darauf programmiert, auf Berührungen zu reagieren.«

Sie klopften an Anna-Liisas Wohnungstür, aber niemand kam, um zu öffnen. Das Klopfen hallte nach, es schien das einzige Geräusch im stillen Haus zu sein.

»Kikerikiii! Wir sind es, Anna-Liisa! Hallo, guten Tag«, rief Irma. Der Roboter zuckte ein wenig, aber hinter der Tür zu Anna-Liisas Wohnung blieb es still. »Die Sonne scheint schon!«, ergänzte Irma.

»Wir könnten ja mit unseren Schlüsselknöpfen die Tür öffnen«, murmelte Siiri. Irma nickte. Siiri hielt ihr ovales Knöpfchen, das sie an ihrer Armbanduhr befestigt hatte, gegen den Kasten, der neben der Tür hing. Abrakadabra, es funktionierte, die Tür sprang mit einem leisen Klicken auf.

»Heureka!«, sagte Irma.

In der Wohnung roch es ein wenig streng, und es

war dunkel. Anna-Liisa hatte die Vorhänge zugezogen. Siiri spürte eine seltsame Unruhe.

»Huhu, Anna-Liisa! Schläfst du am helllichten Tag?«, rief Irma. Sie lief strammen Schrittes zu den Vorhängen und schob sie zur Seite, um das Tageslicht hereinzulassen. Die Märzsonne flutete den Raum. Siiri ging zum Schlafzimmer, klopfte leise an und trat ein.

Anna-Liisa lag in ihrem Ehebett, sie trug ihre Lesebrille, und auf der Decke lag Thomas Manns »Zauberberg«. Ihre Hände ruhten auf der aufgeschlagenen Seite, sie schien beim Lesen eingeschlafen zu sein. Auf dem Nachttisch lagen ein Stapel mit gelben Zetteln, ein schwarzes Notizbuch und vier gespitzte Bleistifte.

Siiri beugte sich zu ihr hinunter, um ihr die Brille abzunehmen, aber dann hielt sie inne. Sie spürte Irmas Hand auf ihrer Schulter.

»Siiri, sie ist tot.«

Siiri schüttelte intuitiv den Kopf. Sie griff nach der Hand, die kalt und steif war. Die Augen waren geschlossen, Anna-Liisa sah ruhig aus. Ruhig und schön und irgendwie verjüngt. Anna-Liisa Petäjä war tot.

Siiri glaubte, ihre Stimme und ihr Lachen zu hören.

»Sie hat den ›Zauberberg‹ gelesen«, sagte Siiri und strich über Anna-Liisas kühle Stirn. Dann nahm sie ihr behutsam die Lesebrille von der Nase und strich über die weißlich grauen Haare. Sie dachte vage an etwas, das sie kürzlich gelesen hatte; dass die Haare noch wuchsen, wenn ein Mensch schon gestorben war.

»Oh je, nein, nein, nein! Wie konnte denn das passieren!«, klagte Irma. Sie stand am Kopfende des Bettes und schüttelte den Kopf, mit weit aufgerissenen Augen. Siiri ging zu ihr und umarmte sie. Sie standen für eine Weile einfach nur so da. Es tat Siiri gut, Irmas Nähe zu spüren.

»Anna-Liisa ist im Schlaf gestorben. Sie sieht auch jetzt so aus, als würde sie schlafen. Sie hat gelesen, das, was sie am liebsten getan hat. Und dann ist sie eingeschlafen«, sagte Siiri.

Irma nickte. Die Sonne fiel direkt auf Anna-Liisas Gesicht und auf das Buch, das sie in den Tagen vor ihrem Tod so gerne gelesen hatte.

»Es ist schön, dass es passiert ist, als sie den ›Zauberberg‹ gelesen hat«, sagte Irma. Sie nahm das Buch und sah sich die Seite an, die Anna-Liisa zuletzt gelesen hatte. Es war das Ende des langen Kapitels »Schnee«, in dem Hans Castorp durch einen Schneesturm und durch Grenzbereiche seines Bewusstseins wandert. »Merkwürdig, dass sie ausgerechnet an dieser Stelle war«, sagte Irma. »Es ist ein Kapitel, das von Leben und Tod handelt.«

Anna-Liisa hatte den Roman fast auswendig gekannt, vielleicht hatte sie bewusst in dieses Kapitel hineingeblättert, weil sie gespürt hatte, dass ihr eigener Tod näher gekommen war. War es möglich, dass sie das wirklich so unmittelbar wahrgenommen hatte? Es wurde ja immer wieder von Menschen berichtet, die kurz vor ihrem Tod noch einmal lange Verschwiegenes aussprachen oder unerledigte Dinge erledigten.

Kürzlich hatte Siiri von einer Krebspatientin gelesen, die von den Ärzten längst aufgegeben worden war, aber sie hatte noch so lange durchgehalten, bis sie einen lange vermissten Verwandten hatte wiedertreffen können.

»Meine Güte! Sieh dir das an«, sagte Irma.

Siiri war so in Gedanken gewesen, sie hatte gar nicht bemerkt, dass Irma zum großen Display an der Wand gegangen war.

»Hier steht: Unerwarteter Fehler! Keine Messungen möglich! Kontrollieren Sie, ob 1.) die Anzeige am Sensor rot blinkt, 2.) das Gerät eingeschaltet ist, 3.) der Patient noch lebt.« Irma hob den Blick. »Es ist einfach schrecklich und absurd.«

Siiri nickte. »Ich denke, dass wir einen Arzt verständigen sollten, der den Tod feststellt.«

»Ach, das ist doch alles Unsinn. Meine Cousine Heddi wurde einige Wochen lang in einen Kühlraum gelegt, nur weil ein idiotischer Arzt die Todesursache feststellen musste, die sowieso jeder kannte. Herzinfarkt. Ich weiß ja, dass wir jemanden informieren müssen, aber jetzt lass uns hier noch kurz einfach bei Anna-Liisa sitzen.«

Also setzten sie sich auf die Bettkante und hingen ihren Gedanken nach, während sie ihre alte Freundin betrachteten. Es fühlte sich gut an, Siiri spürte Wärme, fast hatte sie den Eindruck, dass jemand ihre Schulter berührte, obwohl da niemand war, nur Irma, die an der anderen Seite des Bettes saß.

Nach einer Weile richtete sich Irma behutsam auf,

ging zum Nachttischchen und nahm einige der Notizzettel, die darauf lagen.

»Das klingt irgendwie rätselhaft«, sagte sie. »Hör mal: ›Ernsthaftigkeit und Nachdenklichkeit sind Stützpfeiler des Lebens.‹ Das hat wohl Alexis Kivi gesagt, denn sie hat seinen Namen in Klammern hinter das Zitat geschrieben. Und hier: ›Jugend ist, wenn man hofft, alt sein ist, wenn man keine Hoffnung mehr hat.‹ Das stammt von Sakari Topelius. ›Wir sind alle Amateure, wir leben nicht lang genug, um etwas anderes zu sein.‹ Hm. Woher das ist, steht hier nicht. ›Alle wünschen sich, ein hohes Alter zu erreichen, aber sie beschweren sich spätestens, wenn sie es erreicht haben.‹ Das ist von Cicero. ›Bachstelzen im Februar, das bringt nichts Gutes‹ und hier: ›Ein Radiomoderator des Kulturkanals beherrscht den Infinitiv nicht mehr.‹ Hm, komisch.«

Irma legte die Zettel zurück auf den Stapel. »Was heißt denn das? Hat Anna-Liisa ihren Lebensmut verloren, nur weil dieser Moderator nicht richtig sprechen kann und die Bachstelzen zu früh nach Finnland gekommen sind? Und hier, auf diesem Zettel stehen nur Zahlen. 484548. Das ist ihre Handschrift. Hast du eine Ahnung, was das bedeuten soll?«

Siiri schwieg.

»Vielleicht sind es zwei Zahlen?«, fragte Irma.

»Kirchenlieder?«, sagte Siiri.

»Sehr richtig!«, sagte Irma. »Komm mit mir, Herr Jesus‹ und ›Stimme der Wahrheit, begleite uns‹. Das sind die Kirchenlieder 548 und 484.«

»Du überraschst mich immer wieder, Irma. Warum kennst du diese Lieder und die Zahlen, die dazugehören? Hat Anna-Liisa vielleicht mit diesen Liedern ihre eigene Beerdigung geplant?«

»Ich weiß nicht. Siiri, wir werden schon wieder eine Beerdigung in die Wege leiten müssen. Vielleicht sollten wir bei der Gelegenheit auch unsere eigene planen. Wir können ein Konzept machen. Unsere Beerdigungen werden genau gleich sein, mit einem Sandwichkuchen und einem Choral von Bach und … ja, mal sehen. Tatsächlich mag ich diese Kirchenlieder, die sie notiert hat, sehr. Ich würde sie auch bei meiner eigenen Beerdigung gerne spielen lassen. Schöne Texte von Hilja Haahti und Sakari Topelius. Wusstest du, dass Hilja Haahti mit mir verwandt war? Eine Großtante. Eine gute Wahl, die Anna-Liisa da getroffen hat.«

Sie fragten sich, wann sie gestorben war. Am Vorabend hatte Irma noch ihre Brille aus Anna-Liisas Wohnung geholt, gegen sechs Uhr am Abend, da war sie gut gelaunt und redselig gewesen. Aber sie hatte schon im Bett gelegen.

»Ich weiß nicht mehr, worüber wir gesprochen haben. Auf jeden Fall nicht über Kirchenlieder.«

Anna-Liisa war vermutlich in der Nacht gestorben oder in den frühen Morgenstunden. Ihr Mund war leicht geöffnet.

»Ich glaube, dass das mit der Totenstarre zu tun hat, die einige Stunden nach dem Tod einsetzt und einige Tage lang andauert. Ich habe darüber gelesen«, sagte Siiri.

»Sie hat gerne auch nachts gelesen, wenn sie nicht schlafen konnte«, sagte Irma. »Vielleicht wurde sie auch in der Nacht wach. War die Leselampe eingeschaltet? Hast du sie ausgemacht?«

»Nein. Vielleicht hat Anna-Liisa sie selbst ausgeschaltet. Sie war immer so vernünftig. Ich könnte mir vorstellen, dass sie die Leselampe ausgeschaltet hat, obwohl sie wusste, dass sie starb. Sie wollte selbst in den letzten Stunden keinen Strom verschwenden.«

Sie beschlossen, 5:48 Uhr als Todeszeitpunkt anzugeben, falls irgendjemand fragen sollte. Das passte, es war die Nummer von Anna-Liisas liebstem Kirchenlied.

Siiri nahm den »Zauberberg« und begann einem Impuls folgend zu lesen. Sie las ruhig und leise den Schluss des Kapitels »Schnee«, beginnend auf der Seite, auf der Anna-Liisa aufgehört hatte. Am Ende klappte sie das Buch zu, und sie sangen gemeinsam die beiden Kirchenlieder, die Anna-Liisa sich notiert hatte, Siiri war überrascht, dass sie alle Strophen kannte.

»Es soll ein Tag der Freude sein«, sagte Irma. »Anna-Liisa ist im Schlaf gestorben, im eigenen Bett, ohne Schmerzen und ohne einen bedrängenden Gedanken.«

Siiri hoffte, dass sie recht hatte, und als Irma schwungvoll und fröhlich ihren Lieblingsschlager »Siribiribim« sang, stimmte sie nach wenigen Sekunden ein.

30

»Was meinst du, hat Anna-Liisa etwas Rotwein in ihrem Küchenschrank?«

Irma öffnete schon die Schubladen und fand tatsächlich neben einer Packung mit Maisgrieß eine Weinflasche, die ein sehr schönes Etikett und glücklicherweise einen Schraubverschluss hatte, den sie mühelos öffnen konnte.

Sie setzten sich mit ihren Gläsern wieder an das Sterbebett und tauschten Erinnerungen aus über lustige Momente, die sie mit Anna-Liisa erlebt hatten, als plötzlich drei Männer den Raum betraten, die sie nur zu gut kannten. Pertti, der lockige Sektenführer, mit zwei seiner Lakaien. Alle drei hatten immerhin die Schuhe ausgezogen, sie hatten sich schleichend genähert, und in Perttis linker Socke war ein kleines Loch. Siiri nahm sich beiläufig vor, ihn bei Gelegenheit darauf hinzuweisen. Sie würde ihm anbieten, es zu stopfen.

»Guten Tag, die Damen«, sagte Pertti säuselnd. »Und Prosit. Was wird denn hier gefeiert?«

»Eine Totenwache«, sagte Siiri.

»Ja, wir feiern, denn unsere Freundin Anna-Liisa ist so gestorben, wie sie es sich gewünscht hat«, fügte Irma hinzu und nahm demonstrativ einen großen Schluck aus ihrem Rotweinglas.

Pertti kniff die Augen zusammen und sah hinüber zu Anna-Liisa. Er näherte sich zögerlich, fast ängstlich. Siiri fragte sich, ob dieser Botschafter Gottes möglicherweise noch nie einen Toten gesehen hatte. Er hielt sich die Hand vor Mund und Nase.

»Anna-Liisa ist vergangene Nacht gestorben«, sagte Siiri.

»Um 5.48. Oder war es 4.84? Nein, das wäre ja keine Uhrzeit, 4.84. Also, 5.48, das ist auch ihr Lieblingskirchenlied, wir haben es schon gesungen.«

»Aha«, sagte Pertti. Er spähte hinüber zu seinen Assistenten. »Dann ist unsere Angelegenheit also noch viel aktueller als vermutet.«

Siiri fragte sich, was genau der Lockenkopf meinte. Vermutlich das Testament. Ihr fiel wieder ein, dass sie ja aus diesem Grund mit Irma zu Anna-Liisa gekommen war. »Ihr seid wirklich Geier. Hyänen seid ihr! Kennt eure Frechheit gar keine Grenzen? Ihr kommt hierher, noch bevor die Tote kalt ist, um eure Taschen vollzustopfen, ja?«

»Anna-Liisa ist aber schon ziemlich kalt«, merkte Irma an.

»Ihr tragt die Verantwortung! Ihr habt sie bedrängt, ihr habt sie ermüdet, am Ende hat sie nur noch im Bett liegen können!«

»So ist es«, sagte Irma. »Wisst ihr was, ihr Rotzlöffel? Mein Cousin Erik, der ebenso alt war wie Anna-Liisa ...«

»Bitte, Irma, keine Cousinen und keine Cousins jetzt.« Siiri spürte, dass sie richtig in Fahrt kam, und war zugleich merkwürdig ruhig, als sie fortfuhr: »Keine Angst, niemand wird euch zur Rechenschaft ziehen können. Und Anna-Liisa hat in den letzten Stunden eine Ruhe gefunden, die ihr ihr nehmen wolltet. Aber das Testament, meine Lieben, dazu kann ich euch Folgendes sagen …« Sie hielt inne und ging an den verdutzten Männern vorbei ins Wohnzimmer, um nach ihrer Handtasche zu suchen. Sie lag auf dem Esstisch. Siiri ließ sich alle Zeit, öffnete die Tasche, suchte nach den Unterlagen. Sie hielt das Testament in die Höhe wie eine Trophäe.

»Ja, hier ist es! Das ist es doch, was ihr sucht?«

Sie riss die Papiere erst in der Mitte durch und dann immer weiter, wie im Rausch, bis nur noch Papierschnipsel übrig waren. Aus den Schnipseln formte sie einen kleinen Ball, den sie triumphierend lächelnd in ihren Mund schob.

»So einfach ist das«, sagte sie schmatzend. Sie dachte an Anna-Liisa, daran, dass Anna-Liisa stolz auf sie gewesen wäre. Irma applaudierte euphorisch.

»Bravo, Siiri! Was sagt ihr jetzt, ihr Schlaumeier und halbwüchsigen Trottel?«

»Das Zerstören eines solchen Dokuments ist eine Straftat«, sagte Pertti. »Begangen im Beisein von Zeugen.«

»Unfug«, sagte Irma lachend. »Siiri hat ihre Einkaufsliste gegessen. Milch, Leberauflauf, Rotwein, Brot, Butter und Käse für die Ratte. Nicht wahr, Siiri?«

Siiri hatte den Papierball heimlich in ihre Handtasche gespuckt, er war doch zu zäh gewesen. Ihr Mund war ganz trocken. Sie wendete sich wieder ihrem Publikum zu, tat so, als würde sie immer noch kräftig kauen, und nahm ihr Rotweinglas.

»Sehr richtig, Irma«, sagte sie. »So sieht das aus. Wir sind bereit«, sagte sie und trank einen großen Schluck. »Wollt ihr das Bestattungsunternehmen kontaktieren, oder sollen wir das übernehmen?«

»Nun, die Sache geht uns ja eigentlich nichts an«, stammelte Pertti.

»Aha, aha. Aber ihr besitzt doch alle diese schicken Dinger, diese Smartphones, da werdet ihr doch mal schnell 112 anwählen können und Bescheid geben, dass Anna-Liisa Petäjä, Magister der Philosophie, im Alter von 96 Jahren friedlich eingeschlafen ist. Im Beisein von Zeugen. Ihr übernehmt das, und wir bleiben hier und wachen an ihrem Bett. Geht jetzt bitte, wir wollen in Ruhe gelassen werden. Anna-Liisa war uns eine sehr gute Freundin. Wir haben etwas zu verdauen, und zwar nicht nur ein Testament äh, eine Einkaufsliste.«

»Siribiribim und weiterhin einen schönen Tag!«, sagte Irma. Sie wedelte mit ihren Armen, und die drei Männer wichen zurück in den Flur und zogen sich ihre Schuhe an. »Und vergesst nicht, brav die Notrufnummer zu wählen, ja?«

31

Der Nächste, der starb, war Tauno, wenige Tage nach Anna-Liisa.

Oiva erzählte ihnen davon, als sie sich zufällig in der Eingangshalle des Heims über den Weg liefen. So war es in *Abendhain* in diesen Tagen: Niemand wusste mehr, was passierte, und die Menschen starben in immer kürzer werdenden Abständen. Siiri fragte sich, ob es einfach mit dem hohen Alter vieler Bewohner zu tun hatte oder doch mit den neuen Technologien, die das Leben weniger lebenswert gemacht hatten. Die Computer waren inzwischen ziemlich wortkarg, sie übermittelten auch die Todesnachrichten nicht mehr, seitdem der Roboter Ahaba selbst zum Todesengel geworden war.

Es gab immer nur Gerüchte, und es wurde längst keine Flagge mehr auf Halbmast gehängt. Dafür hätten ja echte Menschen eingestellt werden müssen, die Roboter konnten das noch nicht.

»Ich hatte Angst, dass so etwas passieren könnte«, sagte Oiva. »Wir haben uns am Vorabend noch ganz normal unterhalten.« Er wirkte zutiefst erschüttert. »Er hat sich irgendwie nie richtig von dieser Sache erholt. Ich weiß nicht mal, was damals genau passiert ist. Ihr habt ihm ja geholfen, ihr wisst, was ich meine.«

Siiri und Irma hörten Oiva still und aufmerksam zu. Er suchte zunächst nach Worten, dann sprach er immer schneller. Sie gingen in die Kantine, und Irma servierte ihm ein paar der bunten Dreiecke und Bällchen.

»Du musst was essen und zu Kräften kommen«, sagte sie.

»Ja, danke. Es ist so, Tauno war 93 Jahre alt, aber das

bedeutet nicht, dass er hätte sterben müssen. Jedenfalls nicht auf diese Weise«, sagte Oiva. Er senkte den Blick und begann, leise zu weinen. »Diese Leute sind schuld, von diesem unsäglichen Verein. Dass er diesen Mist noch erleben musste, nach all dem, was er in seinem Leben schon durchgemacht hat. Ihr müsst wissen, Tauno hat sich das Leben genommen.«

Siiri spürte einen brennenden Schmerz hinter den Augen. Oiva aß jetzt hektisch und berichtete von drei leeren Pillenschachteln, die neben Taunos Bett gelegen hatten, als er ihn mittags vorgefunden hatte. Einen Abschiedsbrief hatte er nicht hinterlassen.

»Er nahm diese Medikamente nicht regelmäßig und natürlich nicht in diesen Mengen. Er war gesund, immer gewesen, er war nie krank und hat nie geklagt.« Oiva beruhigte sich ein wenig und erzählte von dem Leben, das er mit Tauno geteilt hatte. Die Geschichte war traurig. Sie erzählte von der Ablehnung der Familien, von Enterbungen, von Problemen im Beruf und bei der Wohnungssuche, von erfundenen Ehefrauen, von der Angst. Und dann von der schlimmen Zeit in *Abendhain*, die allem noch die Krone aufgesetzt hatte.

»Das hat ihm das Herz gebrochen.«

»Ja«, sagte Siiri nachdenklich. »Und er ist nicht der Einzige, der das Gefühl hatte, dass der Tod unter den gegebenen Umständen eine kluge Alternative sein könnte.«

Sie schwiegen. Natürlich war es Irma, die einen Versuch unternahm, die Stimmung aufzuhellen. »Wusstest du, lieber Oiva, dass es sogar Geld kostet, den Tod eines Menschen feststellen zu lassen?«, fragte sie. »Wir haben in Anna-Liisas Wohnung eine Rechnung gefunden. 14 Euro und 70 Cent. Da ist mal ein Schreiben der Stadt Helsinki zügig angekommen, wenn man etwas von denen will, dauert es immer Jahre.«

Siiri und Irma hatten die Rechnung auf der Spüle in Anna-Liisas Küche liegen lassen.

»Es war beklemmend, in Anna-Liisas Wohnung zu sein. Sie hat gefehlt«, sagte Siiri.

»Ich verstehe, was du meinst. Ich wurde schon aufgefordert, Taunos Wohnung schnell freizugeben und die Möbel zu entsorgen, der nächste Bewohner steht schon bereit«, sagte Oiva. Er atmete tief. »Ich habe schon damit begonnen, alles auszuräumen.«

Siiri und Irma hatten das natürlich nicht gemacht, sie hatten nur ein wenig in Anna-Liisas Schränken gestöbert und wehmütig Gegenstände und Kleider in den Händen gehalten, die ihr wichtig gewesen waren. Sie hatten sich im Gedenken an ihre Freundin jede eines ihrer schwarzen Trauerkleider ausgesucht: Siiri ein schlichtes langes Kleid, Irma einen weit geschnittenen Overall, in den sie aufgrund ihrer Körperfülle nur mühsam hatte reinschlüpfen können. Sie wollten in Anna-Liisas Kleidern zur Beerdigung gehen.

Irma schlug vor, für Anna-Liisa und Tauno eine gemeinsame Trauerfeier zu organisieren, aber Oiva lehnte höflich ab. Tauno war aus der Kirche ausgetreten, und es werde eine sehr kleine Trauerfeier werden.

Am Ende werde er seinem Wunsch entsprechend die Asche am Strand verstreuen.

»Ich muss das alleine schaffen«, sagte Oiva. »Und ich werde es auch schaffen. Für Tauno.«

32

Was zu viel war, war zu viel. An Ungerechtigkeiten aller Art waren sie ja nun gewöhnt, und sie hatten dem Treiben der Sektierer von »Erwachen heute« lange mehr oder minder machtlos zugesehen. Aber nach Anna-Liisas und Taunos Tod hatten sie das Gefühl, dass eine Grenze überschritten worden war.

Siiri und Irma fuhren auf die Halbinsel Katajanokka. Anna-Liisa hatte ihnen vor längerer Zeit erzählt, dass das Hauptbüro des dubiosen Vereins dort zu finden sei. Sie hatten das Gefühl, ganz in ihrem Sinne zu handeln, denn sie hatte den Willen, aber nicht mehr die Kraft besessen, etwas gegen diese Leute zu unternehmen. Sie war auch die Erste gewesen, die klar erkannt hatte, worum es diesen feinen Freiwilligen eigentlich ging: den alten Menschen in *Abendhain* ihr Geld aus der Tasche zu ziehen.

»Und natürlich auch darum, alle lieben Menschen ganz verrückt und traurig zu machen«, sagte Irma, als sie mit der Linie 4 durch das graue Helsinki fuhren. Der März kam Siiri in diesem Jahr noch düsterer als sonst vor. Überall an den Straßenrändern lag noch dickes Eis aufgetürmt, die Fußwege waren von matschigem Schnee bedeckt. Es würde sicher ein bis zwei Monate dauern, bis die Birken ihre kleinen Blätter austrieben. Die Fenster der Wohnungen waren beschlagen und schmutzig. Niemand hatte Lust, sie zu putzen, solange Schneeregen und Schneematsch sie fröhlich wieder verdrecken würden.

Siiri hatte immer Freude daran, einen Blick in die Häuser und Wohnungen zu erhaschen, an denen sie vorbeifuhren, das fiel heute also flach. Sie atmete tief aus und zitterte ein wenig, ihre Brust fühlte sich bleischwer an. Sie kannte dieses Gefühl, es war die Trauer. Immer wenn jemand starb, den sie von Herzen gemocht hatte, spürte sie diesen dunklen Schmerz, der genau an der Stelle lag, an der sie auch Freude und Glück empfinden konnte, wenn etwas Schönes passierte. So nah waren sich diese Gefühle, wie ungleiche Verwandte. Auch um Anna-Liisa oder Tauno hätte sie nicht so tief trauern können, wenn die beiden ihr nicht so viel Freude bereitet hätten in den vergangenen Jahren.

»Gut, wir gehen also einfach da rein, finden heraus, wo der Herr Obergott dieser Sekte ist und reden ein paar Worte Tacheles mit ihm. Ganz klar, oder?«

Siiri zuckte zusammen, sie war ganz in Gedanken versunken gewesen.

»Hallo, Siiri, hast du mir eigentlich zugehört? Was mache ich nur mit dir? Sag mal, müssen wir nicht an der nächsten Haltestelle aussteigen? Wir sind ja schon auf der Halbinsel. Da hinten ist schon dieser schreckliche ›Zuckerwürfel‹ von Alvar Aalto zu sehen, was für ein komisches Gebäude. Bist du bereit für unseren Einsatz? Wir machen das jetzt, oder?«

Die Straßenbahn passierte das Präsidentenschloss und steuerte direkt auf das Gebäude aus weißem Marmor mit den symmetrisch angeordneten quadratischen Fenstern zu. Siiri mochte im Gegensatz zu Irma diesen viel kritisierten »Zuckerwürfel« von Alvar Aalto, aber sie schwieg, es war sicher nicht der Zeitpunkt, mit Irma zu streiten. Zumal in genau diesem Haus, dem »Zuckerwürfel«, nach Anna-Liisas Informationen die Chefetage des Vereins residierte.

Sie stiegen aus und liefen hinüber zum ehemaligen Hauptsitz des größten finnischen Forstunternehmens, Stora Enso. Selbst die Türgriffe waren aus edlem Messing und rundlich geformt. Damals, als Siiri als Stenotypistin beim Volkspensionsinstitut tätig gewesen war, waren diese guten alten Türgriffe noch ganz normal gewesen. Die Eingangshalle des »Zuckerwürfels« war riesig und pompös mit gigantischen Säulen. Sie waren beide ein wenig eingeschüchtert und fast geneigt, an ihrem mutigen Plan zu zweifeln.

»Ach, Siiri, was machen wir hier eigentlich? Irgendeine Intuition sagt mir übrigens, dass dieser Marmor aus Portugal stammt. Marmor aus Portugal soll dem finnischen Winter standhalten. Na ja, warum nicht? Es scheint ja zu funktionieren. Entschuldigung, ich rede immer dummes Zeug, wenn ich nervös bin, das weißt du ja.«

Sie liefen ein wenig verloren auf und ab und fanden schließlich eine Hinweistafel, eindeutig aus dem 21. Jahrhundert, die sich in ihrer modernen Schlichtheit scharf vom sonstigen Interieur abhob und auf der die Logos der Firmen abgebildet waren, die in diesem Haus Büros hatten. Die Namen waren alle höchst merkwürdig: Carendo, Sanario Senilitas, Midas, Funtander, Consumer und Finnvalue Finance. Nur eines der Unternehmen hatte einen leicht verständlichen finnischen Namen: »Erwachen heute«.

»Im ersten Stock. Komm, wir nehmen den Aufzug«, sagte Irma, jetzt wieder forsch. »Aha, das ist noch ein stummer Aufzug, also, der kann nicht reden wie unserer in *Abendhain*.«

Die Fenster in der ersten Etage gaben den Blick auf den Hafen frei. Für einige Sekunden konnte Siiri trotz ihrer Anspannung diesen wunderbaren Blick auf das spiegelglatte Wasser durchaus genießen. Der Architekt Alvar Aalto hatte wirklich ein Gespür für Ästhetik gehabt. Leider verdeckten die großen Schweden-Fähren und ein Riesenrad einen Teil des Postkartenbildes.

Sie liefen einen Gang entlang, auf der Suche nach den Büros des Vereins. Tatsächlich, da prangte das Logo, und hinter einer Empfangstheke stand eine Frau über einen Computerbildschirm gebeugt. Irma ging ihr forsch entgegen. »Hallo, die Dame, wir suchen nach Zeus oder Wotan, Sie verstehen schon, wir suchen den großen Boss. Wo ist sein Walhalla?«

Die Dame ließ sich erstaunlicherweise nicht ansatzweise aus der Ruhe bringen. Sie betrachtete weiter ihren Bildschirm und hämmerte auf die Tastatur ein.

»Haben Sie einen Termin?«

»Wir sind jetzt hier, wir haben jetzt Zeit«, antwortete Irma. »Mein Name ist Lännenleimu, Irma, und das ist meine Freundin, Siiri Kettunen. Wir warten auch, wenn nötig.«

Die Dame runzelte die Stirn und trank einen Schluck aus einer Wasserflasche.

»Aha. Dann warten Sie bitte, ich werde fragen, ob sich da was machen lässt«, sagte sie und entfernte sich mit trommelnden Schritten. Siiri und Irma warteten auf ihre Stöcke gestützt, der Verein hatte für Gäste keine Stühle bereitgestellt. Siiri lief ein Schauer über den Rücken bei dem Gedanken, dass sie wirklich hier waren, in der Höhle des Löwen.

Die Sekretärin kehrte zurück. Merkwürdigerweise nuckelte sie im Laufen schon wieder an ihrer Wasserflasche. Die Dame hat Durst, dachte Siiri vage.

»Also ja, er hat einen Augenblick für Sie«, sagte sie schroff. »Der Chef sitzt im zweiten Stock, in den Räumlichkeiten unseres Ablegers ›Sanario Senilitas‹. Mit dem Aufzug in den Zweiten, ja?« Die Dame wedelte mit ihrer Flasche in die Richtung, die sie meinte.

Siiri und Irma schwiegen, während der Aufzug sie eine Etage höher hob. Als sie ausstiegen, sahen sie schon das grell-fröhliche Logo der Firma »Sanario Senilitas«. Die Tür des Büros, auf das sie zusteuerten, war einen Spaltbreit geöffnet. Ein Sekretärinnen-Drachen war nicht zu sehen, also traten sie mutig ein, bereit, sich auf Deutsch, Schwedisch, Englisch oder auch Lateinisch zur Wehr zu setzen, falls dieser große Boss von »Erwachen heute« versuchen würde, sie zügig hinauszukomplimentieren.

Das Büro war riesig, die Sofagruppe und der Schreibtisch aus Kirschbaumholz wirkten darin ganz verloren. Hinter dem Schreibtisch saß Jerry Siilinpää. Tatsächlich. Der Igelkopf.

»Du? Du bist das, Jerry?«, schrie Irma.

Der junge Mann zuckte zusammen und erhob sich schwankend von seinem Schreibtischstuhl. Er trug den zu engen Anzug, den er zuletzt auch an dem Infoabend zur Rattenplage in *Abendhain* getragen hatte. Als er einen Schritt in den Raum machte, sah Siiri an seinen Füßen höchst albern aussehende Gorillapantoffeln. Er kam schnell auf sie zu und streckte die Hand zur Begrüßung aus.

»Siilinpää. Jerry Siilinpää, hallöchen. Mit wem habe ich denn das Vergnügen? Meine Sekretärin war sich nicht ganz sicher, ob ihr aus der *Abendwiege*, der *Endstation* oder dem *Bahnhof der guten Hoffnung* den Weg zu uns gefunden habt.«

»Wir kommen … aus Helsinki, Jerry«, entgegnete Irma. »Wir möchten ein paar Worte mit dem Oberhäuptling des Vereins ›Erwachen heute‹ sprechen, die junge, durstige Dame im ersten Stock hat uns hierhin beordert.«

»Ja. Nun gut. Sie sind hier ganz richtig, ich bin Bereichsleiter von ›Sanario Senilitas‹ in der Region Finnland. Wir sind ein international aufgestelltes börsennotiertes Unternehmen. Sollten Sie übrigens daran interessiert sein, Aktien zu zeichnen, so würden wir uns glücklich schätzen. Eine sichere Anlage. Die Pflege der Alten und Kranken ist in der Tat die große globale Herausforderung der Gegenwart und der Zukunft.«

»Danke, wir denken darüber nach«, sagte Irma eisig.

Jerry nickte und musterte gewinnend lächelnd sein Publikum. Er ließ sich von den bösen Blicken nicht im Mindesten aus dem Konzept bringen.

»Unser Konzern steht für Altenpflege im Zeitalter von Multimedia und Digitalisierung. Da wir dem Prinzip des Franchising folgen, weitet sich das Netz unserer Filialen immer weiter aus.«

»Aber du bist doch kein Chef, du bist doch bei uns immer als Referent für Ratten und Renovierungen«, sagte Irma.

»Ah, ja, sehr richtig, das gehört zu meinen Aufgaben. Vor Ort zu sein, wenn Not am Mann ist gewissermaßen, nicht wahr?« Er hielt kurz inne. »Na, wie sieht es aus, Ladys, was kann ich denn eigentlich für euch tun?«

»Erkennst du uns eigentlich nicht?«, fragte Irma. »Wir sind es, Siiri und Irma aus dem schönen *Abendhain*. Und du bist doch unser Jerry, unser Igelkopf, der ewige Projektleiter, du bist doch nicht einer von diesen Sektierern, oder? Hast du etwa mit unserem Botschafter, dem lieben Onni, Anna-Liisas verstorbenem Mann, diese schmutzigen Geschäfte gemacht?«

Irma war fürchterlich erregt, und Siiri hatte das Gefühl, sich bald irgendwo hinsetzen zu müssen. Ihre Beine gaben nach. Jerry Siilinpää kniff die Augen zusammen, seine Mundwinkel zuckten, dann war er wieder ganz bei sich: »O. k., o. k., ha, solche Gerüchte servieren wir also heute, na fein, fein. Lasst uns die Angelegenheit in Ruhe durchsprechen, so viel Zeit muss sein, Ladys, setzt euch doch.«

Er selbst ging mit gutem Beispiel voran und ließ sich auf dem Sofa in der Sitzecke nieder. »Nur zu, die Damen«, sagte er. »Kann ich euch etwas anbieten? Früchte, Kaffee, Tee? Hier, greift zu.« Er schob ihnen ein mit bunten Südfrüchten befülltes Tablett entgegen. Siiri ließ sich dankbar auf das Sofa fallen, Irma zögerte, dann setzte sie sich neben sie.

»Also, nur als Info für euch, der Botschafter, Herr Rinta-Paakku, und ich, wir haben im gegenseitigen Einvernehmen unsere Anteile an *Abendhain* der Firma ›Sanario Senilitas‹ verkauft, das war vor der Renovierung. Es gab sicherlich ein kleines Wirrwarr, als Onni, also Herr Rinta-Paakku, starb, aber Ladys, no problem, die Sache wurde sauber gelöst, alles andere ist Lärm um nichts.«

»Onni war Eigentümer? Von *Abendhain*? Ich verstehe gar nichts mehr«, sagte Siiri.

Irma hingegen war Herrin der Lage. Sie setzte zu einem ihrer gefürchteten Monologe an, führte auf, was in *Abendhain* so alles passiert war, zählte die rätselhaften Todesfälle auf, wusste noch genau, wann der Strom ausgefallen war, zitierte die lächerlichsten Bibelverse, berichtete von Margits Bekehrung durch zweifelhafte Sektierer und beschloss ihren Vortrag, indem sie auf den Tod nahestehender Menschen hinwies, Tauno und Anna-Liisa.

»Um es kurz zu machen«, sagte sie. »Wir können so nicht weitermachen. Wir akzeptieren unter diesen Bedingungen das Leben in *Abendhain* nicht.«

»Ah. Aha, na ja«, sagte Jerry. »Ja, natürlich, das geht so nicht, das sind weise Worte, gelassen ausgesprochen.«

»Gelassen?«, fragte Irma. Sie stand auf, und für einen Moment fürchtete Siiri, dass Irma zu einem Schlag mit ihrer Handtasche ausholen wollte. »Ich bin nicht gelassen, ich lege Beschwerde ein, ausdrücklich. Und weil du Dummkopf anscheinend nichts kapierst, werde ich dir sagen, was zu tun ist. Du drückst jetzt irgendeinen Knopf und schaltest alle Teufelsgeräte in *Abendhain* einfach ab. Und dann sagst du diesen Bibelheinis, dass sie bei uns nicht mehr erwünscht sind. Meine Goldstückchen haben mir übrigens mitgeteilt, dass auch die monatlichen Kosten schwindelerregend sind, seitdem wir diesen Cloud-Dingsda-Service haben, das brauchen wir nicht. Ich weiß noch nicht mal, was das überhaupt sein soll. Steckst du etwa mit Pertti und seinen Jüngern unter einer Decke? Schämst du dich gar nicht? Bist du ein Soldat oder ein Weichei? Ein Zivildienstler?«

Den letzten Satz schrie Irma ohrenbetäubend

laut. Wobei Siiri vor allem diesen nicht sehr sinnvoll fand.

»Zivildienst ist wichtig, Irma. Wenn alle Männer den Wehrdienst verweigern würden, wäre die Welt ein besserer Ort.«

»Blabla, keine Nebensächlichkeiten jetzt. Es geht nicht um eine bessere Welt, sondern um ein besseres Leben für die Alten in Finnland.«

»Halt, halt, ich bin kein Zivi, ich habe meinem Land sehr wohl gedient.« Jerry lächelte beharrlich. »Wir leben in einer neuen Welt, Ladys. Ich koordiniere hier nur auf lokaler Ebene die Konzepte unseres Unternehmens. Alles easy, nur die Ruhe.«

»Aha, so easy ist das, ja?«, sagte Irma. »Wir werden tagtäglich von diesen Spinnern heimgesucht, die uns das Blaue vom Himmel runterbeten und am Ende um milde Spenden bitten. Will sagen, um alles, was wir besitzen. Jeder Betrag ist willkommen, nicht wahr? Und begreifst du eigentlich nicht, dass es verantwortungslos ist, eine Abteilung für schwer demente Patienten von Computern betreiben zu lassen? Seelenlose Maschinen für schwer kranke Menschen?«

»Nein, Entschuldigung, aber ihr seht das falsch. Wir haben Studien in Auftrag gegeben, die bestätigen, dass unsere Technologie einwandfrei funktioniert. Zuverlässig und kostensparend. Es gibt keinerlei Beweise dafür, dass die Todesfälle, von denen ihr sprecht, auf die Technologie zurückzuführen sind. Die Verstorbenen waren hundert Jahre alt. Du lieber

Himmel. Darf eine Hundertjährige vielleicht einfach mal sterben? Und zum Thema Religion sage ich gar nichts, das möge jeder selbst entscheiden. Unser Konzern, ›Sanario Senilitas‹, steht für Werte, die wir alle teilen. Respekt, Frieden und so weiter. Meine Großmutter ist übrigens strenggläubig, und es stört mich nicht. Jedem das Seine.«

Irma wollte weiterwüten, aber dieser Jerry hatte ihr irgendwie den Wind aus den Segeln genommen.

»Aber ich will mal nicht so sein, Ladys. Ich nehme eure Beschwerde entgegen und leite sie an unser Qualitätsmanagement weiter. Ist das ein Angebot? Ihr hört von uns. Und nebenbei bemerkt, die Abteilung für Demenzpatienten gibt es im schönen *Abendhain* nicht mehr. Aus Gründen der Kosteneffizienz.«

»Wie bitte? Der Flügel in Haus B steht jetzt leer?«, fragte Siiri.

Irma und Siiri warfen sich ungläubige Blicke zu. Aber Jerry sagte vermutlich die schlichte Wahrheit. Es war ja fast typisch, dass die Demenzabteilung dichtgemacht worden war, ohne dass die Bewohner von *Abendhain* irgendetwas davon mitbekommen hatten. Die Abteilung war auch früher schon von allen anderen Abteilungen isoliert worden.

»Aber wo leben denn jetzt die Demenzpatienten?«, fragte Siiri.

»Bedaure, das weiß ich nicht«, sagte Jerry. »Hierfür ist die Stadt Helsinki verantwortlich.« Er warf einen raschen Blick auf seine Armbanduhr, hob die Augenbrauen und klatschte in die Hände.

»So weit, so gut. Der nächste Termin ruft. Schön, dass ihr da wart. Kommt gut nach Hause.«

33

Im Keller von *Abendhain* roch es feucht und stickig wie in den meisten Kellern.

Während Siiri sich durchs Dunkel tastete, dachte sie darüber nach, dass es auf Dachböden immer ganz anders roch als in Kellern. Auf Dachböden eher nach Staub und Steinen, in Kellern nach Feuchtigkeit, alten Marmeladengläsern und Erde. Irma hatte eine Taschenlampe dabei, Siiri ein Finnenmesser. Das war alles. Siiris Herz pochte so laut, es schlug ihr tatsächlich bis zum Hals.

»Hörst du das?«, fragte sie. »Hörst du, wie mein Herz schlägt?«

»Natürlich nicht«, entgegnete Irma. »Ich bin nicht taub, aber das wäre doch zu viel verlangt. Hast du etwa Angst?«

»Ja, schon ein wenig. Wie wäre es denn, wenn wir das Licht einschalten? Müssen wir unbedingt in dieser Dunkelheit laufen?«

»Wie du meinst«, sagte Irma. »Ich dachte, dass es mit Taschenlampe abenteuerlicher wäre, aber bitte.«

Sie blieb so abrupt stehen, dass Siiri gegen sie prallte. Ein weicher Aufprall allerdings, weil Irma so weich und rund war. Sie lachten beide, und Irma fiel die

Taschenlampe aus der Hand. Es war stockdunkel. Siiri tastete sich an der Wand entlang, auf der Suche nach einem Lichtschalter. Gerade als sie die Hoffnung aufgeben wollte, schien Irma fündig geworden zu sein.

Licht flutete den Raum, und erst jetzt sahen sie, dass der Keller vollgestellt war mit ausrangierten Rollatoren und Rollstühlen. Auch Gehstöcke waren da und Krücken, staubige Spinnennetze schmückten Kisten. In einem Museum hätte das Ganze durchaus als Kunst, als eine Art Installation durchgehen können. Rechts neben ihnen lagen defekte Roboter herum, mit leeren Kulleraugen starrten sie an die Zimmerdecke.

Siiri zuckte zusammen, sie hatte das Gefühl, dass einer der Roboter sich geregt hatte. Aber nein, er lag ganz still.

»Wie gut, dass du den Lichtschalter gefunden hast«, sagte Siiri. Irma musterte sie verdutzt.

»Ich habe keinen Lichtschalter gefunden. Du etwa auch nicht?«, flüsterte sie. »Ist hier irgendjemand, der uns beobachtet?«

»Vielleicht ist es einfach eine Lampe, die automatisch anspringt, wenn Leute da sind«, sagte Siiri, um sie zu beruhigen. Aber Irma war in heller Aufregung: Sie hielt Siiri den Mund zu.

»Pssst. Hallo? Ist hier jemand? Wir sind nicht allein, Siiri«, flüsterte sie.

Jetzt hörte auch Siiri Schritte, die sich aus dem Treppenhaus näherten. Ein Mann rief etwas. Siiri kannte diese Stimme.

»Mika!«, sagte sie. »Mika Korhonen!« Ihr Engel war unschlagbar. Er erschien zuverlässig dann, wenn die Not am größten war.

Mika trug wieder seine schwarze Steppjacke und die großen dreckigen Stiefel, er schleppte auch wieder diese Kiste mit seinen Utensilien zur Rattenvernichtung.

»Was zur Hölle macht ihr denn hier?«, fragte Mika. Er lief komisch, mit weit abgewinkelten Armen, wie ein Bodybuilder oder ein Ringer oder ein Gewichtheber. So war er früher nicht gelaufen, vielleicht hatte er im Knast Sport getrieben. Als er bei ihnen war, ließ er seine Kiste auf den Boden knallen, Staubwolken wirbelten auf.

»Wir suchen nach dem Allerheiligsten«, sagte Irma unumwunden. »Das ist ein Server, und der muss hier irgendwo sein.«

Mika kratzte sich an seinem kahlen Kopf und lächelte, sagte aber nichts. Er war ja schon immer ein geheimnisvoll schweigsamer Mann gewesen. Das entfaltete im Zusammenspiel mit seinen blauen Augen und der großen kraftvollen Statur seine Wirkung.

»Es gibt hier keinen Server«, sagte Mika schließlich. »Aber Kabel gibt es sehr wohl, da seid ihr auf der richtigen Spur. Was wollt ihr denn mit den Kabeln und dem Server anstellen?«

»Den Stecker ziehen«, sagte Irma. »Um dem Wahnsinn in *Abendhain* ein Ende zu setzen. Es kann ja so nicht weitergehen. Dieser Jerry Siilinpää hat kein Wort verstanden, obwohl wir klar und deutlich mit ihm gesprochen haben. Aber er kann ja gar kein Finnisch mehr, das ist irgendeine andere Sprache, die er spricht. Und früher haben wir den Jungen mit seinen lächerlichen Gorilla-Pantoffeln sogar gemocht. Er war ja irgendwie witzig.«

»Aha«, sagte Mika. »Also, die Kabel liegen hier.« Er deutete nach oben an die Zimmerdecke, wo ein Plastikrohr verlief.

»Da oben? Das passt ja zu den Himmelspredigern. Von dort aus werden wir also mit den schrecklichen Bibelversen versorgt?«, fragte Siiri. »Nein, du machst dich lustig über uns, Mika.«

»Ich mache gar nichts«, sagte Mika. »Da hinten am Ende des Flurs ist der Server.«

Irma und Siiri spähten in die Dunkelheit. Da hinten also war das Ziel ihrer Abenteuertour. Mika öffnete seine Rattengiftkiste.

»Ich bin übrigens wegen der Ratten hier«, sagte er. »Habt ihr welche gesehen?«

»Meine Lieblingsratte hast du mit deinem blauen Gift so erschreckt, dass sie sich seit einigen Wochen nicht hat blicken lassen. Die Käsestücke bleiben immer liegen. Aber irgendjemand hat kürzlich erzählt, Ratten auf dem Hof gesehen zu haben. War es Margit? Oder Ritva?«

»Keine Ahnung«, sagte Irma. »Ich habe in letzter Zeit wenig von den Ratten gehört, dafür umso mehr von Geld, das verschwindet. Wir werden bald alle pleite sein. Arm wie die Kirchenmäuse, wenn ich das mal scherzhaft sagen darf, das passt doch ganz gut, weil unser Mika ja großes Interesse an kleinen Tierchen zeigt. Dabei sind die eigentlichen Ratten diese Prediger. Die kleinen Nagetierchen hier sind kein Problem, die sollen sich ruhig ihr Plätzchen suchen. Und wir müssen handeln, so viel steht fest.«

»Irma! Du bist genial! Die Ratten müssen uns helfen«, sagte Siiri.

Weder Irma noch Mika verstanden, worauf sie hinauswollte, aber sie war wie elektrisiert. Der Gedanke war ihr schon gekommen, als Mika in ihrer Küche sein Gift versprizt hatte, aber den entscheidenden Zusammenhang, das große Ganze sah sie erst jetzt. Auch dank Ritva, die in der Kneipe wirklich lichte Momente gehabt hatte, obwohl sie sturzbetrunken gewesen war. Und auch Jerry Siilinpää hatte einen wichtigen Hinweis beigesteuert, nämlich den, dass die Abteilung für Demenzkranke geschlossen worden war.

»Sag mal, Mika, glaubst du, dass du uns ein wenig zur Hand gehen könntest?«, fragte sie.

»Wovon redest du, Siiri? Und willst du damit sagen, dass ich die Ratten in Ruhe lassen soll?«

Sie betrachtete den mürrisch aussehenden Mika, das Gefängnis hatte ihm nicht gutgetan. Er wirkte verbittert, und Siiri konnte nicht einschätzen, ob er in dieser Angelegenheit auf ihrer Seite stehen würde.

»Lass uns einen Kompromiss finden, Mika«, sagte sie. »Du kannst doch zumindest einige der kleinen Nager leben lassen, oder? Würdest du uns diesen letzten Gefallen noch tun?«

Mika Korhonen betrachtete die schmale alte Dame, Siiri Kettunen, die ihm doch immer wieder ein Lächeln aufs Gesicht zaubern konnte. Vor einigen Jahren, als sein guter Freund Tero in *Abendhain* unter mysteriösen Umständen ums Leben gekommen und er als Taxifahrer durch die Gegend gefahren war, hatte er Siiri sehr nahgestanden. Sie betonte immer, dass er ihr Engel sei, aber er selbst verdankte ihr auch einiges. Bei Lichte besehen kam es ihm gar nicht so abwegig vor, ein paar Ratten in diesem Keller munter weiterhausen zu lassen.

»Also ja?«, fragte Siiri.

»O. k«, sagte Mika.

Sie umarmte ihn wie ein junges Mädchen. Er lachte schallend, und Irma sah die beiden verdutzt an. Sie begriff noch immer nicht, welchen Geistesblitz Siiri im Kellergeschoss von *Abendhain* gehabt hatte.

34

Siiri und Irma waren sehr erstaunt, als sie hörten, dass Anna-Liisa offenbar eine strenge Anhängerin des christlich-orthodoxen Glaubens gewesen war. Sie war an Gesprächen über religiöse Themen nie sehr interessiert gewesen, sie schienen ihr eigentlich sogar gleichgültig gewesen zu sein.

Wie auch immer, dem orthodoxen Brauch gemäß hätte die Bestattung schnell vollzogen werden müssen, spätestens drei Tage nach dem Tod, aber da hatte die höchst weltliche finnische Bürokratie einiges einzuwenden gehabt. Inzwischen waren seit Anna-Liisas Tod schon mehr als drei Wochen vergangen, was die Damen von der finnisch-orthodoxen Gemeinde in Helsinki, die die Organisation der Beerdigung übernommen hatten, sehr bedauerten.

Zur Trauerfeier gingen Siiri und Irma gemeinsam mit Margit, Ritva und Aatos Jännes. An einem grauen Apriltag fuhren sie mit der Straßenbahn-Linie 4 von Munkkiniemi zur Uspenski-Kathedrale auf der Halbinsel Katajanokka.

Siiri hatte diesen Stadtteil immer als fremden Ort empfunden. Mit dem Gefängnis, dem Zollamt, den alten Seemannskasernen, der Werft und dem Hafen war die Insel so ganz anders als das pulsierende Zentrum der Stadt. Immerhin war das Gefängnis längst zu einem Hotel umfunktioniert worden, aber auch das war doch sehr seltsam. Konnte man wirklich aus uralten Häftlingszellen Schlafgemächer für verwöhnte Touristen des 21. Jahrhunderts machen?

Siiri hatte den Eindruck, dass die Stimmung bei allen ein wenig angespannt war. Vielleicht weil noch keiner von ihnen jemals einer orthodoxen Trauerfeier beigewohnt hatte. Aatos hatte sogar eingestanden, noch nie in der Uspenski-Kathedrale gewesen zu sein, und Margit klagte darüber, dass die arme Anna-Liisa doch schon ganz, na ja, nicht mehr so taufrisch sein könne, weil es so ewig lange gedauert hatte, bis die Verstorbene zur Beerdigung freigegeben worden war.

»Ja, soweit ich weiß, wird hier die Feier mit offenem Sarg abgehalten«, ergänzte Ritva.

»Für dich ist das ja nun nichts Besonderes, du warst ja mal Pathologin«, sagte Siiri.

»Gerichtsmedizinerin«, sagte Ritva.

Der Sarg stand tatsächlich geöffnet im Zentrum der Kathedrale, Anna-Liisas Gesicht war mit einem dünnen Tuch bedeckt. Sie trug eines ihrer Kleider, auf der Brust eine kleine Ikone, um den Hals eine Kette mit Kreuz.

Siiri fiel auch die Bekleidung des jungen Pfarrers auf, der die Haare zum Pferdeschwanz zusammengebunden hatte und einen schneeweißen Mantel mit silberfarbenen Applikationen trug. »Das Weiß ist schön«, sagte sie spontan, als der junge Mann in Hörweite vorüberging. »Weiß ist ursprünglich. Als würde Anna-Liisa am Ende wieder am Anfang ankommen.«

Der Pfarrer lächelte.

Während des Gottesdienstes mussten alle stehen, das war für die älteren Herrschaften nicht ganz leicht. Aber Siiri genoss die Lieder und die Gebete, alles floss ineinander, ganz anders als bei den Beerdigungen, die sie bislang erlebt hatte.

»… geleite, Herr, zur Ruhe, die Seele der entschlafenen Dienerin …«

Das Gebet des Pfarrers schwoll an im Licht der Kerzen, in der Wärme der Kathedrale, umgeben von Klängen und harzigem Rauch. Siiri spürte, wie sie in einen angenehmen Halbschlaf hinüberglitt. Eine prächtige Sopranostimme stach aus dem Chor heraus.

»... Anna-Liisa Petäjä, ewige Ruhe ...«

Der Pfarrer beugte sich über den Sarg, hob das Kreuz von ihrer Brust und küsste es. Der Gesang des Chors war jetzt ganz leise, und plötzlich waren Irma und Siiri an der Reihe, von Anna-Liisa Abschied zu nehmen. Irma trat an den Sarg heran, hielt kurz inne und nahm Anna-Liisas Hand. In ihren Augen waren Tränen.

»... auf dass der Herr ihr ewige Ruhe schenken möge ...«, sang der Chor.

Jetzt trat Siiri nach vorn. Auch sie berührte behutsam Anna-Liisas vertraute Hand. Sie spürte sofort, dass sie diesen Moment nicht vergessen würde, es war ganz anders als bei den lutherischen Trauerfeiern, als sie am verschlossenen Sarg Blumen abgelegt hatte.

Schließlich wurde der Sarg verschlossen, und eine Gruppe von Männern, die Siiri nicht kannte, hob ihn an. Sie fühlte wieder den sanften Schwindel hinter der Stirn. Der Moment fühlte sich an wie eine kleine, schöne Ewigkeit, es war auf traurige Weise bezaubernd. Da stand sie, eine 97-jährige Atheistin, und war zutiefst gerührt.

Sie lächelte bei dem Gedanken, dass Anna-Liisa ihnen auch noch über den Tod hinaus eine echte Überraschung beschert hatte. Sonnenlicht flutete ins Innere der Kathedrale. Das war zumindest das, was Siiri zu sehen glaubte, aber das war unmöglich, es war ja ein sehr regnerischer grauer Tag. Die Sargträger entfernten sich, und auch der Pfarrer und der Chor gingen in

Richtung des Ausgangs. Siiri und Irma und die anderen aus *Abendhain* folgten ihnen auf schwachen Beinen ins Freie, wo es tatsächlich regnete.

Die Männer hoben den Sarg in den schwarzen Wagen des Bestattungsinstitutes, und die Tür wurde zugeschlagen, mit einem lauten Knall, der die Stille durchdrang. Erst jetzt bemerkte Siiri, dass der Chor aufgehört hatte zu singen. Als der Wagen sich in den dichten Nachmittagsverkehr einfädelte, dachte Siiri daran, dass sie nie wieder Anna-Liisas Vorträgen über die falsche Verwendung der Possessivsuffixe würde lauschen dürfen.

Sie dankten dem Pfarrer für die sehr schöne Trauerfeier. Dann gingen sie zu fünft langsam zur Straßenbahnhaltestelle, die am Tove-Jansson-Park lag. Siiri blieb auf Höhe der Malmberg-Skulptur für eine Weile stehen und betrachtete die Dame, die in einer ewigen Anstrengung einen Wasserbehälter vom Boden in die Höhe stemmte.

An der Haltestelle blies ihnen ein strammer Wind ins Gesicht, der direkt aus Sibirien zu kommen schien. Siiri wandte sich intuitiv ab und sah in einiger Entfernung Alvar Aaltos »Zuckerwürfel«, dessen Anblick sie eigentlich heute hatte meiden wollen. Denn in diesem Gebäude residierten ja die unsäglichen Menschen, die Anna-Liisa in den Tod getrieben hatten.

Schöner war die alte Münzschmiede, ein niedliches rosarotes Gebäude, das ziemlich versteckt zwischen zwei größeren stand. Dort war die gute alte finnische Mark hergestellt worden, vor recht langer Zeit. Erst war der Euro gekommen und dann auch noch die Karten und ovalen Knöpfe, Geld war ja nur noch Luft.

»Es war sehr angenehm, dass der Pfarrer heute nicht diese gezwungene Rede über einen Menschen gehalten hat, den er gar nicht kannte«, sagte Irma, als sie in der Linie 4 saßen und die Alexanderstraße entlangfuhren.

Die anderen schwiegen.

»Tja, nur schade, dass wir die beiden schönen Kirchenlieder nicht singen konnten. Aber eigentlich gut so, das könnt ihr dann bei meiner Beerdigung machen. Siiri, verstehst du eigentlich, warum Anna-Liisa uns diese Information über ihre Lieblingskirchenlieder zurückgelassen hat, obwohl sie wusste, dass ihre Beerdigung eine orthodoxe in der Uspenski-Kathedrale sein würde? Sie muss ja gewusst haben, dass wir da keine protestantischen Liedchen singen würden«, sagte Irma.

Siiri hatte vor einigen Tagen noch mal im »Zauberberg« geblättert und gehofft, das Geheimnis der von Anna-Liisa notierten Ziffern zu lüften. Aber auf Seite 484 erzählte Hans Castorp nur Albernheiten, und auf Seite 548 wurde ein neuer Gast des Sanatoriums vorgestellt, ein niederländischer Herr Peeperkorn, ein unangenehmer Mann mit trüben Augen und dünnem Bart. Anna-Liisa hatte am Seitenrand mit zwei Ausrufezeichen einen grammatikalischen Fehler angestrichen.

»Hm. Vielleicht sind die Zahlen einfach nur ihre alte Telefonnummer? 484548 klingt nach dem Stadtteil Munkkiniemi, oder? Eine Nummer in Töölö beginnt mit 49 und in Meilahti mit 47«, murmelte Irma. »Das war ja sehr praktisch damals, mit dem Festnetztelefon. Heutzutage sind die Telefonnummern so furchtbar lang, ich kenne nicht mal meine eigene! Als wir in Töölö gewohnt haben, war unsere Rufnummer 49 71 72. An diese Nummer werde ich mich noch an der Himmelspforte erinnern, wenn jemand danach fragt.«

Siiri saß in der Straßenbahn hinter Irma und Ritva, neben Margit. Aatos hatte sich alleine in den hinteren Bereich des Waggons gesetzt. Er hatte offensichtlich seine Alzheimer-Medikamente abgesetzt, denn er war seit einiger Zeit ganz zahm und zerstreut. Wie ein kastrierter Hahn. Manchmal vermisste Siiri fast den Don Giovanni, der mit seinen Gedichten etwas Schwung in den Alltag gebracht hatte.

Margit hatte sie darum gebeten, neben ihr Platz zu nehmen, sie wollte irgendetwas erzählen, zögerte aber. Erst als sie an der alten Messehalle vorüberfuhren, fasste sie Mut: »Ich bereue mein Engagement für diese Glaubensgemeinschaft«, sagte sie. Sie hatte Tränen in den Augen.

»Tatsächlich? Aber du hast doch nichts gemacht, also, keine Dummheiten?«

»Irgendwie schon. Ich habe ihnen Einos Fondsanteile und Aktien gegeben. Und jetzt reicht meine Rente nicht mehr für die Rechnungen des Pflegeheimes.«

Siiri verspürte ungeheure Lust, vor Wut zu schreien. Sie krallte ihre Finger in ihre Handtasche.

»Hast du eigentlich noch Ersparnisse?«, fragte Margit.

»Nicht viel. Ich bin immer so gerade mit meiner Rente zurechtgekommen, in diesem Winter war es besonders schwer«, entgegnete sie. »Obwohl ich ja kaum etwas brauche, eigentlich nur den Leberauflauf. Gutes Trinkwasser gibt es aus dem Wasserhahn, schöne Musik im Radio, und Kleider kann ich immer wieder tragen.«

»Ja. Und ich habe mich blenden lassen. Was bin ich für eine Idiotin! Gebetskreise und Gottesdienste zur frühen Morgenstunde! Ich sehe jetzt, dass das etwas ganz Falsches war. Ehrlich gesagt ist es mir endgültig eben in der Kathedrale klar geworden. Die Stimmung da war ganz anders als bei den Veranstaltungen von Pertti und seinem Verein. Die Helligkeit, Barmherzigkeit, das Gefühl, wirklich aufgehoben zu sein ... so was habe ich die ganze Zeit vermisst.«

»Aber bitte wechsle jetzt nicht deine Konfession auf die alten Tage. Das ist mühsam«, sagte Siiri.

»Seitdem ich die große Spende verfügt habe, hat sich keiner mehr für mich interessiert. Ich habe noch versucht, mich bei dieser Sirkka auszuweinen, aber stattdessen durfte dann ich ihr Beistand leisten.«

Sie schwieg, in Gedanken versunken.

»Ritva hat mir von eurem Plan erzählt«, sagte sie dann. »Ihr habt meine volle Unterstützung. Das alles muss ein Ende haben. Unbedingt und bald!«

35

Siiri zuckte vor Schreck zusammen, als Mika plötzlich laut gegen ihre Wohnungstür klopfte. Niemand besuchte sie in diesen Tagen außer Irma, und die war leicht zu erkennen, weil ihr Begrüßungs-Kikeriki schon vom Flur aus zu hören war. Der laute Klopfer konnte nur Mika Korhonen sein.

Es war Mika. Er sah besorgt aus. »Es gibt hier inzwischen so viele Ratten, ich muss da langsam mal was unternehmen«, sagte er, während er mit seinen dreckigen Stiefeln ins Wohnzimmer trat.

»Mika, könntest du freundlicherweise deine Stiefel ausziehen? Ich habe heute Morgen geputzt«, sagte Siiri.

»Hm? Was?«, fragte Mika. »Ach so, ja.«

Mika streifte seine Stiefel ab. Zu ihrer Überraschung trug er keine Socken an den Füßen. Um das linke Fußgelenk hing ein schwarzes Band.

»Ist das Ding da deine Fußfessel?«, fragte Siiri.

»Ja, ja, genau. Ich kann nirgendwohin, ohne dass die Ordnungshüter davon wissen.«

»Ich habe im Schrank noch Kaffee und Trockenkuchen. Magst du?«

Er verzog das Gesicht und verneinte. Schade, sie hätte gerne einen Kaffee getrunken.

»Vielleicht ein Glas Rotwein? Der Pappbehälter ist schon seit einiger Zeit geöffnet, aber Wein soll ja jahrzehntelang halten und sogar besser werden.«

»Sorry, ich trinke nicht«, sagte Mika.

»Ah, Entschuldigung. Du stehst ja unter Beobachtung. Aber wie können die denn wissen, ob du ein Glas Wein trinkst?«

»Das können sie nicht. Ich trinke einfach nicht«, sagte er.

»Gar nicht mehr? Oh, wie traurig«, sagte Siiri.

Mika setzte sich und redete mal wieder über sein Lieblingsthema: die Ratten. Er hatte in den vergangenen Tagen den Ratten in den bewohnten Stockwerken den Garaus gemacht, aber auch einige in Käfige gelockt und in den Keller gebracht. »Inzwischen gibt es unten so viele von ihnen, dass ihr langsam mal was tun müsst, sonst kann ich das nicht mehr verantworten.«

»Was sollen wir denn tun?«

Hatte Mika wirklich geglaubt, dass Siiri einen fertigen Plan in der Tasche hatte? Sie wusste nicht, was sie sagen sollte. Plötzlich fiel ihr Albert Camus ein. Mika hatte Camus natürlich nicht gelesen, also erzählte sie ihm, dass in diesem Roman die kleine Stadt Oran als eine Art Metapher für Frankreich unter deutscher Besatzung im Zweiten Weltkrieg zu verstehen sei. Sie fühlte sich fast wie die liebe Anna-Liisa.

»Aha, ja. Und weiter?«, murmelte Mika.

»Also, die Pest, diese Seuche, zeigt im Roman die ganze Schlechtigkeit des Menschen. Alle versuchen nur, sich selbst zu retten, erst ganz am Ende, aus purer ratloser Verzweiflung, helfen sie auch anderen.«

»Aha«, sagte Mika.

»In diesem Moment begreift der Mensch, dass das Wohl der Gemeinschaft auch seinem eigenen Wohl dienen kann«, sagte Siiri.

»O. k. Hast du dir überlegt, die Kellerratten loszuschicken, um die Pest zu verbreiten?«

»Natürlich nicht«, sagte sie lachend. »Ich dachte nur gerade an die Geschichte, wegen der Ratten. Du könntest das Buch mal lesen. Anna-Liisa hätte dir natürlich noch viel besser die Idee dieses Romans erklären können, aber sie ... wurde schon gerettet. Ging ins Bett und hat gelesen, bis sie starb.«

Er nickte und schwieg. Er konnte sich wohl in die Trauer einer 97-Jährigen nicht hineinversetzen.

»Egal, lass uns von Camus wieder reden, sobald du ›Die Pest‹ gelesen hast. Oder ›Der Fremde‹, in dem Buch tötet ein junger Mann einen anderen durch puren Zufall, wird zum Aussätzigen und muss ins Gefängnis.«

Mika kratzte sich am kahlen Haupt und seufzte leise.

»Was machen wir denn nun mit den Ratten?«, fragte er.

Siiri hatte keinen fertigen Plan. Eher eine Ahnung. Irgendwie mussten sie die Ratten dazu bringen, die Kabel im Keller durchzunagen, Ritva hatte ja gesagt, dass das System von *Abendhain* dann abstürzen würde. Aber die Kabel verliefen in Plastikröhren. Nein, sie mussten die Ratten in die Höhle des Löwen, direkt ins Allerheiligste bringen.

»Das sollte machbar sein«, sagte Mika.

»Ja? Das ist doch wunderbar!«

Sie fassten also einen Plan. Mika zog eine Kiste heran und kritzelte auf ein Blatt Papier eine Art Grundriss des Kellers und die Stellen, an denen Kabel verliefen. Sie vereinbarten, dass er seinen Part weiterhin während der offiziellen Besuchszeiten erledigen würde. Das Wichtigste war, dass er nicht entdeckt wurde, weder von der Polizei noch von denjenigen, die für das Chaos in *Abendhain* verantwortlich waren.

»Was denkst du, sollten wir noch ein wenig über Ratten in Erfahrung bringen?«, fragte sie.

»Vielleicht. Schlag mal im Internet nach«, antwortete Mika.

»Ja, stimmt, wo denn sonst, klar. Weißt du, diese Maschinen in *Abendhain* machen das Leben von uns Alten nicht besser, sondern eher komplizierter. Vor allem, weil sie die Menschen einfach ersetzt haben. Irmas Scheibe kann natürlich nützlich für uns sein, die hat Internet … Das Wichtigste ist trotzdem Berührung«, sagte Siiri und griff intuitiv nach Mikas Hand. »Das wird im Alter nicht weniger wichtig, sondern noch wichtiger. Das verstehen die meisten Leute leider nicht. Wenn ich mal sterbe, kommst du dann vorbei, um meine Hand zu halten?«

Mika nickte und sah Siiri sehr nachdenklich an. Er schwieg lange. »Ich habe keinen umgebracht, nicht mal aus Versehen«, sagte er schließlich.

»Du liebe Güte, das habe ich auch nicht vermutet«, sagte sie. »Aber du bist irgendwie verändert, deine

Fröhlichkeit ist weg, es ist, als würdest du neben dir stehen.«

Mika schwieg.

»Weißt du, Siiri, ich kann von dir viel lernen. Vor allem die richtige Einstellung. Es ist Zeit, die falschen Leute loszuwerden und dann demnächst auch diese lästige Fußfessel. Und dann wird alles besser werden.«

36

Irmas Tablet erwies sich als Enttäuschung: Sie fanden keine Informationen, über die Vorlieben von Ratten. Es hieß zwar, dass diese Mischkost verzehrten, und auch von Kompost war die Rede, aber es war ja wohl keine gute Idee, den Biomüll aus *Abendhain* für die Nager in den Keller zu bringen. Zu aufwendig und zu auffällig.

Die besondere Pointe ihres Plans war, dass niemand schuld sein würde, nur die Ratten. Aber die Zeit wurde langsam knapp. Mika würde wütend sein, wenn die Sache nicht bald in die Gänge kam.

Irma recherchierte immerhin im Internet, dass weibliche Ratten alle vier Wochen einen neuen Wurf Rattenbabys in die Welt setzten. Sie versuchten, auf Basis dieser Information hochzurechnen, wie schnell sich die kleinen Tiere im Keller vermehrten. Allerdings kamen sie andauernd auf unterschiedliche Ergebnisse, und die Zahlen waren auch abenteuerlich hoch, da konnte was nicht stimmen.

Sie beschlossen, einen Ausflug zum Zoofachhandel zu machen. In der Parkstraße gab es ein solches Geschäft, in den ehemaligen Räumlichkeiten eines Drogeriemarktes.

Als sie ankamen, stieg ihnen sofort ein unangenehmer Geruch in die Nase. Eine Mischung aus Katzenfutter, Plastik und Exkrementen. Die Verkäuferin hinter der Theke war sehr jung, eher noch ein Teenager als eine Frau. Sie hatte ihre Haare an der rechten Seite des Kopfes komplett abrasiert, links waren sie lila. Ihr Gesicht war voller Piercings, tätowierte Totenköpfe schmückten den Arm. Sie trug ein bauchfreies Shirt, am Nabel hing ein schwerer Klunker und um ihren Hals ein Hundehalsband. Das Mädchen kniff die Augen zusammen, als Siiri und Irma ihr erklärten, dass sie an Leckerlis für Ratten interessiert seien.

»Es sind einige, so etwa zwanzig«, sagte Siiri.

»Zwanzig Ratten?«

»Genau. Falls sie sich nicht schon wieder vermehrt haben.«

»Die sind ja andauernd dabei, na ja, Sie wissen schon«, fügte Irma hinzu.

»Aha. Das ist ja ziemlich ungewöhnlich. Wie haben Sie denn die Ratten bisher versorgt?«

»Also, es sind ja nicht unsere Ratten, wir interessieren uns nur dafür, wie man sie großziehen sollte, die Kleinen«, sagte Irma.

Das Mädchen nahm das Thema sehr ernst, Siiri hatte das Gefühl, dass sie es höchst spannend fand. »Zwanzig ist fürs Erste ein bisschen viel. Ich würde Ihnen eigentlich dazu raten, erst mal nur einige von ihnen aufzunehmen. Am besten zwei und am besten weibliche. Die Rattenmädchen sind lebhafter und einfach cooler. Mit den männlichen Ratten hat man keinen Spaß.«

»Hm, die Ratten ähneln dem Menschen offenbar in vielerlei Hinsicht«, sagte Siiri lächelnd. »Was würden Sie uns denn nun empfehlen für die Fütterung?«

Sie folgten der Verkäuferin in einen hinteren Winkel des Ladens, der tatsächlich der Pflege von Mäusen und Ratten gewidmet war. Es gab Badeutensilien, Sonnenbrillen, Zahnbürsten, Spielsachen und sonstige Unterhaltung, Bettverstecke, Friseurbedarf und Hängematten. Und natürlich eine feine Auswahl an Trockenfutter. Irma nahm ein grünes rundes Ding in die Hand und roch neugierig daran. Das sei eine Badewanne, sagte die Verkäuferin.

»Aha. Und hier, wunderbar, die kleine Hängematte. Ich hatte nie eine Hängematte«, sagte Irma wehmütig.

»Hängematten sind ja was für Männer, oder?«, merkte Siiri an.

»Was ist das denn hier Komisches?«, fragte Irma und deutete auf einen Gegenstand aus beigem Stoff, der irgendwie edel aussah.

»Das ist so eine Art Sessel«, sagte die Verkäuferin. Sie nahm einen der Kleintiersessel in die Hand und betrachtete ihn mit leuchtenden Augen. »Superklasse, oder? Habt ihr früher schon mal Nagetiere gehabt?«, fragte die Verkäuferin.

»Äh, nein«, sagte Irma.

»Aber wir lieben Tiere sehr, es ist ja nie zu spät für neue Erfahrungen«, sagte Siiri eifrig.

Das Mädchen nickte. »Aber Ratten sind anspruchsvoll. Ein Grashüpfer oder eine Schlange wären einfacher.«

Sie ging zügig einige Meter und präsentierte eine Glaskiste, in der eine dicke grüne Schlange vor sich hin züngelte. Irma schrie ohrenbetäubend.

»Oh, Entschuldigung«, sagte das Mädchen. »Vielleicht bleiben wir dann doch bei den Ratten und ihrem Futter. Also, Proteine sind sehr wichtig. Wir haben hier im Regal eine Auswahl an Leckerlis.«

»Oh ja, die sehen aus wie das Katzenfutter, das ich mal gekauft habe, weißt du noch, Siiri? Kann ich mal kosten?«

Die Verkäuferin lachte. »Schmeckt nicht so gut«, sagte sie. »Ratten mögen übrigens ganz gerne auch Hundefutter. Und sie nehmen ziemlich schnell zu, also Achtung. Und Sonnenblumenkerne und Nüsse sollten Sie meiden.«

Irma war abgelenkt, sie schlenderte den Gang entlang und bestaunte, was es in diesem Laden alles zu kaufen gab – Haartrockner für Hunde zum Beispiel.

»Was ist denn in dem Eimer hier? Was sind das für Klumpen?«, fragte sie.

»Rinderkniescheiben und Gänsefüße!«

»Oh.« Irma lachte. »Hast du das gehört, Siiri? Das

ist ja völlig verrückt! Oje, wenn das so weitergeht, muss ich mir in die Hose pinkeln.«

Siiri ließ sich nicht aus dem Konzept bringen. Sie brauchte Informationen von dieser wunderbaren Verkäuferin.

»Falls wir unsere kleinen Schätzchen ein wenig verwöhnen wollen, was würden Sie da vorschlagen? Was wäre denn so eine richtige Köstlichkeit?«

Die junge Verkäuferin wollte etwas sagen, hielt aber inne, weil Irma sie ein wenig aus dem Konzept brachte.

»Hier, seht euch das an! Ein Kunstpelz für Rassekatzen. Unglaublich!«, rief Irma.

»Ja, ja, würdest du jetzt bitte zurückkommen, wir wollen uns auf das Wesentliche konzentrieren«, sagte Siiri missmutig.

»Ach so, natürlich. Entschuldige.«

Die Verkäuferin wies sie darauf hin, dass Fett, Salz und Zucker gar nicht gut für Ratten sei. Allergien, hoher Blutdruck und erhöhte Cholesterinwerte seien bei ihnen üblich. »Also geben Sie den Tieren bitte keine Pralinen oder so etwas, ja?«

»Wie ähnlich uns diese Tierchen sind!«, sagte Irma. »Und wie schade, dass wir die Kleinen nicht ein wenig verwöhnen dürfen.«

»Na ja«, murmelte die Verkäuferin. »Es gibt da etwas, das sie sehr mögen. Babynahrung.«

»Diese Gläschen?«

»Ja. Und Ratten mögen Mehlwürmer.«

»Mehlwürmer? Ah, das klingt doch brillant! Wo

finden wir denn die?«, fragte Irma. Sie lief schon los und stolperte gegen einen Karton. »Sieh mal, Pizza, Siiri.«

»Ja, Pizza für Hunde, allerdings«, sagte die junge Frau. Sie zeigte ihnen das Regal, in dem kleine Tüten mit Mehlwürmern lagen. »Geben Sie ihnen nur einige auf einmal«, mahnte sie. »Als Belohnung vielleicht, wenn sie einen tollen Trick gezeigt haben oder so.«

»Bestens, die nehmen wir«, sagte Irma. »Und das Zeug für Babys finden wir im Supermarkt.«

Sie bedankten sich sehr für die fachkundigen Auskünfte, und das Mädchen informierte sie noch darüber, dass immer donnerstags ein Kleintier-Hygiene-Spezialist im Laden sei. Für den Fall, dass sie Schwierigkeiten haben sollten, den Ratten die Nägel zu schneiden.

»Ich habe vor allem Schwierigkeiten mit meinen eigenen Nägeln«, sagte Irma. »Vielleicht komme ich am Donnerstag mal vorbei.«

Das Mädchen lachte.

37

Heute war der große Tag. Es war an der Zeit, Siiris Plan in die Tat umzusetzen.

Irma und sie führten vertrauliche Gespräche mit Ritva, Margit, Aatos und der Dame aus Somalia. Sie sollten die Nachricht von dem, was kommen würde, weitertragen, niemand sollte unvorbereitet sein.

Siiri und Irma gingen in den Keller. Irma, die mutigere der beiden, ging natürlich wieder voran, Siiri folgte und trug die Tüte mit den Würmern und der Babynahrung. Das Abenteuer war spannend genug, deshalb verzichteten sie auf Taschenlampen und schalteten einfach das Licht im Treppenhaus ein. Schweigend liefen sie die Treppe hinunter und öffneten die Tür. Sie spähten den langen Gang entlang, an dessen Ende das Allerheiligste, die Computerzentrale von *Abendhain*, verborgen war.

Die ausrangierten Roboter, Rollatoren und Möbel ließen sie links liegen und näherten sich der blauen Tür, auf der die Aufschrift prangte: »Zentralserver *Abendhain*. Zutritt untersagt.«

Irma wollte die Tür öffnen, aber es ging nicht.

»Du musst diesen Stahlgriff da runterdrücken«, flüsterte Siiri, obwohl niemand sie hören konnte, nur die Ratten. Ja, sie mussten hungrig und ungeduldig sein, Mika hatte sie in dem dunklen Raum eingesperrt, der früher einmal eine Sauna gewesen war.

Sie hatten jetzt ein kleines Problem, denn Irma bekam die Tür nicht auf, obwohl sie sich wutschnaubend bemühte.

»Zum Teufel auch! Soll unser genialer Plan hieran etwa scheitern?«, fluchte sie.

»Warte mal, ich versuche es mit dem Chip«, sagte Siiri. Sie hielt das Knöpfchen gegen eine Tastatur, die an der Wand angebracht war, aber nichts passierte. »Ich glaube, wir brauchen einen Code«, sagte sie dann. Sie fragte sich, ob das immer so war mit genialen Plänen, dass man dann doch ein entscheidendes kleines Detail übersah.

»Wir schaffen es nicht«, murmelte sie.

Irma war weit davon entfernt aufzugeben. Sie fischte ihre Geldbörse aus der Handtasche und fand den Zettel mit ihren persönlichen PIN-Nummern. Sie gab die Geheimzahl ihrer Geldkarte ein, aber nichts passierte, natürlich nicht.

»So kann das nicht gehen, Irma«, sagte Siiri.

»Eingabe fehlerhaft«, lautete die Mitteilung auf dem Display. »Du bist dran«, sagte Irma.

Siiri dachte angestrengt und fieberhaft nach. Sie wusste, dass früher Codes dieser Art mit dem Baujahr des Hauses zu tun gehabt hatten. Sie glaubte sich zu erinnern, dass dieses Haus hier 1974 erbaut worden war, aber das konnte auch völliger Unsinn sein. Und vielleicht waren die Ziffern vertauscht. Sie versuchte es auf gut Glück mit 7419.

»Eingabe fehlerhaft. Beim nächsten Fehlversuch wird das Alarmsystem aktiviert.«

»Nur noch ein Versuch? Wir schaffen es nicht, nein, nein, nein!«, rief Irma, die Augen weit aufgerissen und mit wedelnden Armen. »Um Himmels willen, Jesus, Maria und Josef, wenn mir jetzt wenigstens irgendwas aus der Bibel … ja, natürlich!«

»Was?«, fragte Siiri.

»Diese Holzköpfe haben garantiert irgendeine Bibelstelle gewählt! Wäre doch Anna-Liisa jetzt hier, sie wüsste, was zu tun ist.«

»Anna-Liisa! Ganz genau, du sagst es!«, rief Siiri. Die Ratten, die im Nebenraum geraschelt hatten, verstummten. »Anna-Liisa wird uns den Weg weisen, sie hat ja alles recherchiert!«

»Was redest du denn da, Siiri?«, fragte Irma.

»Die Kirchenlieder, die Anna-Liisa ausgesucht hatte. Die sind der Schlüssel zum Allerheiligsten«, sagte Siiri.

Irma begriff endlich. Sie kramte in ihrer Handtasche. »Hier, schau mal, ich habe noch ihren Zettel. Da steht es, 484 und 548. Und wir haben nur einen Versuch«, sagte sie.

Siiri nickte. Dann hob sie zitternd die Hand und presste ihre Finger behutsam auf alle sechs Ziffern. 484548. Sie hatte das Gefühl, gleich in Ohnmacht zu fallen und war nicht sicher, ob sie sich das grüne Licht, das aufblinkte, nur einbildete.

»Anmeldung erfolgreich«, stand da tatsächlich.

»Sesam öffne dich!«, rief Irma triumphierend. »Und Siiri, du bist ein Genie!«

»Nicht ich, sondern Anna-Liisa«, sagte Siiri.

Sie waren drin, im Allerheiligsten, das sie sich irgendwie spektakulärer vorgestellt hatten: In dem Raum stand nur ein Turm aus verkabelten Kisten, gelbe, grüne, rote Lichter blinkten.

»Aha. So ist das also. Irgendwie sieht das Monstrum schon auch prächtig aus«, murmelte Siiri.

»Komm, keine Zeit zu verlieren«, sagte Irma. Sie

kniete sich unter großen Mühen auf den Boden. »Da hinten ist das Hauptkabel, dahin müssen die Leckerlis für die Ratten.« Sie erhob sich ächzend, ihr Gesicht war knallrot angelaufen. »Ich glaube, das ist dein Job, Siiri«, sagte sie.

Tatsächlich war Siiri schmaler und gelenkiger. Sie streute die Würmer aus, während Irma die Glasdöschen mit dem Babybrei öffnete.

»Das flutscht ja herrlich«, sagte Irma, »und hier kommt schon das nächste, liebe Siiri.«

»Warte, zwei Gläschen sollten eigentlich reichen. Den Rest verteilen wir noch an anderen Stellen.« Siiri lief um den Kabelturm herum und schüttelte die Gläser, damit sich das orangefarbene Mus auf dem Boden verteilte.

»Schmeckt ganz gut«, sagte sie, nachdem sie ihren Finger sauber geleckt hatte. »Magst du kosten, Irma?«

»Später. Magst du ein Mehlwürmchen?« Irma lachte und überreichte ihr eine noch ungeöffnete Tüte. »Würmer ekeln mich ein wenig, das überlasse ich dir«, sagte sie.

Siiri verdrehte die Augen.

»Nein, wirklich, Würmer sind nichts für mich. Ich konnte auch nie mit meinen Goldstückchen zum Angeln gehen.«

»Aber Irma, du hast doch in dem Zoogeschäft sogar welche gegessen.«

»Ja, aber die waren paniert und gebraten«, erklärte Irma.

Siiri lächelte. Mit Irma zu diskutieren war so herrlich sinnlos. Sie riss die Tüte auf und verstreute die Würmer bei den Kabeln.

»Iiiih, das sieht ja komisch aus.« Irma hielt sich intuitiv eine Hand vor den Mund.

»Lass uns gehen. Mika kommt in einer Viertelstunde. Dann sollten wir im Aufenthaltsraum sitzen und Karten spielen.«

Irma schob noch geistesgegenwärtig einen der herumstehenden Rollatoren herbei, um mit ihm die Tür für Mika offen zu halten. Er kannte ja den Türcode nicht.

»So, Siiri, bist du bereit für eine Runde Streit-Patience?«, fragte sie dann mit leuchtenden Augen. »Ich gewinne, ich habe ein gutes Gefühl heute.«

38

In der Aula von *Abendhain* war die Stimmung unruhig und angespannt, die meisten Bewohner schienen noch weniger als sonst mit sich anzufangen zu wissen. Aatos lief auf dem Gang auf und ab, die alte Dame aus Somalia stand am Eingang des Nebenhauses B Wache, Margit ihrerseits vor Haus C, und Ritva beobachtete die Lage am Aufzug.

Um kurz vor zwölf gingen die Bewohner zum Mittagessen in die Kantine. Irma und Siiri kamen gerade aus dem Keller und mischten sich unters Volk. Die Stimmung im Speisesaal fühlte sich wie Weihnachten an, sie saßen da wie Kinder, deren Gedanken um die Geschenke unter dem Baum kreisten. Aatos rief übermütig nach einem Kellner und einem Butler, Ritva war sehr nervös und bekleckerte ihre Bluse. Siiri sah, dass Mika pünktlich ankam, entspannt und aufrecht lief er durch die Halle. Niemand schenkte ihm große Aufmerksamkeit.

Nach dem Essen spielten Irma und sie tatsächlich eine Partie Streit-Patience. Margit saß mit gefalteten Händen neben ihnen, vermutlich betete sie. Ihre Augen waren geschlossen, und sie schwankte kaum merklich auf dem Stuhl hin und her.

Die Smartwand meldete sich zu Wort: »Medikamenteneinnahme. Mittag. Für Aktivierung bitte die Raute und die Vier eintippen. Wenn der Gewaltige wird sein wie Werg und sein Tun wie ein Funke und beides miteinander angezündet wird, auf dass niemand lösche. Jesaja 1, 31. Heute, 18 Uhr, Gebetskreis! Folge auf Twitter unter @weckrufheute #gebetskreis #wortedestages #senioren! Einen schönen Tag! Mit besten Grüßen, das Team von ›Erwachen heute‹.«

Der Aufzug palaverte auch irgendetwas, und der Putzroboter wienerte gerade den Eingangsbereich. Die Zeit schien stillzustehen. Alle, die alten Menschen und die Maschinen, warteten auf den nächsten Impuls, den nächsten Befehl.

Irma gewann die erste Runde der Streit-Patience. Sie begannen ein zweites Spiel, bei dem Siiri anfangen durfte. Margit ging zum Massagestuhl, das letzte Mal für heute, murmelte sie. Vier Frauen saßen in ihren Rollstühlen in der Sofaecke, und Siiri war sich nicht sicher, ob sie wach waren oder schliefen. Aatos und die Somalierin waren nicht zu sehen, sie hielten an den Nebenhäusern die Stellung. Ritva stand in der Halle. Eine sonst immer mürrische Seniorin hatte sich einen der Putzroboter geschnappt und versuchte, mit ihm zu tanzen.

Alle sind versammelt, dachte Siiri. Das war gut. Niemand sollte zu Schaden kommen, es ging ja nur darum, alle aus dem Würgegriff dieser allzu modernen Welt zu befreien. Es ging darum, die Schleusen zu öffnen. Es ging darum, ein Zeichen zu setzen.

Der Erste, der den Geist aufgab, war Margits Massagestuhl. Dann blinkten die Smartwände in allen Farben, bis sie nervöse Töne von sich gaben und schließlich einfach erloschen. Der Aufzug schwieg ebenso. Der Reinigungsroboter verharrte wie erstarrt in der Mitte des Raums, die Kühlschränke in der Kantine verstummten.

Der Roboter, der die Medikamente brachte, drehte irrsinnig schnelle Runden in der Halle und spuckte seine Pillen aus, rote, grüne, blaue, gelbe, es sah aus wie ein kleines Feuerwerk. Als er seine gesamte Munition verschossen hatte, fuhr er ohne Weiteres gegen eine Wand und blieb regungslos liegen.

Die Spielekonsolen spielten ein letztes Spiel, Alpenlandschaften verschmolzen mit Tennisplätzen, Tennisbälle flogen gegen Dartscheiben, Ruderboote pflügten unbemannt durch einen Fluss. Der »virtuelle Doc« verschrieb sich selbst eine Überdosis, die

Schmusekuschelroboter wurden von ihren Pflichten entbunden. Über der Eingangstür war aus einem Lautsprecher ein letztes, tiefes Ausatmen zu hören, zumindest bildete Siiri sich das ein. Als hätte die große Maschine tatsächlich zum Abschied geseufzt.

Dann war Stille.

Irma lauschte. »Hör nur«, sagte sie. »Wie ruhig es ist. Was machen wir denn jetzt?«

»Kommen jetzt die Ratten?«, fragte Margit. Sie lag immer noch in krummer Haltung im Massagestuhl. Die Somalierin stand in der Halle und sah sich Hilfe suchend um, Ritva hatte sich auf das Sofa im Aufenthaltsraum gesetzt, Aatos war verschwunden. Ihre Sondereinsatztruppe war nicht ganz so koordiniert, wie Siiri gehofft hatte.

Auf der Tanzfläche versuchte die alte Dame mit den zotteligen Haaren, den Reinigungsroboter zum Tanzen zu animieren.

»Helft mir, verdammt noch mal! Das Ding erwürgt mich ja.«

Tatsächlich, so weit hatten sie nicht gedacht. Es bestand die Gefahr, dass die Roboter in ihren letzten Zuckungen gefährlich werden würden. Irma und Siiri eilten der Dame zu Hilfe. Sie wollten sie aus der unfreiwilligen Umarmung herauslösen, aber der Roboter war stark.

»Es geht nicht«, sagte Siiri. »Beruhigen Sie sich.«
»Warum ist Mika nicht da? Wir brauchen Mika jetzt«, rief Irma. Die alte Dame röchelte, der Roboter machte keine Anstalten, seinen Griff zu lockern.

»Ich glaube, dass er wieder gehen musste, er hat doch diese Fußfessel...«, stammelte Siiri.

Irma summte ein Kirchenlied, offenbar in der Hoffnung, auf diese Weise die Dame zu beruhigen und vielleicht den Roboter gleich mit. Das funktionierte sogar, die Dame wurde schläfrig, und auch der Roboter beruhigte sich langsam. Ritva schnarchte auf dem Sofa.

Siiri wollte gerade vorschlagen, in den Wohnungen nachzusehen, ob auch dort die Elektronik wie erhofft den Geist aufgegeben hatte, aber dann hörte sie Sirenen. Da waren Rettungsfahrzeuge unterwegs. Im Hof von *Abendhain* kamen mit quietschenden Reifen zwei Feuerwehrautos, ein Mannschaftswagen der Polizei und ein Krankenwagen zum Stillstand.

»Wer hat die denn informiert?«, fragte Margit.

Die Feuerwehrmänner mussten die Eingangstür mit Äxten aufbrechen. Sie stürmten ins Gebäude, auf der Suche nach dem Feuer, das es zu löschen galt. Einer der Männer fiel Siiri sofort auf, er war dunkelhäutig und schritt besonders mutig voran.

»Sag mal, Siiri, ist das nicht... nein, da muss ich mich täuschen«, sagte sie. Sie kniff die Augen zusammen. »Doch, doch, er ist es«, rief Siiri. »Das ist Muhis!«

»Muhis. Kikeriki, hallo, hier sind wir!«, rief Irma.

»Siiri Kettunen! Und Irma... wie war noch mal dein Nachname... Loimerlieri?«, fragte Muhis, der ihnen lächelnd entgegenkam.

»Lännenleimu«, sagte Irma, ein klein wenig beleidigt, aber der Ärger schmolz dahin, als Muhis sie in seine Arme schloss. Was für ein wunderliches Wiedersehen mit ihrem Feinschmecker-Freund, mit dem sie so gerne gekocht und gelacht hatten, als sie in der Wohnung des Botschafters in Hakaniemi gelebt hatten.

»Ich hätte dich fast nicht mehr erkannt, weil du ja dieses Ameisennest nicht auf dem Kopf hast«, sagte Siiri. »Du weißt schon, deine komische Kopfbedeckung. Wie schön, dich zu sehen. Ich bin immer mal wieder in Hakaniemi in der Kleinmarkthalle gewesen, aber ich habe weder dich noch Metukka dort gesehen.«

»Du bist also jetzt Feuerwehrmann?«, fragte Irma. »Schaffst du es denn, sechs Liegestütze direkt hintereinander zu machen? Das müssen Feuerwehrmänner nämlich können.«

Muhis lachte. »Ich freue mich auch, euch wiederzusehen. Aber ich muss jetzt erst mal los, als der Notruf kam, habe ich das gar nicht mit eurem *Abendhain* in Verbindung gebracht. Es sind unzählige Meldungen eingegangen, als sei hier die Hölle los. Habt ihr davon gar nichts bemerkt?«, fragte er. »Anscheinend ist hier die gesamte Elektrik ausgefallen, wir müssen alle Wohnungen sichern. Ist mit euch alles in Ordnung?«

»Uns geht es bestens, danke. Aber Muhis, du musst die alte Dame da hinten aus den Fängen dieses Roboters befreien.«

Sie dachte an Aatos, den sie seit einer Weile nicht gesehen hatte. Vielleicht war er in seine Wohnung gegangen und kam jetzt nicht mehr raus. Was für ein Chaos. Aber glücklicherweise war ja Muhis jetzt da.

»Wie gut, dass die Feuerwehr gekommen ist«, sagte Siiri. »Das immerhin hat das Alarmsystem am Ende noch gut gemacht.«

Auch Ritva war von dem Lärm erwacht. Sie wankte durch die Halle und fiel in die Arme eines Sanitäters. Siiri und Irma setzten sich auf eines der Jugendstilsofas im Aufenthaltsraum und sahen dem merkwürdigen Treiben schweigend zu. Während sie da saßen, dachte Siiri an Tauno und daran, dass er gerne auf diesem Sofa gesessen hatte. Es war gut für seinen Rücken gewesen.

»Wie schade, dass Tauno nicht hier sein kann«, flüsterte sie. »Er hätte diesen Tag sehr genossen.«

Irma nickte lächelnd.

Die Ratten hatten ganze Arbeit geleistet. Muhis führte die Dame mit den wirren Haaren durch den Raum, er hatte sie also aus den Klauen des Roboters befreit. Zwei Sanitäter eilten auch schon herbei und führten die Frau zu einem Krankenwagen.

Die Polizisten begutachteten die Maschinen, die Displays und das Kantinenterminal und runzelten ratlos die Stirn. Niemand verstand, warum in *Abendhain* nichts mehr funktionierte.

Zwei Feuerwehrleute halfen auch Margit aus ihrem Massagestuhl, nur Siiri und Irma ließen sie in Ruhe. In der Halle kamen jetzt immer mehr Menschen zusammen, die Bewohner wurden aus den Wohnungen geholt und ärztlich betreut.

»Meinst du, dass die uns jetzt in ein schönes Hotel bringen?«, fragte Irma hoffnungsvoll.

»Na ja, ich weiß nicht. Es sieht auf jeden Fall wie eine Evakuierung aus, wie damals im Krieg«, murmelte Siiri. Jetzt sah sie endlich auch Aatos wieder, er stand im Nachthemd auf der Schwelle zum Aufenthaltsraum, mit seinen Pantoffeln an den Füßen und der Zahnbürste in der Hand. Siiri war erleichtert, auch wenn sie sofort erkannte, dass er komplett durcheinander war. Er bestellte bei einem der Polizisten einen doppelten Whisky mit Eis und fragte, wo die Roulettetische seien. Statt zum Casino wurde Aatos zum Krankenwagen gebracht, in dem schon Ritva und die Dame mit den wirren Haaren warteten. Der Wagen fuhr langsam und ohne Sirene los.

»Dann ist es keine Notsituation, alles in Ordnung«, sagte Siiri.

Muhis kam auf sie zu. Er hatte seinen Helm abgenommen und sah im ersten Moment fremd aus: Er hatte seine prächtigen Rastazöpfe abgeschnitten.

»Musstest du deine schönen Haare abrasieren, um Feuerwehrmann zu werden?«, fragte Siiri, aber Muhis ging darauf nicht ein. Er war außer Atem und erzählte, sie hätten im Keller eine Rattenplage entdeckt.

»Die haben die Kabel durchgenagt, das war kein Zufall«, sagte er. »Das war Sabotage, Vandalismus. Was glaubt ihr, wer könnte dafür verantwortlich sein?«

Muhis war wirklich entsetzt, geradezu schockiert angesichts der Untat, die geschehen war. Siiri und

Irma warfen sich Blicke zu, dann antworteten sie im Duett, und nicht ohne Stolz: »Wir! Wir waren das, Muhis.«

Er musterte sie misstrauisch. »Ihr? Warum das denn, um Himmels willen? Versteht ihr nicht, dass das ... ihr müsst doch wissen, dass ...«

»Wenn du an diesem Ort hättest leben müssen, Monat für Monat, so wie wir, hättest du genau das Gleiche getan. Das hier ist kein Ort, an dem es sich zu leben lohnt«, sagte Siiri.

Er schüttelte den Kopf. »Ich muss das den Polizisten sagen. Versteht ihr das?« Ihr lieber Freund sah so traurig aus, dass Siiri sofort Mitleid empfand.

»Mach dir keine Gedanken, Lieber. Wir stehen zu allem und haben jede Sekunde genossen.«

Muhis entfernte sich und kehrte wenig später mit vier Polizisten zurück. Sie waren sehr jung und sahen ebenso besorgt aus. Einer, der einen dünnen Schnurrbart über den Lippen trug, fragte sie nach Name und Geburtsdatum. Immerhin fragte er nicht nach allen finnischen Präsidenten in der richtigen Reihenfolge wie beim Gedächtnistest. Er fragte sie, ob sie das tatsächlich zu verantworten hatten, und sie bejahten erneut.

»Ihr gesteht also?«, fragte der Polizist.

Siiri und Irma nickten.

»Habt ihr Helfer gehabt? Gibt es Mittäter?«

»Nein. Nur uns beide«, sagte Irma.

»Wir haben die Ratten in den Keller gebracht, ihnen leckeres Essen serviert und darauf gewartet, dass sie die Wolken annagen. Das haben sie gemacht, und dann ist der Himmel endlich eingestürzt. So einfach war das! Wir sind up to date. Wollt ihr auch die Ratten verhaften?«, fragte Irma.

Die Polizisten beratschlagten sich flüsternd, dann gingen drei von ihnen nach draußen zu ihrem Einsatzwagen, um zu telefonieren. Muhis stand etwas abseits und schüttelte unablässig den Kopf, aber als Siiris Blick seinem begegnete, lächelte er.

»Siiri Darling! Du bist crazy«, sagte er.

»Oh, kein Problem, damit kann ich gut leben. Es ist mir sogar eine Ehre. Hast du mal wieder unser Hefegebäck gebacken?«, fragte Siiri.

Er lachte. »Du wirst es nicht glauben, aber ich mache das bei jeder Gelegenheit, und meine Freunde und Verwandten lieben es. Wir treffen uns sogar extra zum Backen.«

»Sehr gut«, sagte Siiri. Sie fühlte sich glücklich. Es war doch wunderschön, dass sie hier neben ihrer lieben Freundin Irma auf dem Sofa sitzen konnte, im Gespräch mit ihrem lieben Freund Muhis. Und es freute sie auch sehr zu hören, dass Metukka inzwischen Arbeit gefunden hatte, als Helfer in einem Kindergarten.

»Das ist schön«, sagte sie, und Muhis nickte.

Ja, und sogar Mika Korhonen war in ihr Leben zurückgekehrt. Und wieder hatte er ihr im entscheidenden Moment helfen können. Mika würde nicht in Verdacht geraten, alles war in Ordnung, und *Abendhain* war von den zweifelhaften Segnungen des digitalen Zeitalters erlöst worden. Sie musste plötzlich lachen, laut und hemmungslos, und sie hatte das Gefühl, dass sich die Trauer und die Anspannung der vergangenen Monate einfach auflöste.

In der Eingangshalle standen viele Menschen, die sie gar nicht kannte und die sie noch nie gesehen hatte. Sie saßen in ihren Rollstühlen oder stützten sich auf ihren Rollatoren ab. Viele trugen Jogginganzüge oder Pyjamas. Die Feuerwehrmänner hatten alle Senioren aus den Wohnungen geholt, auch die, die dort wohl schon seit einer ganzen Weile verzweifelt ausgeharrt hatten. Die meisten waren sicher wesentlich jünger als Siiri, aber sie wirkten älter, ihre Schritte waren schleppend, die Blicke starr. Sie hoffte, dass sie sich erholen würden, jetzt, wo alles besser wurde.

Plötzlich entdeckte Siiri auch Sirkka, die Predigerin, unter den Leuten. Sie trug ihre unvermeidlichen grünen Stöckelschuhe an den Füßen und eine giftgrüne weite Tunika, und sie telefonierte aufgeregt. Neben ihr stand ein Mann, der ihr bekannt vorkam, auch wenn sie seinen Namen nicht kannte. Einer von Perttis Lakaien.

Siiri erinnerte sich daran, dass sie Anna-Liisas Testament einfach aufgegessen hatte. Oder besser gesagt, sie hatte den zerkauten Knäuel in ihrer Handtasche verstaut. Später hatte sie das Papier zerrissen, in die Toilette geworfen und runtergespült. Sie versuchte zu verstehen, was die beiden redeten, glücklicherweise sprachen sie laut in ihrer Aufregung.

»Sag denen, dass hier Chaos herrscht. Wir brauchen Hilfe«, rief der junge Mann Sirkka gerade zu.

»Was? Ja, ist unterwegs. Verzeihung? Nein, ich habe gerade mit Tuomas geredet. Ja, der steht neben mir. Ja.«

»Was ist hier los, Mann? Wir schaffen das nicht allein. Frag mal nach, was wir jetzt mit den Alten machen sollen«, sagte Tuomas.

»Ja, genau. Polizei, ja. Und Feuerwehr und Krankenwagen. Nein, das hatte ich nicht zu dir, sondern zu Tuomas gesagt.«

»Also, warum sollen die nicht ins Krankenhaus gebracht werden? Hallo, wohin denn sonst? Frag ihn, was wir machen sollen, Herrgott!«, rief Tuomas, der immer nervöser wurde. In der Straßenbahn hörte Siiri oft solche Gespräche, bei denen zwei an den Telefonen hingen und ein Dritter mischte sich ständig ein. So konnte eine Kommunikation ja nicht funktionieren. Fast empfand sie Mitleid für Sirkka, die sich parallel das Geschwätz von zwei Leuten anhören musste.

»Wie es jetzt wohl weitergeht«, fragte Irma. »Ich glaube, viele kommen erst mal ins Krankenhaus, aber dann?«

»Ich hoffe eigentlich, dass wir hierbleiben können. Es sind ja nur die Computer kaputt, alles andere funktioniert. Wir haben Strom, Licht, Heizung. Und sogar der Herd in unserer Wohnung ist o. k.«

Siiri wendete sich wieder dem Chaos in der Eingangshalle zu. Eigentlich sah es aus wie in einer dieser Realityserien im Fernsehen. Die gab es heute ja wie

Sand am Meer, echte Feuerbrände, echte Intensivstationen, echte Katastrophen. Das, was hier in *Abendhain* passierte, hätte bestens ins Programm gepasst.

»Was würdest du jetzt gerne im Fernsehen schauen? Oh, ich hätte Lust auf ›Jeeves und Wooster‹! Aber das läuft ja nicht mehr. Das mochte ich noch lieber als ›Hercule Poirot‹«, sagte Siiri.

»O. k., o. k., o. k., hallo Leute, kein Grund zur Panik!«

Das war tatsächlich und unverkennbar die Stimme von Jerry Siilinpää. Er stand in der Eingangshalle. »Keine Sorge, bald können alle wieder in ihre Wohnungen gehen!«, rief er. Niemand hörte ihm zu, deshalb wechselte er die Strategie und sprach die Polizisten an. Er lauschte aufmerksam deren Bericht und warf ab und zu Seitenblicke zu Irma und Siiri, die Jerrys Blick mit einem freundlichen Lächeln begegneten.

»Hast du gesehen, er hat heute die Gorilla-Pantoffeln vergessen«, sagte Irma.

»Stimmt«, sagte Siiri lachend. »Er trägt Turnschuhe.«

»Wahrscheinlich hat ihn die Nachricht beim Joggen überrascht«, mutmaßte Irma. »Heute joggen ja alle, die etwas auf sich halten, das ist up to date. Auch die Politiker hecheln an den Stränden entlang.«

Draußen auf dem Hof fuhren mehrere Krankenwagen ab, die meisten Bewohner wurden wohl erst mal ins Krankenhaus gebracht, obwohl ihnen gar nichts fehlte. Das Computersystem war schließlich hinüber, nicht die Senioren.

Die Zahl der uniformierten Polizisten hatte deutlich zugenommen, gemeinsam mit den Feuerwehrleuten eilten sie die Gänge entlang. Aus Gesprächsfetzen schloss Siiri, dass der Einsatz vor allem den Ratten galt, die im Keller ihr fröhliches Unwesen trieben. Ein Polizeifotograf dokumentierte das Geschehen, und der Schnurrbärtige nahm Siiri und Irma im Aufenthaltsraum mit einem komischen Tintenkissen-Display Fingerabdrücke ab. Er betonte wichtigtuerisch, dass diese Abdrücke direkt digital archiviert würden. Im Strafregister. Oder so ähnlich. Strafregister, das klang lustig.

Die Somalierin kam lächelnd zu ihnen und bedankte sich von Herzen für die großartige Idee, alles hätte doch toll geklappt. Glücklicherweise war der Schnurrbart da schon außer Hörweite.

Jerry rief unablässig irgendwelche Anweisungen, denen keiner Folge leistete.

»Das System ist komplett abgestürzt, das hätte doch verhindert werden müssen«, klagte er im Gespräch mit einem der Polizisten. »Ich verstehe gar nicht, wie das möglich war. Das lief alles ganz anders als erwartet.«

»Vielleicht ist es in Indien gerade Nacht und die Cloud-Wächter schlafen?«, rief Irma und lachte schallend.

Ja, und dann kehrte tatsächlich langsam Ruhe ein. Die Halle leerte sich, die letzten Krankenwagen fuhren ab, einige der Bewohner wurden in ihre Wohnungen gebracht. Die Männer von der Hausverwaltung hatten erfolgreich geschuftet, einer der Aufzüge tat wieder seinen Dienst, aber er konnte nicht mehr sprechen.

Die Wohnungstüren ließen sich nicht mehr verschließen, aber das störte niemanden. Jerry Siilinpää versuchte in seiner Verzweiflung ernsthaft, das Ganze als »Tag der offenen Türen« zu verkaufen. Die Polizisten und die Feuerwehrmänner machten sich auf den Weg zum nächsten Einsatz der Nacht, und Siiri hoffte, dass man sie vielleicht vergessen hatte. Aber dann kam Muhis traurig lächelnd auf sie.

»Siiri Darling, die Polizisten müssen euch mitnehmen. Ihr werdet in Untersuchungshaft genommen. Wisst ihr, was das ist?«

»Natürlich wissen wir das«, sagte Siiri. »Wir werden verhört, und wenn wir alles gestehen und erklären, wie es dazu gekommen ist, werden bestimmt auch die Polizisten glücklich sein. Oder wir landen vor Gericht, uns ist alles recht.«

Muhis lachte, aber er wirkte ein wenig nervös, vermutlich weil er fürchtete, dass sie den Ernst der Lage nicht ganz überblickte. Er versprach Siiri und Irma, sie zu besuchen, egal wo. »Gleich morgen werde ich nach euch sehen«, sagte er.

»Mach dir keine Gedanken, Muhis, wir können immer noch unser hohes Alter ins Spiel bringen, das rechtfertigt einiges«, sagte Siiri. »Auch Unzurechnungsfähigkeit ist immer eine Option.«

Jetzt lachte Muhis laut und erleichtert. Er umarmte erst Siiri, dann Irma und drückte ihnen fest die Hände.

»Ich muss los, in Pitäjänmäki gibt es einen Großbrand.«

Er sah noch zu, wie die beiden abgeführt wurden, von dem jungen schnurrbärtigen Polizisten, der sie in sehr respektvollem Ton darum bat, ihm zu folgen. Er nahm sie am Arm, aus einiger Entfernung sah es so aus, als habe er die beiden alten Damen zu einem Tänzchen aufgefordert. Handschellen kamen nicht zum Einsatz.

Am Polizeiwagen stand ein Uniformierter, der ihnen die Tür öffnete wie ein Chauffeur. Im Wagen roch es nach frischem Leder und nach Kunststoff, das war ein neues schmuckes Auto, und Siiri hatte das Gefühl, in einer Staatskarosse zu sitzen. Muhis eilte herbei und half den beiden beim Anlegen des Sicherheitsgurtes.

»Ach, Siiri, was macht ihr nur? Was wird denn jetzt bloß?«, fragte er ein wenig besorgt.

»Gut wird es«, sagte Siiri. »Gut für uns beide.« Sie nahm Irmas Hand in ihre. »Mit Irma habe ich noch nie Angst vor der Zukunft gehabt. Pass auf, Irma, dass du nicht vor mir stirbst, das erlaube ich nicht.«

»Ja, das spannendste Abenteuer haben wir noch vor uns!«, rief Irma.

Muhis sah die beiden alten Damen überrascht an. »Das spannendste Abenteuer? Etwa das Gefängnis?«, fragte er.

Irma und Siiri lachten sich an, holten tief Luft und riefen im Duett:

»Döden, döden, döden!«

Autorin

Minna Lindgren, geboren 1963, ist eine finnische Journalistin und Bestsellerautorin, deren Romane rund um die Seniorenresidenz *Abendhain* in Finnland von der Presse gefeierte Bestseller sind und in zahlreiche Länder verkauft wurden. Sie lebt in Helsinki.

Minna Lindgren im Goldmann Verlag:
Der Todesfall der Woche. Drei alte Ladies ermitteln in Helsinki
Whiskey für drei alte Damen oder Wer geht denn hier am Stock?

Band zwei und drei der Reihe um die uralten Freundinnen Siiri, Irma und Anna-Liisa

Wenn es etwas gibt, was die drei über neunzigjährigen Freundinnen Siiri, Irma und Anna-Liisa hassen, dann ist es das Gefühl, nicht für voll genommen zu werden. Als in ihrer Altenresidenz »Abendhain« seltsame Dinge vor sich gehen, steht für sie fest, dass sie handeln müssen. Ein Abenteuer, das bald aus dem Ruder läuft.

Alter schützt vor Torheit nicht: Drei uralte Freundinnen gründen eine WG. Ein Buch über beste Freundinnen, die trotz ihres hohen Alters weder ihren Humor noch ihren Sinn für das, was im Leben zählt, verlieren und einfach nur wollen, dass man sie so leben lässt, wie sie das gerne möchten.

Kiepenheuer & Witsch